辰巳八景

山本一力

朝日文庫

本書は二〇〇七年十月、新潮文庫より刊行されたものです。

辰巳八景 ● 目次

永代橋帰帆 7
永代寺晩鐘 51
仲町の夜雨 94
木場の落雁 138
佃町の晴嵐 184
洲崎の秋月 228
やぐら下の夕照 273
石場の暮雪 317
解説 縄田一男 362

辰巳八景

永代橋帰帆《えいたいばしきはん》

一

元禄《げんろく》十六（一七〇三）年二月一日の七ツ（午後四時）過ぎ。永代橋《えいたいばし》の橋板には、色味の強い西日が降り注いでいた。立春を過ぎてはいるものの、時おり強く吹く風には、まだたっぷりと冬の冷たさが残っている。西日が赤いのも、空の高いところが凍《い》てついているからだ。

永代橋を東から西に渡る者の顔には、まともに西日があたっている。陽のぬくもりは心地よいが、光はまぶしい。だれもが目を細めて、橋を渡っていた。

永代橋の西詰めから深川に向かう者は、背中があかね色に染まっている。濃紺の半纏《はんてん》を着たたどん売りも、背中のぬくもりが心地よさそうだ。橋を渡りきるなり、年季の入った売り声を発した。

佐賀町河岸《さがちようがし》のろうそく問屋あるじ、大洲屋茂助《おおずやもすけ》も、背に西日を浴びながら永代橋を渡っていた。

「春がもう、そこまで来ているようでございます」

茂助の後ろを歩く番頭の喜兵衛《きへえ》が、大川東岸の船着場を指差した。

五年前に永代橋が架けられたあとは、佐賀町と霊岸島《れいがんじま》とを結ぶ渡し舟がほとんど廃業した。十二文の船賃を払って霊岸島まで渡るよりは、四文の橋代で永代橋を渡ったほうが、安上がりで、しかも早い。

雨続きで大川の水かさが増したり、野分《のわき》の強い風が吹いたりすれば、渡し舟は船止めとなった。橋は違った。永代橋が橋止めになるのは、外歩きができないほどに雨風が強いときのみである。

ひとたび橋の便利さを知ったあとでは、よほどのわけがない限り、ひとは渡し舟には乗らない。そんなわけで、佐賀町河岸にあった十二軒の船宿は、いまは吉田屋一軒を残すのみとなっていた。

番頭の喜兵衛が指差したのは、吉田屋のわきに植えられている、五本の梅の木である。

「この五本はどれもが、権現様《ごんげん》が江戸に移られる前から、ここに植わっていた梅だ」

ことあるごとに、吉田屋の親爺《おやじ》は梅自慢をした。毎年一月下旬には、つぼみが膨らみ始める。そして春のおとずれを待ちかねたようにして、五本すべてが紅梅を咲かせた。

佐賀町に暮らす者は、吉田屋の梅の木を見て、冬と春とが入れ替わるのを知った。

欄干《らんかん》に近寄って、茂助が立ち止まった。吉田屋の梅が、橋の真下に見えた。

「もう春だな」

「ひとと違って、梅は律儀《りちぎ》だ」

三田の得意先を出てからここに戻るまで、茂助は機嫌を損ねたままである。ひとと違ってというのは、だれかを当てこすってではない。機嫌のわるさが言わせた言葉だった。あるじの気性をわきまえている喜兵衛は、余計な口は開かずに、立ち止まったあるじの後ろに立っていた。

永代橋東の橋番小屋が、すぐ先に見えていた。橋のたもとを北に折れれば、佐賀町河岸である。

茂助と喜兵衛は、三田の松平隠岐守《おきのかみ》下屋敷から、一里（約四キロメートル）近い道のりを歩き通してきた。あるじはまだ四十一の若さだが、喜兵衛は今年の正月で五十路《いそじ》を迎えた。足腰はいまだに達者に見えても、歳《とし》を重ねるにつれて、冬場の寒さがつらくなっている。商い柄、大洲屋は火を使うことには費《つい》えを惜しまなかった。店に帰れば、炭火が熾《お》きた火鉢が座敷に幾つも置かれている。どの火鉢にも湯沸しが載っており、茶は好きなだけ飲めた。

西日が急ぎ足で沈み始めているいま、喜兵衛は少しでも早く店に帰りたいと思っていた。熱い一杯の茶も飲みたかったし、厠《かわや》にも入りたかった。五十路に差しかかってからというもの、めっきり小便が近くなっている。四十そこそこの茂助には、喜兵衛のつらさは分からないようだ。

先月は正月のあいさつ回りで、連日のように茂助に同行した。朝から水物は極力控えていたが、それでも一刻《いっとき》（二時間）もすれば小便が溜《た》まった。

あいさつ回りの客先で、喜兵衛は一再ならず厠を借りる羽目になった。

「いい歳をして、はしたないことを」

喜兵衛が用足しに立つたびに、茂助は外に出たあとで顔をしかめた。

胸のうちに思うところを口には出さず、喜兵衛はあるじにあたまを下げた。

いい歳だからこそ、小便が近いのに。

永代橋のたもと近く立っているいまも、喜兵衛は用足しをしたくなっていた。が、あるじは梅に見入って動こうとはしない。余計なことを言うのではなかったと、喜兵衛はおのれが口にした言葉を悔いた。

真下の梅を見ていた茂助が、やっと欄干から身体《からだ》を離した。やれやれと、喜兵衛が息を吐き出した、そのとき。

深川の方から、十四、五人のひとの群れが橋を上ってきた。小さなのぼりを手にした男が、一行の先達《せんだつ》役らしい。仲間全員の渡り賃を、まとめて橋番に手渡した。

「みんな、ここに集まってくれ」

のぼりを手にした男が、欄干のそばに仲間を呼び集めた。白布ののぼりには『赤穂《あこう》義士　足跡めぐり』と、太い墨文字で書かれている。

橋を立ち去ろうとしていた茂助が、またもや足を止めた。強い目つきで、のぼりの文字を見詰めている。いやな心持ちを抱いた喜兵衛は、茂助の後ろで足踏みを始めた。番頭のしぐさに気づいた茂助が、橋をおりてくれればと念じてのことである。

喜兵衛の願い通り、茂助は番頭の足踏みに気づいた。ところが橋から立ち去る様子はなく、逆に目つきで番頭の足踏みを咎《とが》めていた。

喜兵衛はやむなく、風呂敷《ふろしき》包みを両手で抱えて、あるじの後ろへと移った。

「この橋が永代橋だ」

仲間が周りに集まったのを見定めて、先達が橋の由緒《ゆいしょ》を話し始めた。

「橋の長さはおよそ百二十間《けん》（約二百十六メートル）で、ここから見えている新大橋の次に架けられた橋だ」

男が上流の新大橋を指差した。大きく傾いた西日が、新大橋の欄干をあかね色に染めていた。

「この橋の材木は、上野寛永寺《かんえいじ》の根本中堂建立《こんぽんちゅうどうこんりゅう》に用いた丸太の余材だ。根本中堂は出来上がって幾日も持たずに丸焼けになったが、おんなじ丸太を使った永代橋は、しっかりと生き残ってる」

由緒を説明する男は、声の通りがいい。綿入れを重ね着した女ふたりが、男の話を聞きながら何度もうなずいた。

「この橋が江戸中に名を知られたのが、去年十二月十四日の赤穂義士討ち入りだ」

男が一段と声を張り上げた。

離れた場所で聞いている茂助が、赤穂義士と聞くなり、顔をしかめた。喜兵衛はあるじが揉《も》め事《ごと》を起こさぬようにと、風呂敷を持つ両手を合わせた。

「吉良《きら》屋敷で首尾よく主君の仇《あだ》を討った赤穂義士四十七名は、その足で本所《ほんじょ》回向院《えこういん》に向かった。ところが回向院は門を開かずに、四十七人を追い返した。世の中には、ばかな坊主《ぼうず》がいたもんだ」

男はこのセリフを言いなれているらしい。聞き手が笑いを漏らすのを待ってから、続きを始めた。

「もしも回向院が門を開いていたら、いまごろは高輪泉岳寺《たかなわせんがくじ》よりも、もっと名前が通ってただろう。両国橋もおんなじだ。赤穂義士は両国橋を渡るつもりだったが、門が開かないんで仕方なしに、深川まで遠回りをして永代橋を渡ったという次第だ」

先達の男はさらに言葉を続けて、赤穂義士を誉《ほ》め始めた。江戸町民の多くが、去年十二月の吉良邸討ち入りには喝采《かっさい》している。先達が赤穂義士を誉めそやすと、永代橋の上で歓声が上がった。

「勝手なことを言いおって」

短い言葉を吐き捨てた茂助は、後ろも振り返らずに橋を渡り切った。あるじが揉め事を起こさなかったことに安堵《あんど》した喜兵衛は、急ぎ足で茂助のあとを追った。その足取りが弾んでいる。用足しができることを喜んでいるような歩みだった。

二

大洲屋は、毎月一日に先祖を供養《くよう》するのが慣《なら》わしである。供養は日が落ちてから始まる。家業のろうそくの明かりを、際立《きわだ》たせるためだ。

仏間に拵《こしら》えた、高さ一間（約一・八メートル）、奥行き三尺（約九十センチ）の巨大な仏壇を開き、あるじ、内儀《ないぎ》、嫡男《ちゃくなん》の順に線香を立てる。

線香立ても、鉦《かね》も、わざわざ京の仏具屋から取り寄せた品だった。

唱える経は般若心経《はんにゃしんぎょう》で、あるじの声を、内儀と嫡男が追った。

毎月一度、一日にこの仏事を執り行うのは、大洲屋がろうそく問屋であるからだ。仏事とろうそくとは、深いかかわりを持っていた。

また江戸での大洲屋開業に尽力してくれた、大恩ある武家の命日も、一日である。大洲屋にとっては、月初の仏事はなによりも大切な行事だった。

大洲屋初代が伊予《いよ》国内子《うちこ》村から江戸に出てきたのは、慶長十（一六〇五）年。徳川家《いえ》康《やす》が、江戸に幕府を開いた二年後のことである。

初代茂助の縁者は、太閤秀吉《たいこうひでよし》の時代から大洲屋を名乗り、内子村でろうそくを造ってきた。茂助は伊予城下に出張っては、大洲屋のろうそくを売りさばいた。

内子村には何軒ものろうそく屋があったが、大洲屋の品は火持ちの良さと、灯心の明るいことでは、他から抜きん出ていた。大洲屋が育てる黄櫨《はぜのき》の実は、ことのほか質が優れていたからだ。

材料の良さに加えて、大洲屋は職人にも恵まれていた。

ろうそくは、芯《しん》が命である。配下の職人のなかから、見込みのある者には芯造りの技を伝授した。

芯に用いるのは、紙と藺草《いぐさ》だ。

紙は山を越えた隣国、土佐の伊野村から取り寄せた。年に一度、山越えが楽な夏場になると、馬の背に載せた紙が伊野村から運び込まれた。藺草は瀬戸内の海を渡った、備《びん》後《ご》国沼隈《ぬまくま》産の物に限って仕入れた。沼隈の藺草は他国の品に比べて、縒《よ》り合わせたときの腰の強さがまるで違ったからだ。伊野の紙に沼隈産の藺草のずいを巻きつけて、強い芯を拵えた。紙に藺草を巻きつける技は、大洲屋の秘伝であった。

黄櫨の実から絞った脂《あぶら》が、ろうそくの材料である。大洲屋は、このろうそく造りにも秘伝の技を持っていた。芯を長い竹串《たけぐし》に刺して、溶かした蠟《ろう》の上澄みを芯にかけた。上澄みに限って使うことで、ろうそくの火持ちが大きく延びた。

蠟を芯にかけては乾かし、かけては乾かしと、気の遠くなるほどのときを費やして、太い百目《ひゃくめ》ろうそくを拵えた。

大洲屋のろうそくのよさは、地元では知れ渡っていた。しかし何分にも、ひとの少ない田舎のことである。どれほど優れたろうそくを拵えても、高値で売ることはできなかった。

「こんど天下を取りはった徳川家康いうひとは、江戸に諸国の大名を集める言うてはる」

讃岐《さぬき》からろうそくを買い付けにきた商人が、聞きかじった話を内子村で自慢げにひけらかした。それを耳にしたのが、初代の大洲屋茂助である。

茂助は常から、大洲屋のろうそくが値打ち通りには売れていないと感じていた。

ひとの多いところに行ったら、ええ値で売れるはずや。

京に出ようか、大坂に行こうかと迷っていたときに、江戸の話を聞いた。諸国の大名を呼び集めるという言に、茂助は大いに気をそそられた。

「江戸いう国に出てうちのろうそくを、値打ちに見合った値で売りさばくで」

初代茂助は、在所から手元に使う若者ひとりを連れて江戸に出た。茂助三十二歳、ひと回り年下の若者健助は二十歳の、夏のことだった。

江戸に運んだ品は、茂助が百目ろうそくを五十本、五貫（約十八・八キロ）。健助は二十匁《もんめ》の細身ろうそくを三百本、六貫（二十二・五キロ）である。ふたりは杉の木箱に詰めたろうそくを、風呂敷に包んで背負った。

内子村から江戸までの道中は、途方もなく長かった。しかし大洲屋のろうそくを江戸で売りさばくというこころざしに支えられて、在所を出てから三十日で江戸品川に着いた。

茂助が知っていた大きな町といえば、伊予の城下町である。しかし江戸は、伊予とは比べ物にならないほどに大きかった。

土地不案内の不安に、売り先が見つからない焦《あせ》りが加わった。

「えらいところへ、おまえまで引っ張りこんでしもたなあ」

弱気になった茂助は、江戸の第一歩となった品川宿から動けなくなった。その茂助に助けの手を差し伸べてくれたのが、松平隠岐守下屋敷の作事掛《さくじがかり》、岡田善兵衛《ぜんべえ》である。

松平家下屋敷のある三田は、寺の多い町だ。茂助が江戸に出てきた慶長十年当時は、目立つ建物と言えば幾つかの寺と、松平家下屋敷ぐらいだった。

若い健助に励まされた茂助は、品川宿に近い高輪・三田界隈《かいわい》の寺にろうそくを売り込んで回った。茂助が考えていた通り、大洲屋のろうそくは寺で大いに誉められた。

「百目ろうそくを二百本、二十匁を五百本、それぞれ月ぎめで納めていただこう」

五軒回った寺は、どこも月ぎめで百本、二百本を納めろという。伊予の寺を相手に、月に二十本、三十本の商いをしていた茂助は、注文された数の多さに飛び上がった。

「年が明けてからやないと、そんだけの数は納められしまへん」

「なんですと」

売り込みをかけられた寺は、茂助の返答を聞いて呆《あき》れ顔《がお》になった。

「途切れなく納められるようになってから、出直しなさい」

伊予国では、注文をもらって半年後の納めでも充分に通用した。ところが江戸では、今日の注文は、明日には納めなければならない。伊予と江戸とでは、商いの仕組みがまるで違っていた。

動けば動くほど、茂助は江戸を知らないおのれに直面した。いつもは茂助を励まし、若者ならではの思いつきを口にする健助も、廻漕《かいそう》のことは、まるで知恵が浮かばなかった。

くたびれ果ててしゃがみ込んでいたのが、松平隠岐守下屋敷の、塀の根元だった。

慶長十年の松平家下屋敷は、塀普請《へいぶしん》の途中だった。なにしろ二千坪の敷地を取り囲む、長屋造りの塀普請である。二年前に着手した作事だが、まだ三分の一が普請の途中だった。

塀の根元にしゃがみ込んだ茂助と健助を、作事見回り途中の岡田が見つけた。

「そのほうたちは何者か。ここを松平家下屋敷と心得て座っておるのか」

岡田はきつい口調で誰何《すいか》した。

武家屋敷の漆喰《しっくい》塀は、よりかかると冷たさが心地よい。在所の内子村では、暑さよけに武家屋敷の塀ぎわにしゃがみ込んでも、咎められることはなかった。

いきなり誰何されて気が動転した茂助と健助は、国許《くにもと》の言葉でひたすら詫《わ》びた。

「そのほうたちは、伊予の者か」

「内子村の在でおます」

「内子の者が、ここにしゃがみ込んで、いったいなにをいたしておるのか」

問いは相変わらずきついが、物言いにはやさしさが加わっていた。

茂助は在所を出てからの顛末《てんまつ》を話した。それに続けて、寺から大量の注文をもらったが、手元にはろうそくがない悩みを聞かせた。

「そのほうの生業《なりわい》は、ろうそく造りであったのか」

「太閤様のころから営んどります、大洲屋いいます」

「聞き覚えのある屋号だが、手元にろうそくを持っておるのか」

風呂敷包みを開き、百目ろうそく二本を取り出した。受け取った岡田は、つぶさに見回したあと、鼻に近づけて香りを確かめた。

ろうそくを戻した岡田は、両目を開いて茂助を見詰めた。

「わしの母の実家《さと》は、御城下の呉服問屋、川田屋だが、そのほう、川田屋を存じおるか」

「よう知ってます。年に四回、四十本ずつ、百目をこうてもろてました」

「やはりさようか」

この出会いが、茂助の運を開いた。

岡田は江戸詰家老と掛け合い、藩の御用船でろうそくを運ぶことを実現させた。伊予の産物を、江戸に広く知らしめるというのが名分である。

茂助は廻漕問屋の相場を基に、藩江戸屋敷に廻漕賃を支払った。それに加えて、江戸の商い高に応じた、冥加《みょうが》金も藩に納めた。

伊予藩と商い向きの約定書を取り交わしたのは、慶長十二（一六〇七）年三月一日である。深川佐賀町の地所購入に、仲立ちをしてくれたのも、岡田である。藩公邸の作事監督を任されている岡田は、江戸各地の鳶《とび》職人、大工の棟梁《とうりょう》、石工、左官、それに周旋屋と深いかかわりを持っていた。

伊予藩との商いが正式に調ったあと、岡田は深川の周旋屋に指図をして、茂助の地所を探させた。佐賀町に決めたのは、大川の水運の便を考えてのことだ。茂助が地所を購入した慶長十三年ころの佐賀町は、幾つかの蔵と、三軒の渡し舟船宿があるだけの、さびれた町だった。

岡田善兵衛は、大洲屋にとっての大恩人である。没年は寛永十五（一六三八）年で、享年《きょうねん》五十八。祥月命日は、奇《く》しくも三月一日だった。


般若心経を唱え終えた四代目茂助が、妻女と長男のほうに振り返った。

別間には、料理人の手になる夕餉《ゆうげ》が調えられている。それを供えるのも、一日の仏事には欠かせない慣わしだった。毎年三月は、大洲屋在所のそうめんを用いて、目先の変わった料理が調えられてきた。

別間から、鰹《かつお》ダシの香りが流れてくる。そうめんに張るつゆの、一番ダシである。

長男の小次郎が鼻をひくひくさせて、鰹ダシの香りを追った。母親が小声で、その振舞いをたしなめた。

「今日は今年初めて、松平様下屋敷へのあいさつがかなった」

昨年十二月の赤穂義士討ち入りのあと、大石主税《ちから》を初めとする十人が、三田の松平家下屋敷に預け置かれた。その騒動のあおりで、下屋敷への新年のあいさつがかなわぬままになっていた。

本日、ひと月遅れで下屋敷に顔が出せたのは、赤穂義士に対する内々の沙汰《さた》が定まったがゆえである。他言を禁じられた茂助は、妻にも長男にも、ひと言も沙汰の中身は触れなかった。

が、赤穂義士を誉めそやす世評に対しては、存念を抱え持っていた。

「世のひとの多くは、赤穂義士などと勝手なことを口にしているが、大洲屋は伊予藩あっての身代だ」

茂助が脈絡もなしに、赤穂義士のことに言い及んだ。妻のますのと長男の小次郎には、茂助の意図が分からず、戸惑い顔を見せた。

「この先どのような御沙汰がくだされようとも、大洲屋は松平隠岐守様に従うのが家訓だ。松平様は、徳川譜代大名であらせられるから、松平様に従うというのは、つまりは御公儀に従うも同然ということだ」

それを忘れるなと、茂助は硬い口調でますのと小次郎に言い置いた。

連れ合いは赤穂義士をこころよく思っていないと、ますのはこの夜、強く感じた。

三

元禄十六年の大洲屋は、番頭ひとり、手代頭《てだいがしら》ふたりに手代が八人、それに丁稚《でっち》小僧ふたりを抱える、ろうそく問屋では江戸でも大店《おおだな》である。

初代が江戸で商いを始めた慶長時代は、元禄十六年のいまとは異なり、ひともさほどに多くは住んでいなかった。

しかし寺は多かった。

大洲屋のろうそくは、藩御用船で運んできた数では賄《まかな》いきれないほどに売れた。納めに行くと、次の入荷はいつになるのかと、うるさいほどに訊《き》かれた。

江戸と伊予とを行き来する御用船は、二カ月に一度の江戸湾入港である。茂助は在所の大洲屋に手紙を書き、納めの数を倍に増やして欲しいと頼んだ。

『商い順風でなによりなれど、今年の数には限りがある。来年以降、もしも数が大きく見込めるのであれば、芯の拵えに、いまから取り掛かる。見込みのほどをお知らせ願いたく……』

内子村からの手紙を一読するなり、茂助は『すぐに支度に取りかかるべし』と返事を書いた。寺に確かめるまでもなく、大洲屋のろうそくを売りさばくことには自信があった。

岡田の口利《くちき》きで、伊予藩は上・中・下の三屋敷で使うろうそくを、すべて大洲屋の品に切り替えた。情実がらみではなく、大洲屋の品がそれだけ優れていた成果であった。

江戸湾に停泊した御用船の荷は、はしけに積み替えられて品川湊《みなと》に陸揚げされた。品川から三田までは、横持ち（陸送）を受け持つ車屋の仕事となった。

「やがて江戸はえらい大きい町になる。そうなったら、方々の国から船荷が届くようになるやろ。船荷が増えたら、横持ちが命綱になるわ」

茂助は品川湊の賑《にぎ》わいを見ながら、健助におのれの見立てを伝えた。

品川湊に入ってくる船は、はしけだけではなかった。佃島《つくだじま》や向島、大島の漁船が、大きな帆を畳んで舫《もや》われている。御用船の船荷が陸揚げされるのを待ちながら、茂助と健助は、毎日のように湊の賑わいを眺めた。そしていつの日にか、自前の船着場に帆掛け舟を舫いたいと、夢を語った。

岡田の口利きで佐賀町河岸に地所が見つかったとき、茂助はただの一瞬も迷わなかった。

品川湊から出帆した漁船やはしけが向かったのが、大川である。佐賀町河岸は、その大川に面して構えられている。茂助が迷うはずがなかった。

大洲屋初代が佐賀町河岸に店を構えたとき、健助は佐賀町の外れで車屋を始めた。同じ深川で、問屋と車屋が創業した。

健助は車屋の屋号を岡田屋と定めた。岡田善兵衛は、照れ笑いを浮かべながらも、看板文字の基を揮毫《きごう》した。

現在の岡田屋の当主は、茂助と同い年である。大洲屋の荷受は、岡田屋が一手に請負っていた。

二月二日も前日同様、きれいに晴れた。

吉田屋の梅がほころびそうだと喜兵衛から聞かされたますのは、朝餉のあと、ひとりで梅を見に出向いた。

梅は強い香りの花ではない。大川がにおっていると、淡い香りは感じられなくなる。

幸いにも、この朝の大川はおとなしかった。ときは五ツ半（午前九時）。朝日はまだ、永代橋を越えられず、橋の先の川面《かわも》を照らしていた。

今日か明日には、梅がほころびそうだ。

どうか大石様のご長男に、きつい御沙汰がくだされませんように……。

五本の梅に手を合わせた。大石主税と、長男の小次郎とは、十六歳の同い年である。

昨夜の茂助の話を聞いてから、ますのは胸騒ぎを抑えられずにいた。

四

慶長十年に、初代茂助は江戸で商いを始めた。開業から四年目の慶長十三年に、深川佐賀町に土地を得て、大洲屋江戸店を構えた。

松平家との商いのみならず、江戸の商家とも取引が定まってきた慶長十八年に、四十歳の茂助は祝言《しゅうげん》を挙げた。

奉公人は、小僧ひとりを含めてわずか四人。賄いは小僧と手代が交代で担《にな》う零細な店で、女中もいなかった。

祝言の料理は、近所の煮売り屋に仕出しを頼んだ。宴《うたげ》に集《つど》ったのは、奉公人四人と嫁の身内七人、それに車屋を始めていた健助に岡田善兵衛である。

岡田善兵衛は三十三歳、健助は二十八歳で、ともにひとり身だった。

「次はぜひとも、岡田様が江戸で嫁取りを」

「なにを言うか。わしよりも、そのほうが先だろう」

岡田と健助とが掛け合いを交わし、新郎が目元をゆるめた祝言だった。

二年後の元和《げんな》元（一六一五）年九月十三日に、二代目が授かった。

「こどもは何人でも欲しい。この子がさきがけとなるように、先太郎《さきたろう》と名付ける」

十三夜の月が美しい夜、茂助は長男の産声《うぶごえ》を聞きながらすぐさま命名した。先太郎は息災に育った。しかしあとには子宝を授かることができぬまま、先太郎が十四歳を迎えた寛永五（一六二八）年の正月十六日に初代は没した。

享年五十五。慶長十年の大洲屋開業から、二十四年目の初春だった。野辺《のべ》送りの先頭には、弱冠十四歳で二代目茂助を襲名した先太郎が立った。奉公人六人に内儀、それに四十八歳になってもひとり身の岡田が列に加わった。

健助は前年暮れの無理がたたり、元日から寝込んでいた。戸板に乗ってでも参列すると、健助は言い張った。

「おまえにもしものことが起きたら、茂助は安んじて旅立てまいが」

岡田は強い物言いで健助を諭した。

下屋敷の長屋塀普請《ふしん》の場で初めて出会った日から、岡田は年長者の茂助を呼び捨てにした。武家であれば当然だが、傍目《はため》にも岡田のほうが年長者に見えた。

茂助が逝《い》っても、呼び捨ては変わらない。それは岡田が武家だからではなく、茂助を身内も同然と思っていたからだ。

寛永十五（一六三八）年三月一日。岡田は、伊予藩江戸下屋敷で没した。享年五十八。

大洲屋二代目は、前年一月に嫁取りをした。二月の三代目誕生を喜んでから間もなく、岡田は風邪をこじらせて寝込んだ。そして、二度と床から起きられなかった。

慶長九（一六〇四）年に岡田は、藩主とともに江戸に出てきた。以来、没するまでの三十四年間、一度も生国《しょうごく》には帰らずじまいとなった。

三田の松平隠岐守下屋敷は、慶長十年の敷地二千坪が、寛永七（一六三〇）年には実に二万九百九十七坪にまで広げられていた。

伊予藩松平家は、水戸・紀州・尾州の徳川御三家《ごさんけ》（江戸中期以降は、田安《たやす》・一橋《ひとつばし》・清

水《みず》の御三卿《ごさんきょう》も加わる）を除く徳川将軍家の分家をいう、御家門《ごかもん》格の家柄である。下屋敷といえども、普請には家柄にふさわしい作事が求められた。慶長十年以来、岡田はその采配《さいはい》をふるい続けた。

妻《めと》も娶らず、一身をもって作事差配《さはい》に尽くした岡田の忠勤を多とした藩は、下屋敷近くの永隆寺《えいりゅうじ》で葬儀を執り行った。重臣でもない作事掛の葬儀を、藩が執り行うのは異例である。それほどに岡田は伊予藩に尽くし抜いた。

「岡田様のご葬儀に用いますろうそくの手配りは、なにとぞ、てまえどもにご下命くださりますように」

まだ二十四歳の二代目は番頭を伴い、芝愛宕下《しばあたごした》の上屋敷をたずねて願い出た。藩の用人は、岡田と大洲屋との交誼《こうぎ》のほどを承知していた。

「存分に火を灯《とも》し、岡田の供養《くよう》に尽くせ」

藩の許しを得た二代目は、葬儀までの四日間、職人と一緒になってろうそく造りに励んだ。大洲屋初代は、おのれが没する前年の寛永四年から、江戸でもろうそく造りを始めていた。

寛永十五年三月五日。春風が満開の桜を舞い散らすなかで、岡田の葬儀が執り行われた。国許《くにもと》から江戸に向かった岡田の身内は、葬儀には間に合わなかった。

遺骨は三月下旬の身内到着まで、大洲屋二代目が預かった。

岡田が没する年に授かった大洲屋三代目は、二代目がそうであったように、まことに息災に育った。が、星の巡り合わせと言おうか、二代目も初代同様、長男ひとりしか子宝には恵まれなかった。二代目は岡田から一文字をもらい、ひとり息子に善太郎と名付けた。そして十歳から職人の手元につけて、ろうそく造りを覚えさせた。

善太郎は呑《の》み込みがよく、十五歳になった承応《じようおう》元（一六五二）年の秋には、年季の入った職人顔負けの技で、百目ろうそくをこしらえていた。

「三年後には、初代が江戸で開業してから五十年になる。そのときは、盛大にお祝いごとをしようじゃないか」

江戸で生まれた二代目には、お国訛《くになま》りはほとんどない。まして初代も岡田も知らない三代目に至っては、訛りなどは皆無である。

「大洲屋は、松平隠岐守様と、内子村があってこその身代だ。国許を忘れることのないように、五十年の祝いには伊予から多くのひとをお招きしよう」

大洲屋初代が生まれ育った、国の訛りが聞けるのが楽しみだと、二代目は大いに楽しみにした。しかしその約束は果たせなかった。

開業五十年の明暦元（一六五五）年五月初旬に、佐賀町で火事が起きた。火元は渡し舟の船宿である。

大洲屋と船宿とは、三町（約三百三十メートル）のへだたりがあった。しかし間のわるいことに北西の強い風が吹いており、火の粉が佐賀町中に舞い散った。

大洲屋は油を使う家業である。飛んできた火の粉に襲いかかられて、仕事場から火が出た。大川端に面している地の利が幸いして、火事は半焼で食い止めることができた。

「せっかくの五十年だが、店を半焼しながら祝い事もできない」

だれよりも二代目当人が楽しみにしていた五十年慶賀は、取り止《や》めとなった。

「五年先の五十五年が祝えるように、商いに精を出そう」

他所《よそ》からのもらい火だったことで、伊予藩の用人も大洲屋再建に助勢してくれた。翌年暮れには、大洲屋はすっかり立ち直ることができた。

「この調子で商いが運べば、五十五年の祝いは大層な趣向ができそうだ」

明暦三年の正月。本厄の明けた二代目は、顔をほころばせて屠蘇《とそ》を祝った。前年秋から番頭について帳面を見ている善太郎は、業績回復を数字で見ていた。

「親仁《おやじ》様の言われる通り、三年後には一段と大きくなった身代で、国許のひとを招きましょう」

弾《はじ》ける笑顔を父親に見せてから、善太郎が屠蘇の盃《さかずき》に口をつけた。

大洲屋父子《おやこ》が向き合った正月膳《ぜん》を祝うかのように、元日の空は雲ひとつなく晴れ渡った。その晴天は、十八日間も続いた。

一月十八日の八ツ（午後二時）過ぎに、本郷丸山町の本妙寺《ほんみようじ》から出火した。十一月から雨なしの江戸は、カラカラに乾いていた。

しかもこの日は朝から、北西の強い風が吹いていた。その風に煽《あお》られて、火は本郷から湯島、駿河《するが》台《だい》へと燃え広がった。神田川をもやすやすと越えた火は、御城そばの日本橋川に架かる一石《いっこく》橋を焼き落とし、八丁堀から霊岸島にまで燃え広がった。

佃島にも飛び火した火の手は火勢をゆるめず、深川にまで襲いかかった。川幅百二十間《けん》(約二百十六メートル)もある大川でも、火の勢いを食い止めることはできなかった。

一度は鎮火したかに見えた火は、一夜明けた十九日になって再び暴れだした。この日も強風はやんでおらず、小石川新鷹匠《たかじょう》町から出た火は、またたく間に小石川、北神田へと延焼し、江戸城本丸・二の丸・三の丸を焼いた。夜には麴町《こうじまち》五丁目から別の火の手が上がり、西の丸下から京橋、新橋、鉄砲洲《てっぽうず》、芝にまで及んだ。

二日間の火事の火元は、本郷・小石川・麴町の三カ所である。この火事で、江戸のほとんどが焼け落ちた。

伊予松平家は、愛宕下の上屋敷を全焼したが、下屋敷は長屋塀が火を食い止めて、類焼を免れた。岡田善兵衛差配の作事は、それほどに見事な仕事だった。

深川も町のあちこちが焼かれたが、堀の水に恵まれたことで、大川の西岸ほどの壊滅的な被害には遭わなかった。

大川端の大洲屋も、仕事場を焼かれただけで、母屋《おもや》も蔵も無事だった。

「初代と岡田様とが、うちをお守りくだすったに違いない」

二代目はすすで汚れた顔のまま仏壇に手を合わせて、生き延びられたことを感謝した。

二日間の火事で焼け死んだ者は、十万人を超えた。大川の東岸に立つと、江戸一面が焼け野が原である。二代目がなにより先に仏壇に手を合わせたのも、無理はなかった。

鎮火したあとの二十日、江戸は猛吹雪の来襲に遭った。焼け出された者は逃げ場がなく、町のあちこちで行き倒れた。

公儀は救小屋《すくい》を設け、粥《かゆ》の施しを行った。運良く焼け残った深川の商家は、どの店も先に立って炊《た》き出しや、粥の施行《せぎょう》をした。

大洲屋二代目も二十匁《もんめ》ろうそくを、被災者の救済所となっている寺社に寄進して歩いた。あの大火の中で焼け残ったのは、先祖の功徳《くどく》による御加護だと深く思ったがゆえである。

「少しでも多く世のためになることで、ご先祖様へのご恩返しをする」

吹雪がやんだあとも、江戸は厳しく冷え込んだ。通りのあちこちには、ひとのなきがらが転がっており、焼け跡の片付けもできていない。寒さが少しゆるむと、町はひどいにおいに包まれた。

「親仁様の身体《からだ》が心配ですから」

善太郎が強く引きとめても、二代目は聞き入れない。結局この無理がたたり、明暦三年一月下旬に二代目は寝込んだ。

大洲屋かかりつけの医者石田白秋は、このたびの大火から逃げ切れずに焼死していた。手を尽くして医者を探したが、ほとんどの医者は公儀御用の徴用《ちょうよう》で、町場からは姿を消していた。

善太郎は焼け残った下屋敷に顔を出し、藩用人に医者の手配りを願い出た。用人は、すぐさま藩御用達の医者を差し向けてくれた。医者は数種類の飲み薬を調合した。が、藩の病人介護に忙殺されていたため、一度の往診だけで、その後の治療には出向いてこられなかった。

明暦三年三月三日。焼け残った桜が律儀《りちぎ》に花を咲かせているなかで、二代目が逝った。享年《きょうねん》四十三。早過ぎる逝去だった。

明暦の大火を境にして、公儀は江戸の町造りを根本から改めた。大名や旗本屋敷地の割り替えが行われ、寺社の移転も図った。多くの大名屋敷が移転させられたなかで、岡田が長屋塀作事を差配した松平家下屋敷は、三田から動かずにすんだ。

武家地、寺社地のみならず、公儀は町家地も大胆に作り変えた。町の要所には、五百坪規模の広大な火除地《ひよけち》を設けた。また道幅を広げて、大通りを幅十間（約十八メートル）の広小路とした。

二代目が没してから六年目の、寛文《かんぶん》二（一六六二）年三月。三代目は二十五歳の春に嫁を迎えた。そして翌年五月に、現在の大洲屋当主である四代目を授かった。

初代から三代目まで、大洲屋のあるじになった者は、祝言から二年のうちには長男を授かった。そして三人とも、風邪ひとつひかず元気に成長した。が、なぜかあとの子宝には恵まれず、嫡男《ちゃくなん》ひとりだけの誕生に終わった。

四代目は、大洲屋初代と一緒に江戸に出てきた健助から一字をもらい、健太郎と命名された。健助は大洲屋と同じ佐賀町に車屋を開業し、岡田善兵衛の苗字を屋号とし、順調に商いを伸ばした。大洲屋とは異なり、岡田屋は跡取りのほかにも子宝を授かっていた。

明暦の大火では、店も車も全焼した。しかし兄弟が力を合わせて、大洲屋から融通を受けたこともあり、大火の翌年には店を再建した。先代からことあるごとに岡田屋との深いかかわりを聞かされていた三代目は、長男を健太郎と名づけることを迷わなかった。

江戸開業から八十年を迎えた、貞享《じょうきょう》二(一六八五)年三月。健太郎は、ますのを妻として迎えた。

初代から三代目までは、祝言から二年のうちに長男を授かってきた。が、ますのは嫁いでから四年目、元号が元禄と変わった翌月の十月に長男を出産した。

「四年目に生まれたのは、子宝に多く恵まれる吉兆かもしれない」

三代目も健太郎も、大いに喜んだ。が、夫婦仲は睦《むつ》まじいにもかかわらず、なぜかそのあとはこどもが授からなかった。

剣豪草子が好きな健太郎は、長男を小次郎と名づけた。三代目は巌流島《がんりゅうじま》で敗れる男など、縁起でもないと猛反対をした。が、健太郎は佐々木小次郎が編み出した、『秘剣燕《つばめ》返し』に思い入れがあり、父親を説き伏せて小次郎の名を押し通した。

「小次郎は、いい名前だ……」

三代目は息子の命名を認める言葉を残し、元禄元（一六八八）年十二月に逝った。享年五十一。孫の誕生から三カ月目のことだった。

元禄に入ると、江戸の町は年ごとに大きく膨れ始めた。諸国から多くのひとが江戸に流れ込んできたからだ。

大洲屋の商いも順調に伸びた。

小次郎が十一歳になった元禄十一年八月に、佐賀町のすぐ近くに永代橋が架けられた。

架橋に用いた材木は、上野寛永寺の根本中堂建築の余材である。

この材木調達は、紀国屋文左衛門《きのくにやぶんざえもん》が請負った。紀文は材木の多くを木曾《きそ》から伐《き》り出して廻漕《かいそう》したが、伊予藩の杉も大量に買いつけた。

架橋作事には、伊予藩も国許から大工などの職人を多く呼び寄せた。その者たちの世話は、大洲屋が引き受けた。伊予藩の職人は働きぶりがよく、橋が仕上がったあと、藩には公儀から褒美《ほうび》が下された。大洲屋は藩上屋敷に招かれて、江戸留守居役から作事期間中の労をねぎらわれた。

四代目茂助は、永代橋には格別の思いを抱いていた。そしていまでも商いの源である伊予藩と、その本家である徳川家に対しては、深い感謝の念を片時も忘れなかった。

ところが公儀に逆らった播州《ばんしゅう》赤穂の浪士たちが、こともあろうに永代橋を渡って高輪泉岳寺に向かった。大事な永代橋を汚された気がして、茂助は業腹《ごうはら》な思いを抱えた。

江戸では赤穂の浪士を『赤穂義士』と称《たた》えている。公儀に楯《たて》突いた者を称える世の風潮に、茂助はやり場のない腹立ちを覚えていた。

四十六人の赤穂浪士は、細川家中屋敷、水野家下屋敷、松平家下屋敷、毛利家下屋敷の四大名屋敷に預けられた。

徳川家家門格の松平家では、大石主税以下の十名を、礼節を保ちつつも厳格な規律に基づいて処遇した。他家と比べて松平家は赤穂義士に厳しいと、江戸の方々で勝手な言い分が取り沙汰《ざた》されている。そのことも、茂助をひどく苛立《いらだ》たせた。

のちの世になれば、御公儀と松平様のなさっていることの正しさが、かならず知れ渡るに違いない……。

長男、連れ合いにも本心が打ち明けられない茂助は、持って行き場のない胸のつかえを、日々、持て余していた。

五

元禄十六年二月三日の四ツ（午前十時）。

佐賀町の大洲屋店先に、伊予藩主松平隠岐守家臣、吉田宗右衛門《そうえもん》が出向いてきた。従者が大洲屋の土間で来訪を告げる間、吉田は店先で待った。

ほとんど間をおかず、番頭を伴って大洲屋当主が店先に出てきた。

「わざわざご足労をいただきまして、恐れ入ります」

用向きの分からない茂助は、あいさつもそこそこに、吉田を奥玄関から招き入れた。

二十坪の庭に面した客間に案内したあと、あらためて吉田の来意をたずねた。

吉田は座敷に招じ上げられる前に、従者から漆塗りの文箱《ふばこ》を受け取っていた。床の間を背にして座った藩の使者は、ていねいな手つきでふたを取った。文箱には、奉書紙の書状が収められていた。下屋敷用人、野田武之助《たけのすけ》がしたためたものである。吉田は書状を開き、文面を読み始めた。

「二月四日四ツに、百目ろうそく一束《いっそく》（百本）を桐箱《きりばこ》に収めて持参されたい。箱は別便にて、上屋敷より届ける手筈《てはず》である」

使者が読み上げた内容は、おおむねこの通りであった。

読み終えた吉田と、聞き終えた茂助とが、互いに引き締まった顔を見交わした。吉田も茂助も、用人が伝えたことの意味を誤りなく呑《の》み込んでいたからだ。

茂助はおとといの一日に、今年初のあいさつに下屋敷をおとずれた。その折り、松平家が預かっている十名についての、内々の沙汰が定まったことを聞かされた。他言無用の重大事をあえて茂助にほのめかしたのは、屋敷内に構えられる仕置場の明かり一切を、大洲屋が請負うからである。

百目ろうそく百本の納品は、明日の四ツと言いつけられた。そのことから、十人への仕置きは明日の七ツ（午後四時）から始まると、茂助は察した。

死刑を申し付けられた武家の仕置きには、斬首《ざんしゅ》と切腹がある。斬首は首斬《き》り役人による、罪人としての処刑だ。

対する切腹は、同じ死刑ではあっても、武家の体面を重んじての仕置きである。切腹する当人は、おのれの手で短刀を腹に突き立てて、みずから命を絶つ名誉が与えられた。

ひとの魂は腹に宿ると、武家は考えていた。勇敢に腹を切ることは、武士道を貫くうえで誉《ほま》れ高き振舞いである。ただしおのれの手で、絶命にいたるまで割腹するのは、よほどに豪胆な者でも困難である。ゆえに公儀は、武家の名誉ある切腹を成就《じょうじゅ》させるために、介錯人《かいしゃくにん》をつけた。

介錯は三人で務めた。

ひとりは介錯役で、短刀が突き刺さるなり、間髪を容《い》れずに首を討つ役である。

ふたり目の添《そえ》介錯は、短刀の載った三方《さんぼう》を切腹する者に差し出す役。三人目の小《しょう》介錯は、討ち落とされた首の吟味役である。

伊予藩では、下屋敷内で執行される切腹の、介錯役三十人の任命を、すでに終えていた。

「大洲屋のろうそくが万にひとつも消えたりしては、御家の恥では済まされぬ。くれぐれも、吟味を重ねて納められたい」

出された茶に口をつけたあと、使者の吉田は重々しい口調で注意を与えた。

もとより茂助は、万全を期する心構えである。使者が帰ったあとは、水垢離《みずごり》を取ってからろうそく造りに取りかかる腹積もりを固めた。

「当屋敷に預かっておる大石主税殿は、まだ十六歳だ」

吉田は主税を『殿』と呼んだ。茂助がいぶかしげな目で使者を見たとき、吉田は居住《いず》まいを正した。

「そなたは切腹の作法を存じておるか」

「滅相《めっそう》もないことでございます」

切腹など考えたこともなかった茂助は、両手をついて知らぬと伝えた。

「切腹には『三つの規矩《きく》』と、『四つの間《ま》』という心得がある。主税殿には、あの若さでありながらも天晴《あっぱ》れなことに、腹を召す心構えが備わっておる」

髪に白いものが交じった吉田は、遠い目をしながら話を続けた。

『三つの規矩』とは、短刀をいただくとき、左の腹を見るとき、腹に短刀を突き立てるときの心構えを指す。この三つに、うろたえることなく臨《のぞ》むべしというのが、武家の心構えとされた。

『四つの間』とは、短刀の載った三方を据えて退くとき、三方を引き寄せるとき、短刀を把《と》るとき、腹に突き立てるときの、四つの間のことである。

これらの所作《しょさ》が早すぎても、遅すぎても、こころが乱れているあかしとされ、死に臨む武家には不名誉となった。

慶長八（一六〇三）年の江戸開府から、今年は百年の節目である。永らく太平の世が続いたことで、武家のなかには心構えがゆるんでいる者が少なくなかった。

その顕著な例が扇腹《おうぎばら》だ。

おのれの手で短刀を突き立てられない者の三方には、短刀の代わりに扇子が載せられた。扇子を取ったと同時に、介錯役は太刀を振り下ろした。

吉田は、主税が扇腹ではないことを確信しているようだった。

「無礼を承知のうえで、吉田様におたずね申し上げます」

茂助は両目と口とを引き締めて、吉田に問いかけた。

「なんなりと申しなさい」

吉田は顔つきを変えるでもなく、穏やかな声で問いを許した。

「下屋敷に預けられております者は、御政道《ごせいどう》に逆らって、世に騒動を引き起こした咎人《とがにん》ではございませんので」

「そなたの申す通りだが、それがいかがいたしたのだ」

「吉田様は、ただいま主税殿と呼ばれました上に、天晴れだと申されました。それがてまえには、いぶかしく思われます」

「なるほどのう」

吉田はあごに手をあてて、思案を始めた。茂助の問いに、どう答えるかをまとめているようだった。考えが定まったときには、いかにも武家らしい、強い光を帯びた目つきに変わっていた。

「武家は、主君あってこその武家だ。赤穂浪士の所業は、御政道に照らせば逆らっているのは明白だ。しかしながら、浅野家主君の存念を晴らしたということでは、武家の鑑《かがみ》でもある」

大名四家に預けられている四十六人は、おのれの命を賭《と》して主君の無念を晴らした。

大石主税にいたっては、まだ十六歳の若者だ。その者が、亡《な》き主君に殉《じゅん》じようとする姿には、同じ武家としてあたまが下がる……。

吉田はこう説き聞かせた。

「さりとて商人の大洲屋には、従容《しょうよう》として死に臨む武家の心構えは、分かり申さぬやもしれぬの」

吉田の物言いは、決して商人を軽んずるものではなかった。しかし武家のこころは分からないと言われて、茂助の胸のうちは穏やかではなかった。

十六歳の若さで、死に臨む心構えができているから、大石主税は天晴れだという。それにも茂助は、得心《とくしん》がいかなかった。十六歳といえば、小次郎と同い年である。このごろ、とみに色気づいてきた小次郎は、若い娘が買い物にくると、ろうそく造りの手をとめて店に出る始末だ。

「五代目はすっかり色気づいちまってよう、白粉《おしろい》のにおいがすると、手がおろそかになっちまう」

職人が苦笑いしつつ、仲間と話しているのを、茂助は一再ならず耳にしていた。が、おとなの入口に差し掛かる十六歳というのは、そういう歳《とし》なのだと、茂助もその都度、苦笑を浮かべた。

その同い年の若者が、いかに武家の育ちとはいえ、死を恐れていないという。

そんな、ばかなことがあるものか。それがまことなら、うちの小次郎は呆気者《うつけもの》も同然じゃないか……。

茂助は吉田が口にしたことに、激しい反発を覚えた。しかしこれ以上逆らうのは、身分違いもはなはだしい所業だと思い直して、あとの口を閉じた。

「明日の四ツには、てまえがろうそくをお納めに参ります」

両手をついて請合ってから、吉田を店の外まで送り出した。

「ここまででよいぞ」

吉田は店先で送ればいいと言った。しかし茂助には、大洲屋になにより大事な伊予藩の使者を、店先で見送ることはできなかった。

永代橋東詰の橋番小屋まで番頭とともに同道し、従者を含めた五人の渡り賃を支払った。

「用人様には、なにとぞよろしくお伝えくださいませ」

膝《ひざ》にひたいがつくほどに辞儀をして、茂助と番頭は藩の使者を見送った。

「先に帰っていなさい」

番頭の喜兵衛を店に帰した茂助は、橋番小屋のわきに立って大川を眺めた。

朝の漁を終えた漁船が、江戸湾から大川に戻っていた。船端に座った漁師たちが、春の陽を浴びて談笑している。どの顔も、潮焼けして精悍《せいかん》だ。

まだ身体《からだ》つきが出来上がっていないこどもが、年長の漁師に茶を配っていた。顔つきはあどけないが、顔色は黒くて逞《たくま》しい。

あの顔こそが、ひとが……若者が生きるということだ。

吉田が主税の覚悟を褒めたことに、またもや茂助は胸のうちで反発していた。

六

百本の百目ろうそくが仕上がったのは、二月四日の夜明け前である。

大洲屋では、久しく夜なべ仕事をしていなかった。家業柄、明かりはふんだんに使えたが、それでも昼間の光に比べれば暗い。

大洲屋のろうそくは、溶かした木蠟《もくろう》を蠟芯《ろうしん》にかけては乾かすのを繰り返して、次第に太くしていく『巻掛《まきがけ》』で拵《こしら》える。これは、ふたつに割った竹に蠟芯をいれて蠟を流し込む『筒掛《つつがけ》』に比べれば、数倍の手間と暇がかかった。

しかし巻掛のろうそくは、身が堅く詰まっている。筒掛に比べれば、火持ちも明るさも、比較にならないほどに優れていた。

巻掛をするには、膝元に置いた木鉢の蠟を、ていねいに何度も繰り返してかけなければならない。この仕事は、天道《てんとう》の光がなければうまく運ばない。ゆえによほどの急ぎ仕事が舞い込まない限り、夜なべはしなかった。その代わり、夜明けから日暮れまでは、目一杯に働いた。

こうして百匁《もんめ》から十匁まで、五匁刻みに大小のろうそくを造り置きして、いつでも客の注文に応じてきた。

しかしこのたびの百匁を一束の注文は、他の誂《あつら》えとはわけが違った。なにに使われるかが分かっている職人たちは、ほとんど休みも取らず、ろうそく造りに没頭した。

その別誂えの一束が、夜明けの手前で仕上がった。最後の一本を秤《はかり》に載せて、百匁の重りと釣り合ったときは、職人のだれもが安堵《あんど》の息を吐き出した。

「お疲れ様でした」

女中を従えて、ますのが仕事場に酒肴《しゅこう》の載った箱膳《はこぜん》を運んできた。酒は熱燗《あつかん》で、肴《さかな》はひと焙《あぶ》りしたイワシの味醂《みりん》干しだ。腹ごしらえには、鰹《かつお》の削り節を混ぜた握り飯が用意されていた。

大洲屋の内儀が、台所に立って拵えた酒肴と握り飯である。職人たちは、すぐさま箸《はし》をつけた。大仕事を仕上げたあとの酒である。本来であれば、顔をほころばせて盛り上がったことだろう。

しかしろうそくの使い道は、だれもが分かっていた。拵えたろうそくが照らす場を思うと、灘《なだ》の燗酒を飲んでも気持ちは弾まない。通夜《つや》の振舞い酒のほうが、よほど賑《にぎ》やかに思えた。

明け方の酒が終わったあと、職人たちは百目ろうそくに半紙を巻きつけた。この細工を施しておけば、風に吹かれても灯は消えない。職人に交じって、茂助、小次郎、喜兵衛の三人も半紙を巻いた。

上屋敷から届けられた桐箱《きりばこ》は、三箱である。ひとつの箱に三十三本、箱とろうそくで四貫（十五キロ）の重さになった。それを大洲屋の特大風呂敷《ふろしき》に包み、背中に背負うのだ。

大洲屋四代目、五代目と、番頭の喜兵衛が三田の下屋敷まで出向く手筈《てはず》である。四ツに遅れないように、茂助は六ツ半（午前七時）には店を出るとふたりに告げた。

息子と番頭は羽織に長着でいいが、茂助は紋付に羽織、袴《はかま》の正装でなければならない。ますの手を借りて、着替えを始めた。

夜なべ仕事が始まったときから、ますのもろうそくの使い道を察したようだ。いつもは手際《てぎわ》よくあるじの身支度を進めるますの手が、何度も止まった。その都度《つど》、茂助は厳しい声を発して促した。

「御公儀のご沙汰《さた》は、もう変わらないのでしょうか」

羽織の紐《ひも》を結ぶ茂助に、ますのが曇った目を向けた。

「お納めに出ようというときに、つまらないことを言いなさんな」

「あなたは、大石様のご長男までが命を取られるのを、不憫《ふびん》には思わないのですか」

大洲屋に嫁いだ日から、ますのはほとんど口答えをしなかった。この朝は、夫のかたくなな心を、憐《あわ》れむような目を見せた。その目の色を見て、抑えつけてきた茂助の怒りが破裂した。

「御公儀が命を取るなどとは、二度と口にするんじゃない」

声を抑えたつもりだったが、茂助の怒鳴り声は隣の部屋で待つ小次郎にも丸聞こえだったようだ。青ざめた顔の小次郎が、いきなりふすまを開けた。

「なんだ、おまえたちのその顔は」

息子とますのを交互に睨《にら》みつけた茂助は、力任せにふすまを閉じた。

先に立って店を出た茂助は、奉公人の送り声に返事もせずに歩き始めた。佐賀町から三田までは、一里（約四キロメートル）近い道のりである。

四貫の目方を担《かつ》いで一里を歩くのは、五十歳の喜兵衛には難儀である。永代橋を西に渡ったときには、すでに番頭が遅れていた。

茂助は顔をしかめて番頭を待った。それを繰り返しながら、三田まで休みなしに歩いた。

「ごくろうさん。おまえたちは、先に帰りなさい」

下屋敷で桐箱をおろしたあと、茂助は小次郎と喜兵衛を帰そうとした。このあとは、用人配下の家臣による検品があるのみだ。これは、茂助ひとりでことが足りた。

「旦那《だんな》様を残しては帰れません」

　喜兵衛が指図に逆らった。茂助は強い口調で帰れと繰り返した。下屋敷からの帰り道は、ひとりで歩いて気を鎮《しず》めたかったのだ。言い出したらきかない茂助の気性は、小次郎も喜兵衛もわきまえている。渋々ながら、ふたりは下屋敷を出た。

「百本すべてを念入りにあらためるゆえ、四《し》半刻《はんとき》（三十分）はかかる。しばし、別間に控えていなさい」

　屋敷の小者に案内されて、茂助は中庭に面した客間に招じられるという、破格のもてなしを受けた。なにしろ、二万坪の広大な屋敷である。庭には桜、梅、欅《けやき》、銀杏《いちょう》などが林のごとくに植えられていた。

　木を見ているうちに、ささくれ立っていた茂助の心が次第に鎮まってきた。庭に人影はなく、二月の陽光が庭木と泉水とに降り注いでいた。

　夕刻にはこの屋敷のどこかで、十人の仕置きがなされる。そんなことは思いもできない、のどかな眺めが眼前に開けていた。茂助は眺めに見とれて、縁側に出た。

　泉水の端に目を走らせたとき、ひとりの若者が目にとまった。座敷に座っていたときには、障子戸の陰に隠れて見えなかった。

　茂助の立っている縁側から若者までは、五間《けん》（約九メートル）も離れていない。顔を見ているうちに、茂助は小さな声を漏らした。

大石主税じゃないか……。

凛々《りり》しい横顔を見て、若者が主税だと確信した。足音を忍ばせて障子戸の陰に隠れてから、茂助は目を凝らして主税を見詰めた。

目の当《ま》たりにして、吉田が口にしたことはまことであったと心底から納得した。静かな目で泉水を見詰める横顔には、弛《ゆる》みがない。

小次郎とは、心がけが違うのか。

茂助がため息をこぼした、そのとき。

池を見詰めている主税の、指先が小刻みに震え始めた。目が白梅に移り、口元が動いた。なにかをつぶやいているようだ。

茂助は、主税の口の動きをなぞった。

「母上……母上……」

主税は、これを繰り返しつぶやいていた。

突然、主税が動いた。

庭の奥から、伊予藩家臣が歩いてきた。主税は素早い動きで目を拭《ぬぐ》い、なにごともなかったように、家臣のほうに歩み寄った。ひとことも声を出さず、あたまを下げると、庭の奥に家臣と連れ立って戻って行った。

茂助は障子戸の前に座り込んだ。目がうつろになっており、息遣いが荒い。それほどに、いま覗《のぞ》き見た光景は、茂助の心をかき乱していた。

主税様は……。

我知らず、茂助は主税に『様』をつけていた。

従容《しょうよう》と、死を受け入れているわけではなかった。歳相応に、死ぬことを哀《かな》しみ、そして怯《おび》えていた。指先が震えていたのが、なによりのあかしである。

ひと知れぬ場所で母を口にして、こみ上げる涙をこらえていた。

主税はだれにも涙を見せず、吉田が口にした通り、従容として仕置場に臨むだろう。そして『三つの規矩《きく》』、『四つの間《ま》』を、見事にしてのけるに違いない。

しかし茂助は、主税の歳相応の素《す》の顔を見た。母を呼ぶつぶやきも、涙も見た。座り込んだまま、いま初めて、茂助は御沙汰のむごさに思い至った。

大川端に、七ツを告げる鐘の音が流れてきた。西に大きく傾いた日が、佐賀町河岸の五本梅を照らしている。

ますのと並んで河岸に立っている茂助は、漁を終えて湊《みなと》に帰る漁船の白帆を見ていた。大漁だったのか、漁師が笑みを浮かべている。潮焼けした漁師の顔と、一杯に張った漁船の帆が、西日をまともに浴びていた。

「今朝方は、怒鳴りつけてわるかった」

茂助が、はっきりした声で詫《わ》びた。驚いたますのが、目を見開いて茂助を見た。その目が西日を浴びた。まぶしかったのか、ますのは開いた目を細めた。

「おまえの痛みが、少しは分かった……」

詫びたときとは異なり、茂助の声は小さい。聞きとろうとして、ますのが耳をそばだてた。

川面《かわも》を群れ飛ぶ都鳥の鳴き声に、茂助のつぶやきはかき消された。

永代寺晩鐘《えいたいじばんしょう》

一

「そんなわけですから、この先しばらくは武蔵《むさし》屋さんにもご不便をおかけすることになります」

深川門前仲町《ふかがわもんぜんなかちょう》の米屋大店《おおだな》、香取《かとり》屋の手代《てだい》があたまを下げた。しかし下げ方が軽い。

わるいのは自分たちではなく御上《おかみ》だと、手代の振舞いが物語っていた。

享保《きょうほう》十六（一七三一）年八月二十四日。昼に近い江戸は厳しい残暑に襲われて、武蔵屋の小さな庭を渡る風が蒸されていた。

ときおり、ぬるい風が座敷に流れ込んできた。しかし香取屋手代のひたいに浮いた汗は、一向にひく様子がなかった。

「この先しばらくとは、いつごろまでのことでしょう」

武蔵屋三代目の祐助《ゆうすけ》が、目元を曇らせて問いかけた。

「なにしろ二十二日に出されたばかりのお触れですから……」

見当のつけようがないと、手代の返答はにべもなかった。

「香取屋さんほどの大店なら、多少なりとも見込みが読めると思いますが」

素っ気ない答え方をされて、祐助の物言いが尖《とが》っていた。

「どちらさまからも同じことを問われますが、今回ばかりは正味《しょうみ》のところで、見当がつけられないんです」

背筋を張った手代は、襟元を合わせ直した。

「そんな次第ですので、少々の上積みをしていただいても、手元には米が回って参りません。ご入用であれば、相当の額をお覚悟願います」

謎《なぞ》を含ませた口上を聞いて、祐助が顔をしかめた。

同じことを言って回っていた。口ぶりがぞんざいなのは、米を占有しているからだ。手代は
「とにかくいままで通りの値段では、しばらくはご注文をいただきましても、ご希望の数には応じかねますので」

祐助のあとの口をふさぐようにして、香取屋の手代が立ち上がりかけた。

「いま、娘が麦湯を持ってきますから」

「いや、どうぞお構いなく」

そそくさと立ち上がった手代は、祐助の引きとめを振り払うようにして廊下に出た。

「あら……もうお帰りですか」

麦湯を盆に載せたおじゅんが、廊下で手代と向かい合う形になった。井戸水でしっかり冷やした麦湯は、湯呑《ゆの》みの縁に幾粒もの露を結んでいた。

正徳《しょうとく》四（一七一四）年生まれのおじゅんは、今年で十八である。永代寺《えいたいじ》仲見世《なかみせ》通《どお》りの煎餅《せんべい》屋、武蔵屋のひとり娘として生まれたおじゅんには、昨年から幾つも縁談が持ち込まれていた。

背丈は同じ年頃の娘より二、三寸は高く、五尺三寸（約百六十一センチ）もあった。しかし上背《うわぜい》が高すぎる難を、色白で瓜実顔《うりざねがお》、富士びたいの器量が易々《やすやす》としりぞけた。

だれに対しても、弾んだ声で応ずる明るい気性は、仲町界隈《かいわい》に知れ渡っている。

祐助には愛想のない話し方を続けた香取屋の手代が、顔を赤らめて辞儀をした。

「ちょうど冷えごろですから、ひと口だけでもいかがですか」

気持ちのこもった声で勧められて、手代もその気になったらしい。元の座敷に戻ろうとしたとき、祐助が廊下に出てきた。

「香取屋さんは、大層に忙しいそうだ。無理に引き止めるんじゃない」

いつになく厳しい父親の物言いを聞いて、おじゅんが廊下の端に寄った。座敷に戻ろうとしていた手代は、きまりわるげな顔で玄関へと向かった。

おじゅんは盆を抱えたままの姿で、手代を送り出した。

「あんな言い方をしなくてもいいのに」

娘が目元に力をこめて祐助を見た。

「おれが勧めても、あの手代は聞き入れようとしなかったんだ」

娘の盆から湯呑みを取った祐助は、一気に冷えた麦湯を飲み干した。

「せっかく冷えたのを出そうとしたのに」

煎餅屋にとっては、米屋は生地《きじ》づくりに欠かせない大事な商売相手だ。こちらが米屋の得意先でもあるが、職人が四人の武蔵屋と、手代だけでも二十人はいる香取屋とでは、身代の格がまるで違った。米屋にへそを曲げられては、武蔵屋はたちどころに煎餅作りに障《さわ》りをきたしてしまう。それをわきまえているおじゅんは、香取屋への応対にはことのほか気を遣っていた。

「香取屋さん、なんだか慌《あわ》てていたみたいだけど、なにかあったの」

娘に問われても、祐助は返事をしない。が、眉間《みけん》には深いしわが刻まれていた。

「よくない話があったんでしょう」

おじゅんがさらに問うた。

祐助は、胸のうちの思いがそっくり顔に出る男である。そんな父親の性分を、おじゅんは充分にわきまえている。祐助の顔色から、今帰って行った手代との話の中身が、よくないことだったと判じていた。

「ひょっとして、またあのことなの？」

「そんなことじゃない」

邪険に言い切った祐助は、むずかしい顔つきのまま座敷に戻った。

仕事場から、熱のこもった風が流れてきた。煎餅の生地を焼く香りのなかに、醬油《しょうゆ》が焦《こ》げたときの香ばしさが含まれている。

間もなく正午だ。午前中の仕事区切りに、職人たちが醬油塗りを始めたようだ。

物心つく前から、おじゅんはこの香りをかいで育ってきた。毎日、飽きるほどかいでいるのに、十八歳になったいまでも、醬油塗りが始まると鼻がぴくぴくする。廊下に立ったまま、おじゅんは存分に香ばしさを身体《からだ》のなかに取り込んだ。目尻《めじり》が下がり気味になっているのは、おじゅんが満足しているときのあかしだ。

大きく息を吸い込んでから、父親がいる座敷に入った。

庭に面した十畳の客間は、三方の障子戸がすべて開かれていた。父親が座った背後に、秋の陽を浴びたつつじの生垣が見えている。毎朝、庭木に水をやるのはおじゅんの役目である。手桶《ておけ》五杯の水を撒《ま》いたのに、つつじの葉は乾いていた。

おじゅんは父親の正面に座った。さきほどまで、香取屋の手代が座っていた場所である。

「ほんとうにあの話じゃなかったの」

もう一度、同じ言葉で問いかけた。

「商い向きのことだ。おまえには、かかわりはない」

「そんなに邪険に言うこともないでしょう」

おじゅんが、わざと頬を膨らませた。

「おまえが、くどく問うからだ」

眉間にしわを寄せたままの顔で、祐助が娘を見た。来年で不惑を迎える祐助だが、声には張りがあり、髪も黒々としている。

「だって……」

「だって、なんだ」

「香取屋さんの手代さんも、すごくむずかしい顔をしていたんだもの」

「だからと言って、おまえの縁談を断わったこととはかかわりはない。同じことを何度も言わせるな」

厳しい声音《こわね》で娘の口を封じたとき、醤油の焦げる香りが座敷にまで流れ込んできた。

娘と父親の目が合った。

言い争いをしていたふたりの目元が、それぞれ微妙にゆるんでいる。祐助もおじゅんも、この香りをかぐと気持ちが和《なご》むのだろう。

「うちの堅焼きせんべいは、絶対に江戸でも一番よね」

「当たり前だ」

座ったまま、祐助が胸を張った。娘が笑いかけると、祐助は照れ隠しに空咳《からぜき》をした。

「縁談を断わったことじゃなかったら、いったいどんな話をされて、おとっつぁんはむずかしい顔をしていたの」

盆に載せたままになっている麦湯の湯呑みを、祐助に差し出す。手代に供そうとした湯呑みは、すでに空《から》になっていた。麦湯を注いでまだわずかな間しか過ぎていないのに、湯呑みの縁からは冷たさが失《う》せていた。

「二十二日に、御上《おかみ》は精米を江戸に運び入れるのを禁じたそうだ」

おじゅんの顔色が変わった。

煎餅屋には、うるち米ともち米が商いの命綱である。精米を運び込めないとなっては、煎餅の生地が作れなくなる。

「どうしてそんなことを、御公儀は言うの」

「米の値段が下がり続けているからだ」

「だって、三月には江戸の米屋さんから御公儀がお米を買い占めたばかりじゃない」

今度は本気で、おじゅんが頬を膨らませた。瓜実顔が、ひょうたんの形に変わっていた。

「おれに嚙《か》み付いても仕方がないだろう。決めたのは御上だ」

「それはそうだけど……」

父親にたしなめられて、おじゅんが口を閉じた。

八代将軍吉宗《よしむね》の将軍宣下と同時に、正徳は享保へと改元された。吉宗は矢継ぎ早に幕府財政建て直し策を発布した。

とりわけ吉宗が腐心《ふしん》したのが、米価の高値安定である。

武家の俸給である米の価格が下落すれば、たちまち武家の台所事情が悪化する。同じ量の米を売りさばいても、米価が安くなれば実入りが減るからだ。さりとて高値にしすぎると、諸色《しょしき》（物価）の高騰《こうとう》を惹起《じゃっき》する。見かけの実入りが増えても、暮らしは困窮してしまうのだ。

吉宗はほどよい高値に米価が安定するように、市場に流通する米の量を人為的に調整しようと図《はか》った。また米相場の活性化を目的として、大坂堂島の米会所の整備も図った。

さらに昨享保十五（一七三〇）年五月には、江戸の大尽《だいじん》、材木商冬木善太郎たち五人に、大坂米会所新設をも認可した。上方商人だけではなく、幕府お膝元《ひざもと》の江戸商人のカネを投じさせて、米価の高値安定を図ろうとしたのだ。

しかし吉宗が将軍の座についた享保年間は、その当初から、四季は順調に移り変わった。冬は寒く、春秋は穏やかで、夏は夏らしく陽が地べたを焦がした。

稲は自然の恵みを享受《きょうじゅ》し、秋にはたわわな稲穂を黄金色に輝かせた。

豊作で、享保四年以降は元禄《げんろく》時代に比べると米価が二割から三割近くまで下落した。

主食が安く手に入ることで、町人は大喝采《かっさい》した。しかし世の中を統《す》べる武家、とりわけ将軍家は深刻な財政危機に見舞われた。

公儀が目指した米価は、一石一両である。徳川家の石高《こくだか》は四百万石、これを五公五民で配分した。

徳川家の手取りは、二百万石。一石一両であれば、二百万両の歳入である。ところが二割下落すれば、四十万両の歳入不足となる。三割下がれば、実に六十万両もの大金が消滅するわけだ。

吉宗は将軍みずから、国のまつりごとにかかわった。なかでも米価高値安定施策は諸大名からも喜ばれて、『米将軍』の尊称を冠せられた。

その吉宗でも、豊作続きには対応が後手に回った。享保十五年には市中に米がだぶつき、またもや前年に比べて米価が二割も下落した。それに対処すべく打ち出したのが、公儀による市中の米の買い上げである。今年に入ってからも、公儀は買い上げを繰り返した。

なかでも、三月二十八日に実施した買い上げは徹底していた。奉行所役人を市中の米屋に差し向けて、蔵の米を残らず拠出させた。買い上げた米は、すべて蔵前《くらまえ》の御米蔵に移した。この移送に動員されたのは、佐賀町河岸《さがちようがし》や京橋河岸の仲仕《なかせ》衆である。江戸市中の車屋と、はしけを持つ廻漕《かいそう》問屋は、にわかに生じた米の横持ち（陸送）景気に沸き返った。

そこまで徹底して買い上げても、米価はまだ上がらない。業《ごう》を煮やした公儀は、八月二十二日に、江戸市中への精米持込みを禁止する触れを出した。三月の買い上げ時は、一定の市場流通分は米屋に残された。ところが今回は、江戸への精米運び入れは一切御《ご》法度《はっと》だと触れていた。

触れが出された翌日から、公儀の目論見《もくろみ》通りに米価が上昇を見せ始めた。さらなる高値を煽《あお》ろうとする米屋は、公儀の触れ書きを盾にして、売り惜しみを始めた。

香取屋の手代は、少々の値段の上積みでは当面は米が出せないと宣告にきたのだ。

「そんなひどい言い方をして帰ったの？」

手代が口にした謎かけを聞いて、おじゅんが赤い唇を噛んだ。

「はっきりと言ったわけではないが、米が欲しければ高値を覚悟しろということだ」

「ひとの弱みに付け込むなんて、八幡《はちまん》様のお神輿《みこし》を担《かつ》ぐひとの名折れじゃないの」

おじゅんが目元を険しくした。

軒先に吊《つ》るした風鈴が、風を受けて鳴った。音色は涼やかだが、風はぬるい。いきどおりの収まらないおじゅんは、こわばった顔のままで風鈴の音を耳にしていた。

二

深川に武蔵屋が創業したのは、寛文《かんぶん》元（一六六一）年五月二十日である。創業時、武蔵屋初代祐助は二十二歳。九歳から赤坂村の煎餅《せんべい》屋に丁稚《でっち》小僧に出ていた初代は、奉公を始めて十二年目の万治二（一六五九）年に焼き方に取り立てられた。

煎餅焼きは、修業二十年といわれる年季のいる仕事だ。その修業期間の長さがきらわれて、職人の居つきはよくなかった。煎餅屋は、腕一本で諸国を歩く『渡り職人』に頼らざるを得なかった。が、赤坂村の武蔵屋は、どれほど人手に困っても、この渡り職人を迎えることをしなかった。

祐助が奉公を始めて十二年目で焼き方に就けたのは、明暦の大火で生き残ることができたからである。

赤坂村には、五軒の煎餅屋があった。谷から湧《わ》き出る良質の水と、さえぎるものがなく終日田んぼに降り注ぐ陽光とが、稲を稔《みの》り豊かなものにした。

煎餅の生地は、うるち米ともち米だ。形の大きな煎餅にはうるち米を用い、小さなものにはもち米を使う。赤坂村の田んぼからは、両方の質のよい米が取れた。

祐助が丁稚小僧に入ったのは、村でも一番大きい武蔵屋である。

『武蔵屋謹製堅焼きせんべい』は、歯ごたえのある堅さと、煎餅に塗られた醤油ダレの味の良さが評判だった。

堅焼きせんべいは、祐助が奉公を始める二年前の、正保《しょうほう》三（一六四六）年に、武蔵屋が考案した。当時の職人のひとりが、銚子《ちょうし》で醸造の始まった醤油を、煎餅の生地に塗った。

焦げた醤油からは、美味《うま》さを感じさせる香ばしさが立ち上った。

「これはいい。いままでに食べたことのない風味だ」

武蔵屋の当主は、みずから銚子に出向いて造り醤油屋と掛け合った。そして出来上がった醤油の樽《たる》に、武蔵屋が調合したダシと味醂《みりん》とを加えて、秘伝のタレとした。

銚子から江戸まで廻漕される途中で、醤油の樽はほどよく揺られる。江戸の赤坂村に運び込まれたときには、絶妙の混ざり具合となっていた。

武蔵屋の評判を横目に見ながら、残る四軒の煎餅屋も生地に醤油を塗り始めた。が、武蔵屋以外は、どこも生醤油を刷毛《はけ》で塗っただけである。風味も美味さも薄くて、塩辛いだけの煎餅は、武蔵屋の堅焼きせんべいには遠く及ばなかった。

祐助が奉公を始めて五年後に、武蔵屋は尾張《おわり》町に店を構えることになった。尾張町の地主が武蔵屋の煎餅が好物で、ぜひにと頼まれての出店だった。

もっとも店とは言っても、間口四間《けん》（約七・二メートル）、奥行き十間（約十八メートル）の、四十坪弱の細長い地所である。尾張町では煎餅を焼くことができず、毎日、赤坂村で焼きあがった品を尾張町まで運んだ。

店売りしたのは、武蔵屋名物の『堅焼きせんべい』だけ。一枚四文で、豆腐四半丁と同じ値である。煎餅一枚としては相当に高値だったが、尾張町の店では一日千枚も商った。

赤坂村から尾張町まで、祐助ともうひとり、同い年の小僧が一度に二百五十枚ずつの煎餅を担いで運んだ。日に二度の行き帰りである。

尾張町は、四ツ（午前十時）に店開きをした。周りの商家が五ツ半（午前九時）には商いを始めるなかで、武蔵屋は雨戸を閉じたままである。祐助たちが赤坂村から最初の煎餅を運んだ四ツ前には、いつも客が列を拵《こしら》えて待っていた。

武蔵屋の堅焼きせんべいは、刷毛で独自のタレを塗る、いわゆる『塩煎餅』である。この塩煎餅の興《おこ》りは江戸近郊の農家で、武蔵屋も元は赤坂村の農家だった。

夕食を終わったあとの残り飯を煎《い》って蒸《ふか》し、塩を混ぜてのしてから、竹筒で丸形に抜く。それを天日干しにしたあと、炭火で焼いたのが煎餅の始まりである。

武蔵屋の職人が思いついた醤油塗りは、江戸近郊の宿場でも広まった。赤坂村にいた渡り職人が、流れた先で真似《まね》を始めたのだろう。銚子からの廻漕船が立ち寄る、町屋《まちや》、千住《せんじゅ》、金町《かなまち》、柴又《しばまた》などの宿場で、塩煎餅屋が繁盛《はんじょう》した。

他所《よそ》で真似が始まれば始まるほど、本家の武蔵屋堅焼きせんべいが売れ行きを伸ばした。

食べ比べたが、武蔵屋の堅焼きにはかなわない……。

武蔵屋当主が調合したタレは、だれも真似ができなかったからだ。

祐助が十八の年に、江戸は明暦の大火に襲われた。赤坂村の仕事場も、尾張町の店もすっかり焼け落ちた。武蔵屋の家族や奉公人の多くが焼け死んだなかで、あるじと祐助、それにふたりの職人だけが生き残った。

武蔵屋のあるじは、焼け残った米蔵からうるち米を取り出し、まだ焼け跡がくすぶっているうちから煎餅作りを再開した。商いではなく、お助け米の代わりに煎餅を被災者に布施《ふせ》したのだ。

ただしタレは塗らなかった。

大火事で江戸の井戸は、ほとんど使い物にならなかった。そんなときにタレを塗っては、喉《のど》の渇きを煽るだけだと判じてのことである。

大火から二年後の万治二年に、武蔵屋は仮の店を尾張町に構えた。地主は本寸法の普《ふ》請《しん》を望んだが、身寄りを全員失ったあるじは、年とともに生きる張り合いをなくしていた。

大火をくぐり抜けたふたりの職人は、ともに六十に手が届きそうな年配者である。ふたりとも当主同様に、行く末への望みはほとんど抱いていなかった。

「武蔵屋を継げる者は、おまえしかいない」

祐助が二十歳となった万治二年の正月に、あるじは秘伝のタレ作りの伝授を始めた。あるじが得心する味を祐助が再現するまでに、半年のときが入用だった。タレを覚えさせたあとは、生地作りと焼き方の猛稽古《もうげいこ》が祐助に課せられた。なにしろ、一人前の焼き方になるまでには、二十年かかるといわれる煎餅焼き職人である。

師匠役の職人のひとりは、祐助が二十一になる前に没した。大火で負った火傷《やけど》の傷跡から、身体《からだ》にわるいものが入り込んでの死であった。

相方が亡《な》くなったことで、残るひとりの職人も、武蔵屋のあるじも、気力を失った。

職人は万治三年の十二月に息を引き取り、あるじは翌年五月初め、元号が万治から寛文に改まった直後に病没した。

「江戸であれば、場所は問わない。おまえに伝授した堅焼きせんべいを作り続けてくれ」

武蔵屋のあるじは末期《まつご》の言葉に添えて、七十五両のカネを祐助に残した。尾張町で店を続ける元手だった。

数千両の身代だと言われた武蔵屋だったが、祐助に託されたカネは百両に満たなかった。大火で家族身寄りを全員失ったあるじは、商いの元手のほかは、手元にあったカネすべてをお助け金として菩提寺《ぼだいじ》に寄進していた。

あるじの遺言を重く受け止めた祐助は、在所だった深川に戻った。が、祐助も身内をすべて大火で失っていた。

一面の焼け野が原のなかで、永代寺は柱を焦《こ》がすこともなしに焼け残っていた。寺に詣《もう》でた祐助は、住持の口利《くちき》きで仲見世の通りに一軒家を借り受けた。そして職人を雇い入れるでもなく、おのれひとりの力で、武蔵屋の再興を始めた。

商いが軌道に乗り始めた寛文九（一六六九）年に、地元の青物屋の娘と所帯を構えた。翌年十月に長男を授かり、寛文十二年には次男も授かった。

初代祐助は、長男が九歳になった延宝六（一六七八）年から、煎餅作りを教えた。自分が赤坂村に奉公を始めたのと同じ年である。二年遅れで、次男にも同じことをした。そして次男が二十二歳になった元禄六（一六九三）年に、尾張町に出店を持たせた。代替わりはしていたが、幸いにも地主は変わっておらず、赤坂村の武蔵屋が出店したのと同じ場所に、同じ規模の店を出すことができた。

尾張町の店が繁盛しているのを見届けたのち、初代祐助は同年十一月に没した。

二代目は先代の言いつけを守り、赤坂武蔵屋のあるじの思い大事とし、武蔵屋を続けた。尾張町の武蔵屋は分家の扱いとし、商いの品は興りの当時そのままに、深川から毎日届けた。

二代目が所帯を構えたのは、まだ先代が存命中のことである。元禄四年に、先代同様に地元の商家から嫁をもらった。

三代目の当主が授かったのは、奇《く》しくも初代が没した年である。三代目の誕生は十月で、初代が没したのは十一月。わずか二十日余りのことだが、初代は三代目を腕に抱くことができていた……。

「うちの先祖は、あの明暦の大火をくぐり抜けたほどに、強い運の持ち主だ」

おじゅんを前にして、三代目祐助は娘がいれた麦湯の残りを飲み干した。

「米騒動を乗り切ることぐらいは、いかほどの苦労でもない」

祐助は、おのれに言い聞かせるかのようにきっぱりと言い切った。

風鈴が涼しげな音を立てて、祐助に応《こた》えた。

永代寺が打つ正午の鐘が、風鈴の音にかぶさった。

三

「西悦《せいえつ》さんにご用ですね」

竹ぼうきで庭掃除をしていた小僧が、おじゅんを見て掃除の手を止めた。

「よく分かったわね」

相手が小僧だけに、おじゅんの物言いがくだけている。顔をのぞきこまれて、小僧が顔を赤らめた。

永代寺は、富岡八幡宮《とみおかはちまんぐう》の別当寺《べつとうじ》である。

八月十五日の八幡宮例大祭、神輿連合渡御《とぎよ》（水掛け祭）が終わったいまは、氏子各町のみならず、永代寺もどこかのんびりしていた。

「ここでお待ちください。西悦さんを呼んできますから」

去年の正月、九歳で寺に預けられた小僧は、夏を二回乗り越える間に、すっかり言葉遣いを身につけていた。

「慌《あわ》てなくていいわよ」

おじゅんの言葉を背に受けながら、小僧は賄い所《まかなじょ》へと駆けた。

いつもの年なら、八月二十六日はすでに秋の気配が漂うころだ。しかし今日の四ツ

（午前十時）の日差しは、夏の盛りを思わせる強さをはらんでいた。

生垣のつつじの葉が、陽を浴びて深い緑色に照り返っている。十五日の例大祭から今日まで、大した雨は降っていなかった。陽に焦がされ続けている地べたは、まだ四ツなのに暑さが立ち上ってくる。萌葱色《もえぎいろ》の薄物を着ているおじゅんは、生垣外れの大石に腰をおろした。

つつじには、朝の打ち水がされている。葉の鮮やかな深緑色が、暑さを忘れさせてくれるようだ。たもとから取り出した汗押さえを右手に持ったまま、初めてつつじの美しさに気づいた日のことを、おじゅんは思い返した。

八歳を迎えた享保六（一七二一）年の正月から、おじゅんは煎餅の箱詰めを手伝い始めた。武蔵屋初代の長女が、八歳から家業を手伝ったことを受けての仕来《しきた》りである。

毎年六月十三日は、富岡八幡宮の神饌《しんせん》（神に供える、稲・米・酒・鳥獣・魚介・蔬《そ》菜《さい》・塩・水などの飲食物）の選り抜き日だ。八幡宮別当寺の永代寺も、この日に供物《くもつ》の選り抜きを行った。

元禄五（一六九二）年の永代寺建立《こんりゅう》当初から、武蔵屋は供物納めを請負ってきた。永代寺の初代住持が、武蔵屋の堅焼きせんべいを大いに気に入ってのことである。

以来、享保六年のこの日までの二十九年間、武蔵屋は味を守り、永代寺も供物のひとつとして用い続けていた。富岡八幡宮に倣《なら》って、六月十三日には永代寺も供物の選り抜きを行った。歴代の住持が気に入ってきた武蔵屋の堅焼きせんべいも、他の供物と区別なしに、選り抜き吟味を受けた。

享保六年は永代寺建立から、数え三十周年の節目である。いつもの年なら、住持・賄い主事のふたりの吟味で、供物の選り抜きを行うが、この年は、三十周年を祝賀する京の仁和寺《にんなじ》からの使者が、永代寺に逗留《とうりゅう》していた。選り抜きには、この僧侶《そうりょ》も加わることになった。永代寺の住持が、江戸の供物の味を京の僧侶に示したくてのことである。

「明日の十三日には、江戸の煎餅の美味さをしっかりと示してくだされ」

選り抜きの前日に、住持みずからが武蔵屋当主に伝えた。住持が口にしたことを、祐助は身体とこころとで受け止めた。

かねてから誂《あつら》え注文を出していた石臼《いしうす》を、祐助は十二日に納めて欲しいと石臼屋に頼み込んだ。

「急にそんなことを言われても、この梅雨空続きだ。たまさか今日が晴れたてえんで、どこも車は出払ってる。今日の今日じゃあ、車の手配りがつかねえやね」

高橋《たかばし》の石臼屋から武蔵屋までは、半里（約二キロ）の道のりである。

「臼は仕上がってるんだ、据付けに出向くのは構わねえ。どうしても今日中に納めろてえんなら、そちらさんで車の手配りをやってくだせえ」

祐助のねばりに根負けした石臼屋の親方は、車さえ都合がつけば出向くと応じた。

「明日の選り抜きに使う煎餅を、なんとしても下《おろ》し立ての臼で拵えたいんだ」

祐助は地元の車屋と掛け合い、行き帰り一里の道を仲町の車と車力《しゃりき》とで運んだ。臼の重さは、およそ五十貫（約百八十八キロ）。雨続きでぬかるみになった道は、歩くだけでも難儀である。

なんとしても新しい臼が欲しい。祐助は、車力と人夫を四人仕立てて、高橋から永代寺門前仲町まで運んだ。

武蔵屋は永代寺への納めを請負った当初から、朝の一番臼で挽《ひ》いた米を供物の生地に用いた。天日干しを終えて、生地が仕上がるのは二日後である。

享保六年六月十三日の朝。縁起を担《かつ》ぐ祐助は据付け下《おろ》しの臼で挽いた米を、その日に使う生地にまぶして焼き上げさせた。

晴れ間は昨日の一日だけで、十三日はまた雨降りに戻った。武蔵屋の職人たちは、顔が曇り気味だった。

煎餅は、パリッとした堅さが命である。とりわけ武蔵屋の『堅焼きせんべい』は、その名の通り、堅い歯ごたえで評判なのだ。

前歯で嚙《か》んだときの小気味良い音も、口に含んだあとの醬油《しょうゆ》味も、乾いていればこその味わいである。昨日は幸いにも合間の晴れに恵まれて、石臼の運びも据付けもうまく運んだ。が、選り抜きのこの朝は、雨のうっとうしさが武蔵屋の仕事場に覆いかぶさっていた。

十三日の朝五ツ半（午前九時）。

屋根に拵えた、明かり取りの戸は半開きである。薄い光が差し込む仕事場には、職人のわきにおじゅんが座っていた。

仕立下しの結城紬《ゆうきつむぎ》の長着に、純白木綿の上っ張りを着たおじゅんは、選り抜きの吟味を受ける堅焼きせんべいの箱詰め役である。

「まったく、飽きずによく降りやがる……」

火鉢をはさんで向かい合わせに座った職人ふたりが、顔を見合わせて雨空に愚痴をこぼした。

「なんだって、よりによって今日なんでえ」

長い竹箸《たけばし》を手にした焼き方のひとりが、手を止めて相方を見た。

「昨日の煎餅なら、久々にパリッと仕上がったのによう」

「言っても詮無《せんな》いことさ。そんなことより、おじゅん坊が焼き上がりを待ってるじゃねえか。焼いてる途中で手を止めるんじゃねえ」

年長者からたしなめられた職人は、慌《あわ》てて焼き方に戻った。

毎日の納め数は五十枚だが、選り抜き日だけは倍の百枚が入用である。吟味を終えたあとは、寺の僧侶にも行き渡るように納めるのが慣《なら》わしだった。

厚紙でできた箱に、永代寺の紋が白く染め抜かれた紫色の絹布《けんぷ》を敷く。ひとつの箱に、二十五枚の堅焼きせんべいを収めた。ふたを閉めた箱を、紫無地の風呂敷《ふろしき》に包んで届けるのが納めの作法である。箱は毎日の納め切りだが、紋が染め抜かれた絹布は使い回しだ。今年の正月からは、母親のおとしに代わって、おじゅんが箱詰めと包み役を受け持っていた。

納めの刻限は四ツ半（午前十一時）。まだ、充分にときが残っている。絹布に汚れがないことを確かめてから、おじゅんは焼き上がりを箱詰めした。

四つの箱にふたがされたのは、四ツを四半刻《しはんとき》（三十分）ほど過ぎたころだった。立ち上がったおじゅんは、上っ張りを脱いで奥に入った。

「おとうちゃ……」

言いかけた口に手をあてたあと、おじゅんは「おとっつぁん」と言い直した。この年の正月から、おとうちゃんではなく、おとっつぁんと呼ぶことになっていた。が、いまだにおじゅんは言い間違えをした。いつもなら、ぺろっと舌を出してそのままにした。

しかし大事な選り抜きを控えたこの朝は、祐助に指摘される前に言い直した。

こどもながらに、この朝が大事であることをわきまえていた。

「支度ができたのか」

問いかける祐助の目元がゆるんでいる。娘が自分から言い直したのが嬉《うれ》しかったらしい。

「百枚、全部を箱詰めしました」

「分かった、いま確かめよう」

おじゅんと一緒に仕事場に戻った祐助は、風呂敷をほどいて中身を確かめた。二十五枚ずつ四箱で、都合百枚。数にも仕上がりにも文句はなかった。

「いい仕上がりだ」

ねぎらいの言葉を職人にかけたが、祐助の目は娘を見ていた。

永代寺は、仲見世の通りを隔てた筋向かいである。こどもの足で歩いても、いかほどでもなかった。

八歳を過ぎたあとの武蔵屋の長女は、他家に嫁ぐまでは、選り抜き日の納めが大事な役目である。しかしこの年までは、永代寺周年の年に長女が納めに出向いたことはなかった。初代は娘も授かったが、二代目は現当主の祐助をひとり授かっただけである。八歳を過ぎた長女に課せられた役目とは言っても、務めに就いたのは初代の長女のあとは、おじゅんしかいない。

めぐり合わせとは言え、おじゅんは家業の手伝いを始めたその年に、永代寺三十周年の選り抜き納めを任されることになった。

「慣れないことで気が張るだろうが、初代が定めたことだ」

いきなり大任を押しつけられた娘を案じつつも、祐助は仕来りを守った。小雨は一向にやむ気配がなかった。おじゅんは小豆色《あずきいろ》の小さな番傘を左手に持ち、四つの箱が包まれた風呂敷を提げて、永代寺の門をくぐった。

建立から足掛け三十年のときを経て、深川の名刹《めいさつ》のひとつに数えられるまでに永代寺は名が通っていた。山門を入ると、左手奥には刻《とき》を報《しら》せる鐘撞堂《かねつきどう》がある。おじゅんは右手に折れて、賄い所へと向かった。

雨が続き、敷き詰められた玉砂利が濡《ぬ》れている。広い庭には、つつじの生垣がはるかな奥まで連なっていた。玉砂利の途中で立ち止まったおじゅんは、つつじの葉の美しさに見とれた。深緑色の葉を、小雨が濡らしていた。雨が小さな粒を作り、葉から転がり落ちている。武蔵屋にも庭はあるが、坪庭もどきの狭いものだ。家の庭に植わっているのは、紫色の花を咲かせたあじさいである。いまは花の盛りで、こどもの目にも見飽きることのない美しさだ。

しかし果てしなく続くつつじの生垣は、花とは異なる見事な眺めだった。しかも足元を歩きにくくしている雨が、つつじの葉と仲良く遊んでいるようだ。何度か祐助と永代寺をおとずれたことはあったが、これほどにつつじの葉が美しいと感じたことはなかった。

納めを控えていたが、そこはまだ八歳のこどもである。用を忘れて、おじゅんは生垣に近寄ろうとした。ふっと気が抜けたことで、歩みが甘くなった。濡れた玉砂利に足をすくわれて、尻餅《しりもち》をついた。左手の番傘から手が離れたが、風呂敷包みはしっかりと抱きかかえていた。

が、滑った拍子に鼻緒が切れた。

泣きべそ顔になりながら、番傘を拾った。傘と風呂敷とで両手が一杯になった。おじゅんは片足を裸足《はだし》のままで、賄い所へと歩き出した。

そこに通り合わせたのが、当時十八歳だった西悦である。

永代寺の鐘撞きは、二十歳手前の見習い僧の役目である。西悦は四ツ半の鐘を撞くために、年長の僧とともに鐘撞堂に向かっていた。

「裸足じゃないか」

こどもが相手ゆえ、西悦がくだけた物言いで話しかけた。

「鼻緒が切れちゃった……」

おじゅんは、玉砂利に転がったままの駒下駄《こまげた》を指差した。拾い上げた西悦が、おじゅんのそばに戻ってきた。

「ありがとう……」

礼を言いながらも、おじゅんは泣き声である。抱えた風呂敷を目にした西悦は、選り抜きの納めだと察したようだ。

「すぐに追いかけますので、西祥《せいしょう》さまはお先に鐘撞堂へ……」

年長者に断わりを言った西悦は、おじゅんを背負って賄い所に向かった。西悦は五尺八寸（約百七十六センチ）の、大柄な若者である。父親以外に背負われたことのなかったおじゅんは、西悦の背中の大きさに驚いた。それと同時に、父親とは異なる、若者ならではの肌のにおいをかいで、わけもなく胸を弾ませた。

賄い所の土間でおじゅんをおろした西悦は、流し場の手拭《てぬぐ》いを引き裂いて、間に合わせに鼻緒をすげた。おじゅんが鼻緒に足を通したとき、日本橋石町《こくちょう》から四ツ半を告げる捨て鐘が流れてきた。

永代寺には、将軍家から賜った和時計があった。これを用いて鐘を撞くのは、毎日一度、九ツ（正午）のみである。そのほかの刻は、石町が撞く鐘を聞いてから後追いした。鐘は、最初に捨て鐘を三打撞いてから、刻の数だけ本鐘を打つ。

「じゃあね。鐘を撞かないといけないから」

「おにいちゃんの名前を教えて」

「西悦だよ」

「あたい……あたしは、筋向かいの武蔵屋の、おじゅんって言うの」

「知ってるよ。選り抜きの供物は大丈夫かい」

「転んだときも、しっかり抱いていたから」

おじゅんがわずかに胸を反らした。

「えらいなあ」

短い言葉を残して、西悦は鐘撞堂へと駆け出した。傘もささずに走る西悦を、おじゅんは土間から見詰めていた。


「こんな暑いなかに座って……」

思い返しにふけっていたおじゅんは、西悦が顔を出したことに気づかなかった。声をかけられて顔を上げると、ぬくもりをたたえた西悦の黒い目に見詰められていた。

今年で二十八歳になった西悦は、永代寺の賄《まかな》いを任されていた。深川一帯に刻を知らせる永代寺は、六十人の僧侶を抱える大きな寺である。

三度の食事賄いは、若い僧七人が修行のひとつとして、交代で任に就く。西悦は、七人の差配《さはい》役を任されていた。

「少しだけ、西悦さんに話を聞いていただきたいことがあるの」

「拙僧が聞いて、役に立てることですか」

おじゅんは力強く、こくっとうなずいた。

「ここは、あなたには暑すぎるでしょう」

汗押さえを手にしたまま、おじゅんは石から腰を上げた。

「池の周りには木陰があります。そちらで話をうかがいましょう」

おじゅんに池を指し示《いと》す西悦の目が、黒く潤《うる》んで見えた。僧侶の慈愛の潤《うるお》いというよりは、おじゅんを愛しんでいるかのようだった。

四

「香取屋さんが、この先はお米の納めはどうなるか分からないって」

ひょうたんの形をした池のほとりで、おじゅんは細く整えた眉《まゆ》をしかめた。

西悦が口にした通り、ひょうたん池の周りには杉木立があった。永代寺建立《こんりゅう》と同時に池と庭が造られて、百二十本の杉が房州の茂原《もばら》から移植された。深川に植えられてから、来年で丸四十年になる。ときの流れのなかで、杉はしっかりと永代寺の庭に根付いていた。

大川からの川風は、永代寺にまでは届かない。が、寺の裏手には、大川につながる堀が縦横に掘られている。堀を渡った風は、杉木立を通り抜けるなかで、ほどよく冷やされた。そして、杜《もり》の精をたっぷり取り込んだ。

杉木立からひょうたん池に流れてくる風は、涼味と香りの両方を按配《あんばい》よく含んでいる。

眉をしかめていたおじゅんだが、風の香りをかいだあとは、顔つきをやわらげた。

「納めがどうなるか分からないというのは、御上《おかみ》のお触れが出されたゆえでしょう」

「えっ……お触れって、ほんとうに出されていたの？」

いきなりこども時分の口調で、おじゅんが目を見開いた。

「ほんとうにとは、おじゅんさんは本気にしていなかったのですか」

「だって……香取屋さんの言うことだもの」

「なにか、香取屋さんとはわけがありそうですね」

西悦に問われても、おじゅんはすぐには答えなかった。西悦は相手をせっつくでもなく、黙ったまま流れくる風を受けている。

池の鯉《こい》が水音を立てたとき、おじゅんが西悦に目を合わせた。

「去年の暮れに、香取屋さんからあたしに縁談が持ち込まれたんです」

おじゅんが口にしたことを聞いて、西悦の顔色がわずかに変わった。

「香取屋さんのご長男の嫁にと言われたんですが、今年の一月にあたしはお断わりしました。それ以来、香取屋さんはなんだかうちに、よそよそしくなってしまって……」

話しにくそうにするおじゅんの語尾を、強く吹き抜けた風が運び去った。

「それゆえに、お触れはまことではないと思ったのですね」

公儀の町触れがまことだと知って、おじゅんは力なくうなずいた。

「お触れが発せられたのはまことですが、それは精米したものを江戸市中に運び入れるなと禁じただけです。玄米を搗《つ》いて用いるなら、お咎《とが》めはありません」

「そうですか……」

西悦の言い分を聞いても、おじゅんの曇った顔は晴れなかった。

「武蔵屋さんで、搗き米をしろと言っているのではありません。玄米さえあれば、手立ては幾らでもあります」

おじゅんが再び、目を一杯に見開いた。

瞳《ひとみ》の大きいおじゅんが目を見開くと、見詰められた男は、だれもが顔を赤らめてうろたえ気味になる。が、西悦は静かな表情のままで、真正面からおじゅんの目を受け止めた。

「永代寺には、富岡八幡宮と一緒に使う搗き米場があります」

「そこで搗いてくださるんですか」

おじゅんが声を弾ませた。西悦は静かにうなずいてから、言葉を続けた。

「供物《くもつ》を納めてくださる武蔵屋さんの頼みであれば、寺が搗き米を手伝うことに障《さわ》りはありません」

「ありがとうございます」

石に腰をおろしたまま、おじゅんがあたまを下げようとした。西悦が押しとどめた。

「どのみち武蔵屋さんは、香取屋さんから玄米を買い求めるわけでしょう」

「はい」

「ならば、寺が手伝うような面倒なことをせずとも、うちから香取屋さんに強く言えば、武蔵屋さんの搗き米を聞き入れるでしょう。お触れが禁じているのは、さっきも言いましたが精米の運び入れだけです。玄米を搗くことまでを、禁じたお触れではありません」

「でも……」

いっとき弾んでいたおじゅんの声が、またも沈んだ。

「うちから香取屋さんに申し入れるのが、おじゅんさんはいやですか」

問われたおじゅんは、ひと息おいてからきっぱりとうなずいた。

「永代寺さんに言われれば、香取屋さんも言うことを聞くでしょうが、いつ意趣返《いしゅがえ》しをされるか分かりません。そんなことでおとっつぁんの顔つきが暗くなるのを、見るのがつらくて……ごめんなさい……」

おじゅんは思っていることを、隠さずに伝えた。

「そこまで気が回らず、うかつなことを口にしました」

「そんな……西悦さんが詫《わ》びるなんて……あたしのほうこそ、勝手なことを言ってごめんなさい」

おじゅんがあたまを下げた。

気まずい気配が漂い、ふたりはともに黙り込んだ。しばらくはおじゅんも西悦も、風に吹かれるままだった。が、思案に思い当たった西悦が口を開いた。

「武蔵屋さんは、米の仕入先を変えてもよろしいのでしょうか」

「それは、おとっつぁんに訊《き》かないと分かりませんが……なにか妙案でも？」

「うちと八幡宮とに玄米を納めている米屋とは、賄い主事の西祥さまが大変に懇意にしておられます。自前の船で蔵前から納めにくる大店《おおだな》ですから、武蔵屋さんの分ぐらいであれば、造作なく玄米も搗き米も、引き受けてくれるでしょう」

「西悦さんが、その仲立ちをしてくださるのですか」

「西祥さまにお願いするぐらいであれば、拙僧にもできます」

西悦は気負いなく言い切った。

娘から話を聞かされた祐助は、半日思案したのちに西悦の申し出をありがたく受けた。縁談を断わったあとの香取屋の振舞いには、祐助も業腹《ごうはら》な思いを抱いていた。それに加えて西悦の申し出は、武蔵屋には願ってもない話に思えた。

さりとて、香取屋とは武蔵屋初代からの長い付き合いである。香取屋の口利《くちき》きで取引の始まった得意先は何軒もあった。商いの縁を切るには、祐助にもそれなりの覚悟がいった。西悦への返事に半日かかったのは、祐助が肚《はら》を決めるときが入用だったからだ。

ひとたび決めたあとは、蔵前の米屋増田屋四郎左衛門《しろうざえもん》との掛け合いに、祐助は全力で打ち込んだ。

「こんな美味《うま》い煎餅《せんべい》作りにうちの米を使っていただけるなら、あるじも大喜びです」

奉公人を四十人も抱える増田屋だが、祐助との掛け合いは頭取番頭が受け持った。江戸で名の通った、永代寺の仲立ちがあればこそだった。

話がまとまるまでには、十日を要した。納めは毎月、一日と十五日の二回と決まった。

これは永代寺と富岡八幡宮への、玄米納めの期日である。

香取屋からの納めは、五の日ごとだった。それが月二回の納めとなれば、一回あたりに武蔵屋が受け取る米の量が五割増しとなる。祐助は町内鳶《とび》のかしらに頼んで、庭に納戸《なんど》のような米置き場を拵《こしら》えた。庭が半分になり、あじさいと南天も半分が引き抜かれた。

庭の見栄《みば》えがわるくなったが、祐助にもおじゅんにも不満はなかった。

九月十五日に、武蔵屋への最初の米が運ばれてきた。増田屋自前の船には、頭取番頭と増田屋の惣領息子《そうりようむすこ》の孝太郎《こうたろう》が乗っていた。

「武蔵屋さんの煎餅が大層に美味いと、頭取番頭が言うものですから」

自前船を持つほどの大店にもかかわらず、惣領息子は武蔵屋の誘いをためらいもなく受けて、仕事場奥の座敷に上がった。米を運びこむ仲仕衆の気合声が、十二畳間に流れ込んでくる。孝太郎は気にもとめずに、出された煎茶を飲み、堅焼きせんべいを頰張った。

「煎餅も美味いですが、お茶の美味さが格別です。このお茶は、どなたが？」

「娘です」

蔵前の大店の跡取り息子から褒められた祐助は、顔をほころばせておじゅんを座敷に呼び入れた。

「増田屋さんの惣領さんが、おまえのお茶を褒めてくださった」

煎餅を美味いと言われたことよりも、娘がいれた煎茶を褒められたのが、祐助には嬉《うれ》しいらしい。

いつになく饒舌《じょうぜつ》な父親のわきで、おじゅんはきまりわるそうな顔で、膝元《ひざもと》の畳のへりを見ていた。

孝太郎は、ぶしつけにならないように気遣ってはいるようだが、おじゅんから目を離さないでいた。

五

十月一日の船にも、孝太郎が乗ってきた。船には富岡八幡宮と永代寺に納める玄米三十俵と、武蔵屋の搗き米六俵が積まれていた。

「武蔵屋さんには、おれも一緒に行くよ」

二俵ずつ載った手押し車三台の後について、孝太郎は足取りも軽く武蔵屋に向かった。

店先で待っていた祐助は、惣領息子が仲仕衆と一緒に歩いてきたのを見て、目を丸くした。

「わざわざ、若旦那《わかだんな》さんにきていただくとは恐れ入ります」

「この前いただいたお茶が、大層に美味かったものですから」

「そうでしたか」

応じた祐助の顔つきが曇った。

「申しわけありませんが、娘はあいにく踊りの稽古《けいこ》に出かけておりまして……家内のいれた茶でよろしければ、ぜひともお上がりください」

娘の不在に恐縮した祐助が、精一杯に愛想のよい物言いをした。

「そうでしたか……」

孝太郎は声の調子を変えずに答えたものの、顔つきは明らかに気落ちしていた。

「今度の十五日に、またお邪魔します」

軽い会釈《えしやく》を残して、孝太郎は永代寺裏の船着場に戻って行った。

十月十五日も、十一月の一日と十五日にも、孝太郎は船で深川にやってきた。そして、おじゅんのいれた茶を美味そうに飲み干してから、蔵前に帰って行った。

師走《しわす》入りを翌日に控えた、十一月晦日《みそか》の昼過ぎ。長かった夏の帳尻《ちょうじり》合わせをするかのように、強い木枯らしが深川に舞った。

「ごめんなすって」

角樽《つのだる》を手に提げた町内鳶のかしらが、武蔵屋の店先に顔を見せた。応対に出たおじゅんは、すぐさま父親にかしらの来訪を告げた。

「お寒いなか、ご苦労さまです」

用向きの分からない祐助は、当たり障りのないあいさつを口にした。

「今日は折り入っての話でうかがいやした」

いつもと調子の異なるかしらの様子をいぶかしく思いながらも、祐助は奥の座敷に招き上げた。来意を聞いたあとは飛び上がった。

「蔵前の増田屋さんが、こちらのおじゅんさんをぜひとも嫁にと言われてるんでさ」

話は増田屋出入りの町内鳶のかしらから、仲町のかしらに持ち込まれた。大店が縁談話を進めるときの作法である。使者に立つことになった仲町のかしらは、極上の灘酒《なだざけ》五升の切手が入った角樽を持参していた。

「増田屋さんとうちとでは、まるっきり釣り合いがとれません」

娘に問う前に、祐助は断わりを口にした。かしらは祐助の出方を読み切っていた。

「先様《さきさま》は、旦那もご内儀《ないぎ》もこの話に乗り気で、ぜひにと言われているそうでさ」

増田屋はひとを使って、おじゅんの評判を聞き込んでいた。武蔵屋の内証もつぶさに調べた末の、縁談の申し入れである。

「いま、この場で返事をいただく気はありやせん。おじゅんさん、おかみさんの三人でようく話し合ったうえで、日をあらためたところで聞かせてくだせえ」

かしらが帰るなり、武蔵屋は店の雨戸を半分閉じた。祐助は店仕舞いにしたかったが、遠くから堅焼きせんべいを求めにくる客を思っての半開きである。

客の応対は職人に任せ、親子三人は奥の座敷で膝を詰めて向き合った。

「ありがたいお話ですが、釣り合わぬは不縁の元です。嫁いだおじゅんが苦労しますから、お断わりしてください」

持ち込まれた縁談に、母親は強く反対をした。かしらから聞かされたときは固辞しようとした祐助は、娘次第だと考えを変えていた。

「すぐには答えられません」

おじゅんは返事を濁して座敷を出た。

翌日の十二月一日の納めには、孝太郎は顔を見せなかった。話をつないできた仲町のかしらも、なにも言ってこないまま、三日が過ぎた。

祐助も妻のおとしも、おじゅんと顔を合わせても、なにも言わない。十一月晦日に祐助が口にした、「娘次第だ」を守っていた。

十二月三日は寒さがゆるんだ。正午の鐘が鳴り終わったとき、おじゅんは永代寺のひょうたん池の石に腰をおろしていた。

増田屋からの縁談が持ち込まれてから、おじゅんは浅い眠りの日々が続いている。

どうすればいいの……。

答えを出せない苛立《いらだ》ちに、おじゅんは二六時中、さいなまれていた。悩んでいるのは、孝太郎の屈託のない明るさ、大店の惣領息子ならではのゆとりのある品のよさを、憎からず思っているからだ。

香取屋から持ち込まれた話は、迷うことなく断わろうと決めた。縁談相手には会いもしなかったが、身代の大きさをひけらかす香取屋の在り方が、おじゅんの肌には合わなかったからだ。

増田屋は、香取屋の倍以上の身代である。一年の商いが五万両を下らないとのうわさを、おじゅんは何度も耳にした。数人の職人を使うだけの武蔵屋には、考えも及ばないほどの商い高だ。

しかし美味そうに茶を飲む孝太郎は、増田屋を笠《かさ》に着た振舞いは、かけらも見せない。そしておじゅんを見る目には、人柄を感じさせるぬくもりがうかがえた。

憎からず思っていながらも迷うのは、母親が口にした「釣り合わぬは不縁の元」との思いからだ。孝太郎のみならず、増田屋当主と内儀までもが、おじゅんの嫁入りを求めている。かしらにそれを言われたが、家格の違いはおじゅんに重たくのしかかっていた。

どうすればいいの……。

深いため息をついたとき、木立の奥から男の群れが駆けてきた。三十三間堂裏の、柔《やわら》道場の弟子たちである。武家・町人の区別はなく、十代の若者二十人が群れになっておじゅんのわきを駆け抜けた。

あとには、若者たちの汗のにおいが残った。

あっ……。

おじゅんは声を漏らした。

そして、孝太郎の申し出を受けようか断わろうかと迷っているわけに思い当たった。

迷っていたのは、家格の違いではなかった。いままで気づかないでいたが、おじゅんはこころの奥底では、西悦を愛《いと》しく思っていた。僧侶《そうりょ》と煎餅屋の娘が、夫婦《みようと》になれるわけがない。ゆえに自分でも気づかぬまま、西悦への想《おも》いを深いところに押し込めていた。

想いにかぶせていた頑丈なふたを、走り抜けた若者たちの、汗のにおいが外した。

八歳の梅雨時にかいだ、西悦の肌のにおい。あの日から、おじゅんは西悦への想いを隠し持ってきた。十年が過ぎたいまになって、それも持ち込まれた縁談話に悩んでいるさなかに、おのれの真の想いに気づいた。

実ることのない想いだった。

享保十六年十二月二十二日。

年の瀬を間近に控えたこの日は、前日までの寒さがゆるんだ夜明けを迎えた。大安吉日を祝うかのような、おだやかな日の出だった。

晴天は午後も続いた。

七ツ（午後四時）が迫るころ、寒風が町に戻ってきた。朝から昼間にかけての寒さがゆるかっただけに、風の厳しさが身に染《し》みた。

「ほんとうに、代わっていただいてよろしいのですか」

鐘撞《かねつき》当番の見習い僧が、西悦を見上げて念押しした。

「念には及ばない」

短い言葉で見習い僧の物言いをさえぎった西悦は、物静かな足取りで鐘撞堂に向かった。

冬の陽が、足早に沈もうとしている。明日も晴天だと、あかね色の西空が教えていた。

昨日の午後、久しぶりにおじゅんが西悦をたずねてきた。

「増田屋さんに嫁ぎます」

西悦の目を見詰めてこれだけ言うと、おじゅんは深い辞儀をして去って行った。

山門に向かうおじゅんの後ろ姿を、西悦は黙したまま見詰めていた。いまも修行を重ねている僧侶のこころの内に、不意にさざ波が生じた。

いま山門を出ようとしているおじゅんの後ろ姿は、西悦の知らない女人のものだった。

決意を固められれば邪念は失せて、しがらみを脱せられる。

そののちは新たなる景観が眼前に開け、歩みも違ってくる……。

西悦が日々修行を重ねて、到達を目指している悟りの境地を、おじゅんの後ろ姿から察した。

女人が会得したことを、いまだそこに到達できておらぬおのれを、西悦は思い知った。

息災なる日々がおとずれますように。

ただこれだけを念じつつ、西悦は合掌した。

日本橋石町から、七ツを告げる捨て鐘が流れてきた。西悦はひと息おいて、最初の捨て鐘を撞いた。

十年の間思い続けてきたおじゅんを、西悦は期せずして深川から蔵前へと嫁がせた。

二打目を撞きながら、西悦はおじゅんに別れを告げた。

三打目を撞き、本鐘に入った。

深川に、永代寺が打つ鐘の音が流れている。
いつもより哀愁に満ちたその音が、真冬の風に乗って大川を渡り、蔵前へと流れた。

仲町《なかちょう》の夜雨

一

宝暦《ほうれき》六（一七五六）年一月二十六日。江戸は五日続きで、朝から北風が強く吹いていた。

永代寺《えいたいじ》門前仲町《もんぜんなかちょう》の辻《つじ》には、黒く塗られた高さ六丈（約十八メートル）の、火の見やぐらが建っている。元禄《げんろく》三（一六九〇）年に普請《ふしん》されて以来、火の見やぐらは黒塗りだ。過ぐる六十六年のなかで、何度か大きな地震に遭った。しかし差し渡し二尺（約六十一センチ）の、土佐魚梁瀬《やなせ》の大杉を柱に用いたやぐらは、大きく揺れながらも倒れなかった。

地震をくぐり抜けたやぐらは、富岡八幡宮《とみおかはちまんぐう》とともに、深川住民の鎮守様《ちんじゅ》である。辻を行きかうひとの多くは、火の見やぐらを見上げて手を合わせた。

佐賀町の町内鳶《とび》のかしら、与五郎《よごろう》の宿をおとずれる途中のおこんも、やぐらに手を合わせた。他の住人たちよりも合わせ方がしっかりしているのは、おこんの連れ合い政太《せいた》郎《ろう》も、深川冬木町の町内鳶のかしらだからだ。

出入り先の商家が火事に襲われそうなとき、鳶は火消しよりも先に駆けつける。そして荷物の運び出しなどを手伝い、ごひいき先の役に立つのが町内鳶の役目なのだ。

生業《なりわい》柄、鳶と火事とは背中合わせだ。町を守る神社と、火事を知らせる火の見やぐらとに、おこんは同じ思いで手を合わせた。

一月下旬の四ツ《つ》（午前十時）過ぎである。陽はすでに昇っていたが、北風が強い。六丈高いやぐらに吊るされた半鐘が、風を受けて揺れている。

手を合わせ終わったおこんは、半纏《はんてん》の胸元を掻《か》き合わせた。この正月で三十七になったおこんには、北風の冷たさがこたえる。しかし若い者の手前、寒がることはできない。

佐賀町の与五郎をたずねるいまも、身に着けているのは厚手木綿の股引《ももひき》と、刺子《さしこ》半纏のみである。十八年前の祝言《しゅうげん》で、仲人《なこうど》を務めてくれた与五郎の呼び出しには、かしらの女房として鳶の正装で向かっていた。

履物は、白い鼻緒の雪駄《せった》である。

厚手の足袋を履き、鼻緒には深く足を差し込まない。雪駄からかかとがはみ出した形で、チャリン、チャリンと尻鉄《しりがね》を鳴らして歩くのが作法だ。

鳶の女房は、髪を髷《まげ》には結わない。短めの髪を、後ろで束ねてひっつめにする。火事場の手伝いに駆り出されたとき、火の粉を髪に浴びて火傷《やけど》をしないためである。

おこんは水玉の手拭《てぬぐ》いを、きりりと鉢巻にしていた。色白で富士びたい、濃い眉《まゆ》を細く整えたおこんは、鉢巻がよく似合った。

「あっ……あねさん……」

思いがけず、やぐら下でおこんと出あった組の若い者玄太《げんた》が、目を見開いてあたまを下げた。

「おでかけで？」

「佐賀町のかしらんところに行く途中さ」

「あねさんひとりで、でやすかい」

かしらの姿が見えないので、玄太はつい思ったままを口にしたようだ。言ってから、あわてて口をふさいだ。

「おまえは宿にかえるんだろう？」

「へいっ」

気まずい思いを振り切るように、玄太が大声で応《こた》えた。

「かしらが戻ってきたら、おれは佐賀町のかしらんところだと、そう言っておきな」

「がってんでさ」

もう一度あたまを下げた玄太は、おこんのそばから逃げるようにして立ち去った。

若い者の前では、かしらの女房は男言葉を遣う。走り去る玄太の背中を見て、おこんはふうっと小さな吐息を漏らした。

若い者にまで気を遣わせて……。

胸のうちに愚痴がこぼれた。もう一度、しっかり半纏の前を合わせ直してから、おこんは佐賀町へと足を急がせた。

チャリン、チャリン……。

尻鉄が音を立てる。しかしおこんの思いを雪駄が感じ取っているのか、音には小気味よさはなかった。


十一日前の一月十五日の昼過ぎに、日本橋新材木町河岸から火が出た。

十五日は、正月飾りを燃やす『左義長《さぎちょう》』当日である。火の粉が舞い散ることを恐れた公儀は、冬場の焚き火《たび》を堅く禁じた。が、左義長だけは町内鳶が火の用心につくことで、幾つかの場所では許されていた。

新材木町から火が出たとき、政太郎は若い者と一緒に、富岡八幡宮境内の空き地で、左義長の見張りをしているさなかだった。

仲町の火の見やぐらが、いきなり擂半《すりばん》を打ち始めた。火元が近いか、火の手が大きいときに鳴るのが擂半だ。半鐘を叩《たた》くのではなく、鐘のなかに槌《つち》を入れて、ジャラジャラとこするところに、呼び名の由来があった。

左義長を取り囲んでいた若い者五人が、即座に天水桶《てんすいおけ》の水を焚き火にぶっかけた。半鐘がひとつでもジャンと鳴れば、なにより先に手近な火を始末するのが、鳶の掟《おきて》である。

「やぐらに飛んで、火元を聞いてこい」

若い者ふたりは、政太郎から指図を受ける前に駆け出していた。

「京橋から、日本橋新材木町のあたりだてえやした」

息を弾ませつつ、若い者が政太郎に火元の見当を伝えた。

「京橋なのに擂半てえのは、よほどに火が大きいのか」

「仲町の辻からも、真っ黒な煙がめえやす」

もっとも組で年若い玄太が、声を震わせた。組に入って二年目の玄太は、煙が空をおおいかくすほどの大火事には、まだ遭遇していなかった。

「佐助と与吉、十造の三人は、宿にけえって支度をしろ。大吉と玄太は、左義長の始末をしてからけえってこい」

てきぱきと指図を下し、焚き火の後始末を確かめてから、政太郎も冬木町の鳶宿に駆け戻った。宿ではおこんが、火消しの支度を手伝っていた。

「日本橋だそうじゃないか」

おこんの声が曇っていた。大川の西側の火事に深川の鳶が出向くには、町役人の判断が入用だからだ。政太郎の宿には、まだ助《す》け火消しの指図がきていなかった。

「のんびり待ってる暇はねえ。おめえも二階から、空を見てみろ」

政太郎は荒い声を女房に投げつけた。

おこんの声が曇っているのは、町役人の指図がないからだけではない。それが政太郎には分かっていたからだ。

政太郎は三年前の宝暦三年から、おこんも承知の女おみよを、小網町《こあみちょう》の仕舞屋《しもたや》に囲っている。政太郎が慌《あわ》てて出張るのは、火元と小網町とが近いからだと、おこんが悋気《りんき》している……こう思ったがゆえに、政太郎は声を荒らげた。

宿の二階から煙の様子を見て、おこんも火事の大きさを感じ取ったようだ。火消し装束を着終わった政太郎に、鑽《き》り火《び》を打ちかけた。深川不動尊から授かった、災難除《よ》けのお守りである。火事場に出向く鳶は、縁起担《かつ》ぎで身体《からだ》いっぱいに鑽り火を浴びた。

「いっといで」

精一杯の声を若い者に投げて、おこんは全員を送り出した。

新材木町から出た火は、最初に材木置き場の丸太を焼き尽くした。年明けの普請を控えて、置き場には松の丸太が七十本も積み重ねられていた。

冬場で雨が降らず、松はほどよく乾いていた。しかも脂《やに》をたっぷり含んでいる。木の皮に移った火は北風に煽《あお》られて、一気に大きな炎を生じた。

松脂まみれの火の粉は、風に乗って日本橋界隈《かいわい》の裏店《うらだな》の屋根に襲いかかった。表通りの大店《おおだな》の屋根は、火事除けの本瓦《ほんがわら》造りが多い。しかし裏店の屋根は板葺《いたぶ》きである。無数の火の粉に絡《から》みつかれて、板葺きの屋根は見る間に炎を生じた。火が風を呼び、さらに火の粉が舞い散った。

昼火事は夜に入っても収まらず、日本橋一帯を焼き尽くした。芝居小屋の市村座、中村座も丸焼けになった。

おみよの暮らす小網町の平屋は堀が火を防ぎ、幸いにも無傷で焼け残った。

大火事からすでに、十一日が過ぎた。

政太郎は十五日の午後に飛び出したまま、小網町に居続けしていた。当座の着替えだけで足りなくなった分は、若い者に言いつけて冬木町から運ばせた。

おこんは様子が分からないまま、言われる通りに着替えを持たせた。

「かしらの顔が見えないが、容態でもわるいのかね」

「申しわけございません」

出入り先の番頭から問われるたびに、おこんは慣れない口調で詫《わ》びを言った。

かしらは、どこに消えちまったんでえ。

政太郎は、あの大火事でどうかしたのか。

深川のあちこちで、棟梁《とうりょう》やら番頭やらが政太郎の不在を取り沙汰《ざた》しはじめた。

そんな矢先の二十六日早朝に、おこんたちの仲人、佐賀町の与五郎から呼び出しがかかった。

「忙しさにかまけて、すっかりご無沙汰しておりました」

与五郎を前にして、おこんは深々とあたまを下げた。

「無沙汰は互いだが……政太郎はどうした。あれっきり、宿にはけえってねえてえ話を聞いたぜ」

この正月で還暦を迎えた与五郎だが、声には張りがあり、目の光は強い。おこんは半《はん》端《ぱ》な言いわけは通用しないと悟った。

「毎日、若い者が小網町とはつなぎをつけておりますので……」

「それがどうした」

煙草《たばこ》盆を引き寄せた与五郎が、一段と目つきを険しくした。

「つなぎがついてるから、なんともねえと言いてえのか」

「余計なことを言いました」

おこんは、あとの口をつぐんだ。

「おめえたちの祝言は、政太郎にぜひにと頼み込まれたから、仲人役を引き受けたんだ」

「充分にわきまえております」

「そうかい」

不機嫌な声で、おこんの返事をはねつけた。

「わきまえてるなら、おめえはなんだって、あいつの居続けを放っとくんでえ。大火事以来、かしらがいねえで弱ってますと、佐野屋の番頭がこぼしてたぜ」

佐野屋は、永代寺仲見世《なかみせ》近くの太物屋《ふともの》である。蔵の目塗《めぬ》りを段取りしてほしいと、大火事のあと、何度も使いを遣《よこ》してきた。

「すぐにも、かしらを差し向けますから」

使いの小僧が顔を出すたびに、おこんは駄賃を渡して詫びた。若い者を何度も小網町に差し向けたが、政太郎は佐野屋に顔を出していない。

業《ごう》を煮やした佐野屋は、与五郎に愚痴めいたことを言った。

「かしらにまで、ご迷惑をおかけして申しわけございません」

おこんはひたすら、あたまを下げて詫びるしかなかった。与五郎の正面で、畳に両手をついたとき、女房のおきねが入ってきた。

分厚い湯呑《ゆの》みを与五郎の膝元《ひざもと》に置いてから、おこんにも茶を勧めた。

「あねさんにも、ご面倒のかけっぱなしで」

おこんが口にした決まり文句を、おきねはそのまま聞き逃しはしなかった。

「女を囲うのは、男の甲斐性《かいしよう》かもしれないけど、おまいさんところは度が過ぎてやしないかねえ」

与五郎のわきに座ったおきねは、亭主以上に尖《とが》った口調だった。

「小網町のことは、おまいさんが承知の上だというんでさ。かしらの中には、女房の鑑《かがみ》だなどと軽いことを言うのもいるけど、あたしはとんだ了見違いだと思ってるからね」

与五郎よりも五歳年下のおきねは、今年で五十六だ。が、組の若い者もいない鳶宿の女房は、すっかり脂気《あぶらけ》が抜けている。白髪交じりで頰骨の突き出たおきねは、与五郎よりも年上に見えた。

「おたくのかしらに、どれほどの甲斐性があるかは知らないけどねえ。うちのみたいに、女房ひと筋というのが、本当の男の甲斐性だと、あたしは思うよ」

おきねがきつい調子で言い終えたあと、わきの亭主を見た。

与五郎はきまりわるそうな顔で、尻をもぞもぞと動かした。

二

おこんは享保《きようほう》五（一七二〇）年五月五日、端午《たんご》の節句に誕生した。

父親は通い大工の徳次郎《とくじろう》で、当時三十五歳。煮売り屋の手伝いをしていた母親おちさは、徳次郎と祝言《しゅうげん》を挙げて丸二年を過ぎた五月に、二十一歳でおこんを出産した。

「端午の節句に生まれるなんざ、おめえに似て器量よしだが、こいつは男勝りの子になるぜ」

九百匁《もんめ》（約三千四百グラム）もある、丈夫な赤ん坊を授かった徳次郎は、上機嫌でおちさを褒《たた》め称えた。立ち会った産婆《さんば》は、当時流行《はや》っていた紺色木綿に、取り上げた赤子をくるんだ。

「いい色味だ」

徳次郎は、女児をおこんと名づけた。元気なこどもにふさわしい名前だと、長屋の連中にも大受けした。

「次は男の子を頼むぜ」

おこんを膝に乗せて、徳次郎はふたり目こそ男の子だと、先に望みをつないだ。おちさも強くうなずいた。

夫婦仲は睦《むつ》まじく、おこんを寝かしつけたあとは、毎夜のように肌を重ねた。しかし、あとの子宝は授からずじまいのまま、享保九（一七二四）年、おこんは数え五歳の正月を迎えた。

「おめえも五歳だ。もう、富岡八幡宮の初詣《はつもうで》に出かけても、でえじょうぶだろう」

おこんは両親《ふたおや》に手を引かれて、元日の午後から富岡八幡宮にお参りをした。江戸中から、初詣客が深川に押し寄せてくる。徳次郎はもう大丈夫だと言ったが、おこんは凄《すさ》まじい人波に酔った。

当時暮らしていた海辺大工町の裏店から仲町の辻《つじ》までは、六町（約六百六十メートル）の道のりである。

「どうした、おこん」

「なんだか吐きそう……」

やぐら下でうずくまったおこんを、徳次郎が肩車に乗せた。人ごみから、少しでも遠ざかることができればと思ってのことだ。

人いきれから顔が出せて、おこんの吐き気が収まった。それまで見ることのできなかった眺めが、目の前に開けていた。

前年（享保八年）の八月十四日。公儀は御府内主要各町に、火の見やぐらを普請《ふしん》するようにと触れを出した。深川には元禄時代から火の見やぐらは建っていたが、触れを受けて化粧直しを施した。黒塗りが仕上がったのは、師走《しわす》も下旬のことである。

享保九年元日は、見事な晴天となった。

火の見やぐらは元日の陽を浴びて、艶々《つやつや》と黒光りしている。やぐらのてっぺんでは、祝儀用の赤半纏《ばんてん》を着た半鐘番が、四方に目を配っていた。

父親の肩に乗って、初めての眺めにおこんが見とれていたとき、永代寺から八ツ（午後二時）を告げる鐘の音が流れてきた。

火の見やぐらの若い男が、間延びした半鐘の打ち方で、永代寺の鐘に応《こた》えた。

カーン、カーン……。

刻《とき》の鐘と、半鐘とが響きあっている。

おこんは火の見やぐらと半鐘番に見とれ、響きのよい半鐘に聞きほれた。

その午後から十三年の歳月が流れた、元文二（一七三七）年の正月七日。徳次郎一家は同じ裏店の、ふた間の部屋に宿替えした。

病がちのおちさは、前年秋から寝たり起きたりを繰り返していた。幸いにも徳次郎の稼ぎがよく、暮らしの費《つい》えにも、おちさの薬代にも心配はなかった。

おちさが気兼ねなく寝ていられるようにと、広い部屋に移ったのだ。宿替えと同時に、台所仕事から家事一切を、おこんが受け持つようになった。

出面《でづら》（日当）六百文の徳次郎は、月に二十日の働きで銭十二貫文を稼いだ。店賃《たなちん》はひと月八百文で、一貫文にも満たない。米・味噌《みそ》・醤油《しょうゆ》に、油や薪《まき》などの費えを払っても、まだ八貫文近くが残った。

銭四貫文で金一両が両替相場である。夜遊びに出るでもなく、安酒一合の晩酌と、毎晩の湯屋通いが楽しみの徳次郎は、月に一両二分の蓄えを残した。

「おっかあの世話の合間には、茶の湯か踊りでも習いねえ」

暮らしの費えに心配のない徳次郎は、おこんに習い事を勧めた。

十八は、嫁ぐには頃合である。五尺一寸（約百五十五センチ）で、目方十二貫（四十五キロ）のおこんは、ほどほどに肉置《ししお》きがいい。丸みのある尻《しり》と、紅色の口元には、娘盛りならではの艶があらわれていた。

「あたしは、家のことをやっているのが楽しいから」

おこんは父親の弁当を毎日拵《こしら》えて、普請場まで届けた。徳次郎の好みは、こども時分から見て分かっている。煮物は、見事におちさの味付けをなぞっていた。

元文二年の初秋に、おこんは政太郎と父親の普請場で出会った。ひと目惚《ぼ》れをしたのは、政太郎のほうだった。

両親を浦賀沖の海難事故で亡《な》くした政太郎は、二十二歳の若さで鳶宿《とびやど》のかしらに就いていた。後見に、佐賀町の与五郎をつけてのことである。与五郎と、政太郎の亡父とは同い年で、幼馴染《おさななじみ》だったえにしの後見役だった。

「冬木町の政太郎が、ぜひともおこんさんを嫁にほしいてえんだが……」

政太郎に頼み込まれて、与五郎が仲人《なこうど》役で間に立った。

五尺八寸（約百七十六センチ）で、目方十六貫（六十キロ）の、引き締まった身体《からだ》の政太郎である。若いながらもきびきびとした動きで、年長の鳶に指図を下した。父親に弁当を届けた折りに、おこんは政太郎の様子のよさを胸に刻みつけていた。

五歳の正月に半鐘番を見て以来、おこんは火消しに憧《あこが》れていた。しぐさも身なりも、政太郎はおこんの好み通りの若者である。

縁談は、間をおかずにまとまった。

出会ってから一年が過ぎた、元文三年十月十四日。政太郎とおこんは、与五郎・おきねの媒酌で祝言を挙げた。

「またとない良縁じゃないか」

互いに好きあっての祝言である。周囲のだれもが、正味《しょうみ》でふたりを祝福した。

娘を嫁がせたことで、気落ちしたこともあったらしい。徳次郎は、元文から寛保へと改元された年の五月二十五日に、心の臓に発作を起こして没した。

おこんが嫁いでから、三年も待たぬ短さだった。

元々が病弱だった母親のおちさは、連れ合いが逝《い》ったあとは裏店を出て、娘の嫁ぎ先に移り住んだ。が、身体は快復せず、延享元《えんきょう》（一七四四）年四月十六日に旅立った。

父親を亡くして三年後に、母親まで失った。すでに両親を亡くしていた政太郎は、おこんを気遣い、おこんと一緒にいることをなにより大事にした。

「おめえもおれも、ふたおやがいねえ身だ。この先なにがあっても、ふたりは一緒だぜ」

政太郎は、口にしたことを守った。仲間内の寄合に出ても、遊びには付き合わずにおこんの元に帰った。

「あいつは、しゃあねえやね」

かしら連中は、悪所遊びに政太郎を誘わなくなった。

おこんと政太郎の夫婦仲がおかしくなったのは、宝暦二（一七五二）年の夏からだ。三十路《みそじ》を越えたところで、おこんは二度目の流産に見舞われた。

「しゃあねえ。もう、子宝はあきらめたぜ」

おこんの枕元《まくらもと》で、政太郎がつぶやきを漏らした。

ともに、ふたおやのいない身である。政太郎がどれほどこどもをほしがっているかは、だれよりもおこんが感じていた。子種がほしくて、おこんから何度も閨《ねや》をせがんだ。

が、こどもは授からずじまいだった。

政太郎が小網町におみよを囲ったのは、翌宝暦三年。おこんが三十四歳の夏だった。

「おめえにはわるいが、おれはどうしてもこどもがほしいんでえ」

真正面から本音を切り出されたとき、おこんは文句を言わずに受け入れた。囲い者になった当時のおみよは、二十二歳。おこんよりも、ひと回り年下である。

おこんは、ひとことも文句を言わなかった。が、おみよが冬木町にあいさつにくるということだけは、きっぱりと断わった。

「小網町に子宝が授かったら、あたしを離縁してくれて結構ですから」

「ばかいうねえ。鳶の女房は、おめえにしか務まらねえ」

政太郎は、正味でおこんとの離縁は考えにないらしい。小網町から帰ったあとは、何日も続けておこんを求めた。

もともとが好きでたまらない相手である。おこんも身をまかせた。そして、身体に子種を取り込もうとした。

が、授からぬまま、宝暦六年の正月を迎えた。おこんは、三十七歳になっていた。

三

「土間が、とっちらかってるじゃねえか」

若い者を叱《しか》りながら、政太郎が宿に入ったのは、一月二十七日の朝五ツ（午前八時）過ぎである。

「路地に枯葉が落ちたままだ。とっとと掃除をやんねえかよ」

十二日ぶりに宿に帰った政太郎は、さすがに気が咎《とが》めるらしい。きまりのわるさを、若い者を叱り飛ばすことでごまかしていた。

「おかえんなさい」

おこんは、何食わぬ顔で出迎えた。

「なげえこと留守にしてわるかったぜ」

女房から文句を言われなくて、かえって政太郎は落ち着かないらしい。めずらしく、おのれの口で詫《わ》びた。

「無事でなによりでした」

政太郎の半纏を受け取りつつ、おこんは心底から嬉《うれ》しそうな顔を見せた。

「佐野屋さんが、何度も顔を出したてえじゃねえか」

「土蔵の目塗《めぬ》りを、かしらに段取りしてほしいそうです」

夫婦ではあっても仕事向きの話では、おこんは連れ合いをかしらと呼んだ。

「分かった。飯を食ったら、すぐにつらあ出してくる」

「ごはんの支度をしますから」

手早く米を研ぎ、政太郎の好物のしじみの味噌汁と、甘味を利《き》かした玉子焼きを拵えた。あとは、寒サバの一夜干しをひと焙《あぶ》りした。

「やっぱり、おめえの飯がいい」

政太郎は、茶碗《ちゃわん》に三杯もお代わりをした。

帰ってきた日の夜から、五夜続けて政太郎はおこんを求めた。悦《よろこ》びの声を懸命にこらえつつ、おこんは政太郎の背中に両腕を回した。

三月下旬になって、おこんは身体の様子にはっきりとした違和感を感じた。先月もそうだったが、二十日を過ぎても、月のものがないのだ。

二月のときには、一月の大火事などで気を揉《も》んだせいだと思って、そのままにした。が、三月になっても相変わらずである。

ひょっとしたら……。

おこんは、胸のうちからこみ上げる喜びを抑え切れなくなった。さりとて、はっきりしたわけではない。政太郎には口にせぬまま、おこんは仲町の産婆《さんば》をたずねることにした。

三月二十三日。朝からやわらかな春風が、冬木町を吹き抜けていた。富岡八幡宮の桜を、そよ風が運んできている。

おこんは口元に紅をひき、牡丹色《ぼたんいろ》の結城紬《ゆうきつむぎ》に袖《そで》を通した。おこんがもっとも好きな、あわせの長着だ。帯は散々に迷ったすえに、萌葱色《もえぎいろ》の細帯を選んだ。長着と合わせたときに、互いに引き立て合う取り合わせである。

余所《よそ》行きの草履を土間に下ろそうとしたら、若い者が飛んできた。

「おでかけでやしょうか」

「昼過ぎまでには戻ってこられると思うから、かしらに訊《き》かれたら、そう言ってちょうだい」

「へっ……」

おこんの言葉遣いを聞いて、若い者が目を丸くした。

草履を履いて路地に出たおこんは、一歩ずつ、ゆっくりと足を運んだ。花びらの舞う三月下旬の朝だ。しかも胸のうちは、大きな期待で膨らみ続けている。

足早に歩くのは、もったいなかった。

ときおり、満開の桜の下で立ち止まったりしたことで、産婆の宿に着いたのは五ツ半（午前九時）近くになっていた。

「あらまあ、こんな早くから……」

めかしこんだおこんを見て、産婆の口が半開きになった。

「先月から、月のものがとまってるんです」

「よかったじゃないか」

余計な問いかけをせず、産婆が声を弾ませた。おこんがどれほど子宝をほしがっているかは、長い付き合いで知り尽くしていた。

「間違いのないように、念入りに診させてもらうからね」

湯を沸かして手洗いを済ませた産婆は、おこんの身体の大事なところを触診した。

四半刻《しはんとき》（三十分）が過ぎたとき、産婆はおこんに身繕いをしていいと言い渡した。

早く答えの知りたいおこんは、産婆が部屋に戻ってくるのを焦《じ》れながら待った。

「薬湯《やくとう》じゃあないけど、身体にいいからさ」

部屋に入ってきた産婆は、答えを口にする前に茶を勧めた。

「どうでした？」

待ち切れないおこんは、湯呑《ゆの》みには手もつけずに問いかけた。産婆は答える前に、自分でいれた茶にひと口をつけた。

「言いにくいんだけど……」

湯呑みを膝元《ひざもと》に戻してから、産婆はおこんに目を合わせた。

「おこんさんは、もう上がりなんだよ」

産婆の語尾が消え入りそうだった。

流れ込んできた風が、幾ひらもの花びらを運んでくる。おこんのひっつめ髪に、ゆらゆらと揺れながら舞い落ちた。

四

「銭函《ぜにばこ》の底がめえてるじゃねえか」

四月朔日《ついたち》の朝、政太郎が口を尖《とが》らせた。

祝言《しゅうげん》を挙げた翌年から足掛け十八年にわたり、この朝に気を昂《たか》ぶらせる政太郎をおこんは見てきた。

日本橋の魚河岸《うおがし》は、今朝から鰹《かつお》を売り出す。初日は鰹一本に二両、三両の高値がつけられた。旬《しゅん》の時季に比べて二十倍の祝儀相場だが、初鰹の入荷には限りがあった。

政太郎は門前仲町の米問屋野島屋から、毎年初鰹の競《せ》り落としを言いつけられた。一本五両までなら、費えは構わないと言われた。

が、海を相手にした獲物である。カネにはかかわりなく、漁は天気次第なのだ。それでも政太郎にツキがあるのか、去年まではかならず一本は入手できた。

今年も昨日のうちに、市場の仲買には酒手をはずんで今日の競り落としを根回しした。しかしどれほど手配りを怠らなかったとしても、初鰹を手にするまでは落ち着かない。

四月朔日の朝、おこんはことのほか政太郎の気に障《さわ》ることがないようにと気遣った。

「銭《おあし》が毎日高値を呼んでいるもんで……つい、買いそびれてしまいました」

昼までには買い求めておきますからと、おこんは詫びた。

「銭が値を飛ばしてるのはおれも知ってるが、うちは鳶宿なんでえ。かしらだのしっぽだのとひとに呼ばれる男が、銭函の底がめえてたんじゃあ格好つかねえだろうがよ」

袖と肩に赤筋の入った頭半纏《かしらばんてん》を羽織りつつ、政太郎が文句を重ねた。

「かしらが出たあと、すぐに玄信寺《げんしんじ》さんに行ってきますから……」

玄信寺は、おこんの両親の菩提寺《ぼだいじ》である。寺の名を聞いて、政太郎はあとの文句を呑み込んだ。

「みんな、かしらがお出かけだよ」

土間に向かう政太郎の後ろで、おこんは若い者を呼び集めた。

「いってらっしゃいやし」

おこんが政太郎の肩に鑽り火《きりび》を打ち、若い者が声を揃《そろ》えた。四月朔日の五ツ（午前八時）。朝の陽が正面から昇っている。路地の角を政太郎が曲がるまで、おこんはひたいに手をかざして見送った。

「かしらは朝から、ゼニがねえのをえらく気にしてやした。あっしらが黒船橋まで出向いて、ゼニを買ってきやしょうか」

「行かなくていいよ」

若い者の申し出を、おこんは断わった。

「これから玄信寺さんに行くから。そのついでに、お寺さんで売ってもらうよ」

「あねさんがゼニを運ぶてえんで？」

「おまえよりもおれのほうが、重たいものを持ちなれてるさ」

玄関先で朝日を浴びている漬物石を、おこんが指差した。申し出をした若い者が、きまりわるげに照れ笑いを浮かべた。

「初鰹のセリが終わるのは、四ツ（午前十時）の見当だからね。おまえたちはそれまで、気を合わせてかしらの上首尾を祈っておくれ」

「がってんでさ」

身繕いに向かうおこんは、威勢のいい若い者の返事を背中で受け止めた。

冬木町の宿から玄信寺までは、小さな堀を渡るだけの、三町（約三百三十メートル）ほどの道のりだ。駆け足で向かえば、わけなく行き着ける。股引《ももひき》半纏姿のおこんは、雪駄《せった》の尻鉄《しりがね》を鳴らしつつ、足取りを加減して歩いた。

四月のやわらかな日差しが、方々に日溜《ひだま》りを作っている。風はなく、堀端の柳が緑の枝をだらりと垂らしていた。堀に浮かぶ杉の丸太も陽を浴びて、こげ茶色の皮がひときわ鮮やかに見える。川並《かわなみ》（いかだ乗り）の姿がなく、堀端は静まり返っていた。

おこんは、柳の根元の縁台に腰をおろした。川並衆が仕事休みに使う縁台だ。玄信寺で用を済ませたあと、おこんは小網町に出向こうと決めていた。

もう、こどもを授かることはない。

それを知らされた翌日、おこんは小網町のおみよに会おうと決めた。が、あたまでは決めても、足が言うことをきかない。一日延ばしにして、今日になった。

政太郎から銭函の底が見えていると叱られるまで、おこんは玄信寺に行くつもりはなかった。月が変わった朔日に、よんどころない用で、菩提寺に出向く……。

これはめぐり合わせだと察したことで、おこんは小網町に出向く気になった。

公儀所轄《しょかつ》の銅山から掘り出す銅が、年とともに減っていた。そのあおりを受けて、銭の鋳造量が大きく減った。銭の量が減れば、銀との両替相場が銭高になる。銭を高く売ろうとする商人は、蔵だの床の下だのに銭を仕舞い込んだ。そして、ますます銭の相場が高値を呼んだ。

去年のいまごろは、銀一匁《もんめ》で七十五文の銭が買えた。いまは六十七文にしかならない。しかも銅の掘り出しはさらにむずかしくなり、銭はもっと高くなるとのうわさがささやかれていた。

政太郎と祝言を挙げたころも、いまと同じように銭が高かった。あのとき公儀は、祝言翌年の元文四（一七三九）年に深川十万坪の銭座で、鉄銭を鋳造して市中に流通させた。大量に銭が出回り、相場は銀一匁銭七十七文にまで値下がりした。

深川銭座はいまも鋳造を続けているが、鉄銭造りを再開する様子はなかった。庶民が普段遣いに用いるのは銀か銭だが、遣い勝手は銭のほうが桁違《けたちが》いによかった。

政太郎は、百文緡《さし》四十本の入る銭函を宿に備えていた。これだけの銭を常備しておけば、足りない分は銀貨・金貨で支払えば済む。

銭函の世話はおこんの役目である。緡の残りが十本を切ったとき、買い足さなければと思った。が、こどもは授からないと思い知った痛手が深くて、銭の買い足しもまた、一日延ばしにしてきた。

黒船橋のたもとに行けば、銭売りの屋台が幾つも出ている。銀の小粒を持って買いに行けば済むことだが、おこんは折りにふれて玄信寺で銭を分けてもらっていた。

寺には賽銭箱《さいせんばこ》がある。

地元でも名の通った玄信寺には、参拝客が絶えなかった。お参りで投げられる賽銭も、日に数百文は下らない。寺では下働きの下男が、九十六文を細縄に通して百文緡を拵《こしら》えた。月に二度、仲町の両替屋が緡を金貨と銀貨で買い取った。銭相場の高いいまは、五日ごとに両替屋の手代が顔を出した。両替屋には、寺は銭の大事な仕入元だった。

玄信寺の住持は、おこんの両親の葬儀で読経《どきょう》をした。三年のうちに相次いで父母を亡《な》くしたおこんを、住持は親身になって支えてくれた。

「格別の手助けはできぬじゃろうが、鳶宿で遣う銭が入用なときは、いつでも寺に言ってきなさい」

住持は銭相場の高低にはかかわりなく、金一両で銭四貫五百文、銀一匁で銭七十五文と定めた。

銭相場が高いときは、おこんはできる限り寺から買い求めることはしなかった。住持の好意はありがたかったが、相場よりも安くては寺に損をさせてしまう。それを思うと、両替を頼むのは気詰まりだった。

いまは銭相場が日ごとに動いていた。黒船橋の銭売りは、もっとも安売りをする者でも、銀一匁で六十七文だ。玄信寺は七十五文。銀一匁で八文も寺に損をさせることになる。

それをわきまえながらも、おこんは玄信寺をたずねる気でいた。今日が四月朔日だったからである。

両親の墓前で、政太郎の初鰹競り落としの上首尾を願う。

こどもが授からない身となったことを両親に伝えて、墓前で親と一緒にそれをきっぱりと受け止める。

そして……。

小網町に出向き、おみよに子を儲《もう》けてほしいと、自分の口で頼み込む。そうすることの許しを、両親から得る。

さまざまな思いを抱いて、玄信寺に出向く気になった。銭函の底が見えていると叱《しか》られたのは、寺においでと両親から呼びかけられたのだと、おこんは受け取った。

ご住持さまなら、あたしの胸のうちを分かってくれる……。

腰掛から立ち上がったおこんは、玄信寺に向かう足を急がせた。

チャリン、チャリン……。

雪駄が小気味よい音を立てている。斜め上の空からの日差しが、おこんの半纏に降り注いでいた。

五

「まことに済まぬが……そればかりは、拙僧には答えようがない」

妾宅《しょうたく》で子作りを頼むべきかどうかを問われて、玄信寺の住持は返答を控えた。そして答えの代わりに問いを発した。

「なにゆえにそなたは、そうまでして子宝を求めておるのか。御仏《みほとけ》の御前《みまえ》で、存念のほどを話してみなさい」

住持の物言いは、ささくれができているおこんの胸のうちに、じわりと染《し》み込む慈愛に満ちていた。おこんはここまで、抱え持つ本音をだれにも打ち明けたことがなかった。

他人にはもちろん、おのれをも巧みに言いくるめて、本心と向かい合うことはしないできた。堅くて重たいこころのふたが、住持の言葉で隙間《すきま》を拵えた。

懸命に閉じ込めてきた本音が、堰《せき》を切ってあふれ出た。

「政太郎は口を閉ざして我慢していますが、跡取りを欲しがっています」

連れ合いが口を閉ざしている分、おこんは余計につらかった。政太郎が小網町に泊まっているときは、思うまいと踏ん張っても、ふたりが肌を重ねている姿を思い描いた。

切なくて、息が詰まりそうになった。

その苦しさから逃れるために、政太郎はこどもが欲しくてしていることだと、自分に言い聞かせた。

あのひとのこころは、あたしのもの。小網町に行くのは、こどもが欲しいから……。

一月に長く居続けしたことを、政太郎は深く悔いているようだ。あれ以来、泊まっても一夜だけで帰ってくるのが、そのあかしだとおこんは思っている。

しかし、小網町に行かないわけではない。おこんが産婆《さんば》から『上がり』を告げられたあとも、政太郎はおみよの宿に泊まっていた。

もう、子宝は授からないと分かったいまは、政太郎のために、なにとぞ小網町で授かってほしいと心底から念じている。その思いが本気であるがゆえに、おこんはわれ知らずに傷ついていた。

住持に問われて、おこんはおのれの本心と向き合った。話しているうちに、嗚咽《おえつ》を漏らした。住持はひとことも口をはさまず、おこんの好きにさせた。

「仏様の前で取り乱してしまって……お許しください」

「余計な気遣いは一切無用ぞ」

住持が座り直すと、手首の数珠《じゅず》が鳴った。

「御仏に思いのたけを話して、少しは楽になったかの」

「はい……」

股引のどんぶり（胸元の小袋）から手拭《てぬぐ》いを取り出して、両目を拭った。

「おこん殿には、養子を迎える気はござらぬかの」

おこんが落ち着いたのを見定めて、住持が口を開いた。

江戸の寺には、方々で捨て子が生じた。そのほとんどが、まだ乳飲み子《ちのご》である。泣き声すらあげられないほどに、衰弱した赤子。寺が気づいたときには、すでに息が絶えていた赤子。寺は手厚く回向《えこう》し、無縁墓地の片隅に埋めた。

寿命のある赤子は、寺が乳の世話をした。そして健やかになるのを待って、里親を探した。子宝に恵まれず、里子を欲しがる檀家《だんか》はどの寺にも数多くいた。

寺は宗派ごとに、縦横《たてよこ》のつながりが強い。捨て子の触れは、宗派の各寺に回された。

「気持ちの備えもないままに、すぐに答えられることではない」

受けるにしても断わるにしても、得心《とくしん》がゆくまで熟慮しなさい……住持に言われて、おこんは静かにうなずいた。

墓参りを済ませて寺を出たときには、陽はすでに空のなかほどに移っていた。寺で両替した銭の緡を、おこんは二十本ずつ両手に提げていた。

四十本は、ほぼ四貫（約十五キロ）の重さである。持ち歩けない重さではないが、緡を提げて小網町には行きたくなかった。それに初鰹《はつがつお》の首尾が分かっている頃合でもある。

おこんは緡を両手に提げて宿へと急いだ。

「おかえんなさいやし」

宿の土間で留守番をしていた玄太が、おこんを見て飛び出してきた。

「かしらは帰ってきたかい」

「へえ……」

玄太の声が渋い。おこんの顔色が変わった。

「そうじゃねえんでさ」

玄太が慌《あわ》てて打ち消した。

「鰹一本、かしらは首尾よく競《せ》り落とされやした」

「だったら、なんだってそんな渋い返事をしたんだよ」

「かしらの機嫌がよくなかったもんで、つい妙な返事をしちまいやした」

玄太があたまを下げて詫《わ》びた。

政太郎は初鰹一本を手に入れた。しかし市場に届いた鰹は、いつもの半分しか数がなかった。

市場には御城《おしろ》の台所を賄《まかな》う『御直買《おじきがい》』衆が、葵《あおい》の御紋を染め抜いた半纏《はんてん》を着て待ち構えていた。朔日の初鰹は、はなから十本を将軍家に召し上げられる。

御直買衆は鰹が入った木箱に手鉤《てかぎ》を打ち込み、「御用」と大声を発した。このひと声で、十本の鰹が将軍家のものとなった。買値は一本十文、強奪されたも同然である。損を取り返そうとして、セリ人は初値を二両とした。それでもセリは賑《にぎ》わった。初鰹を欲しがる客は毎年決まっており、カネには糸目をつけない。あっという間に五両を超えた。

「五両かよ……」

さすがに腰がひけ始めたが、それでもさらに高値をつける仲買人がいた。ぜひとも競り落としたい政太郎の仲買人も、あとに続いた。

一本七両で落ちたときは、市場の方々からため息が漏れた。野島屋の指値を上回った二両は、政太郎の持ち出しである。わけを話せば、野島屋は二両を補うだろう。しかし出入り先の旦那《だんな》に負担をかけないのは、町内鳶《とび》の見栄《みえ》だ。政太郎は初鰹を紅白の水引で結わえて届けに出た。

機嫌がわるいのは、二両を吐き出すからではない。ぜひとも欲しがっていると見抜かれた卸に、足元を見られたのが悔しかった。七両をつけた競り相手の仲買人は、卸と示し合わせていた。

「高値でも、手に入ってよかったじゃないか。おれは夕方まで用があって出かけたと、かしらが戻ってきたらそう言ってくれ」

縎の入った布袋を玄太に手渡して、おこんは再び宿を出た。目指すは小網町である。

玄太には夕方に帰ると言ったが、妾宅に長居をする気は毛頭なかった。話を手早く切り上げたあとは、茅場町《かやばちょう》に出る心積もりでいた。茅場町には、うなぎの老舗《しにせ》『岡本』がある。気の進まない話をしたあとは、うなぎでも食べて気晴らしがしたかった。

おみよと話す中味を思うと、雪駄《せった》が重たくなる。うっとうしさを振り払うために、おこんは岡本のうなぎをあたまに思い描いた。

玄信寺の住持に言われたことは、胸のうちにしっかりと仕舞い込んである。

相手の様子次第では、子作りの話を切り出すのはよしにして、政さんと養子の話をしてみよう……。

歩きながら、おこんはそう思案した。が、仲町の辻《つじ》に差しかかったときには、やはり養子の話はできないと弱気になった。

政太郎が欲しがっているのは、おのれの血を分けた赤子……ただ、こどもが欲しいわけじゃない。

それに思い至り、おこんの歩みが止まった。

「なんだいおこんさん、往来の真ん中で暗い顔をして」

いきなり呼びかけられて、おこんは息が止まりそうなほどに驚いた。呼びかけてきたのは、与五郎の女房のおきねだった。

仲人《なこうど》に声をかけられたおこんは、慌てて顔つきを明るくした。

「つい考えごとをしていたものですから、気づかなくて失礼をいたしました」

「それはいいけど、あんたはかしらの女房だからね。どこに行くときでも、人目を気にしなきゃあしょうがないよ」

叱ったあと、おきねは表情を和らげた。

「ずいぶん会ってなかったよね」

「一月の終わりごろに、おうかがいしたっきりです」

「そうだったねえ……」

あのときは、政太郎が小網町に居続けしていることを、与五郎にきつく咎《とが》められた。

おきねはそれを思い出したようだ。

「少し道を戻るけど、仲見世の船橋屋でお汁粉を食べないかい」

仲人の言うことには逆らえない。まして、気の進まない小網町に向かう途中である。

おきねと話すのも気詰まりだが、おこんは明るい声でご一緒させてもらいますと応じた。

昼飯どきの甘味屋には、客がいなかった。土間の隅に座ったふたりは、相客に気兼ねすることなしに汁粉を味わえた。

「一服させてもらうよ」

煙草盆《たばこ》を言いつけたおきねは、帯に挟んだキセルを取り出した。脂《あぶら》で帯が汚れないように、キセルの火皿には手作りの小袋がかぶせてある。

その細工といい、キセルを手にした姿といい、おきねにはかしらの女房の年季が感じられる。おこんは素直な目で、相手の振舞いに見とれた。

「どうしたんだよ。そんな妙な目で、見ないでおくれ」

「あねさんの様子が、あんまりいいもんだから……つい見とれてしまって」

おこんの物言いが正味だと感じたおきねは、ふっとこころを開いたような顔つきになった。

「あんたとおんなしで、うちも跡取りを授からなかったもんだからさ。先《せん》には違うことを言ったけど、あたしも外の女のことでは、かしらに散々に泣かされたよ」

おこんに気を許したおきねは、問わず語りに与五郎の女出入りを話し始めた。ひとしきり話したあとで、おきねは真正面からおこんを見た。

「もしも子宝を授かる見込みがないなら、養子を迎えることを考えたほうがいいよ」

自分が養子をかたくなに拒んだばかりに、与五郎には組の跡取りがいなくなった。かしらとは名ばかりで、いまの代限りで鳶宿も潰《つぶ》れてしまう。すべては、自分のわがままから生じたことだ……話しているうちに、おきねは涙声になった。

「仲人をしたあんたにだけは、あたしと同じあやまちを繰り返してもらいたくはないからね。そろそろ、考え時だよ」

キセルに袋をかぶせて、おきねが立ち上がった。汁粉の勘定を済ませると、おきねは先に船橋屋を出た。

「ご心配をいただいて、お礼の言葉もありません」

おきねはうなずいただけで、おこんを残して店の前から立ち去った。あけすけな話をしたことを悔やんでいるのか、おきねの歩みは早かった。

この時季の天気は気まぐれである。朝方はあれほど晴れていた空に、分厚い雲が広がり始めていた。

六

「来るなら来ると前もって言ってもらえたら、支度のしようもあったんですけど」

小網町の妾宅《しょうたく》で向かい合ったおみよは、機嫌のわるさを隠そうともしなかった。

おきねと仲見世で別れたあと、おこんは手土産を買ってから大川端で一刻《いっとき》（二時間）もの間、考え込んでいた。小網町をおとずれたときは、七ツ（午後四時）近くになっていた。

「いきなりなもんですから、空茶《からちゃ》しか出せなくてごめんなさい」

おみよのもてなしは、言葉通りに焙《ほう》じ茶《ちゃ》一杯だけだった。

妾宅をたずねる本妻は、まんじゅうひとつでも、手土産を提げていくのが器量だとされている。おこんは作法に従い、仲町伊勢屋名物の、淡雪まんじゅうを携えていた。

本所回向院《ほんじょえこういん》の柿《かき》の葉を敷いたまんじゅうは、元禄初期に伊勢屋主人が取り入れた趣向である。以来今日までの七十年近い歳月のなかで、深川名物のひとつに育っていた。

おみよはおもたせだと断わって、淡雪まんじゅうを出す気もないらしい。おこんは顔色も変えずに、出された焙じ茶に口をつけた。

おこんとおみよは、一回りの年の差だ。

「同じ干支《えと》は仲がよくないって言うけど、おみよさんも子年《ねどし》生まれでしょう」

おみよが細い眉《まゆ》を動かした。が、なぜ知っているかとは問いかけてこなかった。

おこんの生まれた享保五（一七二〇）年は庚子《かのえね》で、享保十七（一七三二）年生まれのおみよは壬子《みずのえね》。ともに子年生まれである。

政太郎がおみよを囲った年に、おこんは自分と、おみよ、政太郎の三人の相性を易者に見てもらった。男ひとりに、女ふたりの易断である。易者は素早くわけを察した。おこんが口にした生まれ年から、年長の女がおこんと判じた易者は、気遣いながら見立てを口にした。

「享保元年生まれの男は丙申《ひのえさる》が干支で、五黄《ごおう》が九星宿《きゅうせいしゅく》となる。あんた……いや、失礼、享保五年の女は庚子年の生まれで、一白《いっぱく》が宿だ」

長さ三寸の算木六個を動かしたあと、易者はむずかしい顔を拵《こしら》えた。

「まことに言いにくいが、一白と五黄との相性は、大凶と出ておる」

それ以上は言わず、易者はおみよとの相性判断を続けた。

享保十七年生まれのおみよの九星は、七赤《しちせき》。易者が、ますます渋い顔を拵えた。

「相性はどうなんですか」

おこんが問うと、易者はカラの咳払《せきばら》いをしてから顔を上げた。

「七赤の女には、五黄は大吉での」

言ったあと、易者はさらに算木を動かした。

「これがいいことかどうかは分からぬが、七赤と一白とは、女同士でも相性はわるくない。わしの見立てでは、中吉と出ておる」

おこんは黙ったまま、易者を見詰めた。易者は気詰まりに思ったらしく、手元の本をせわしなげにめくった。

「九星の相性では大凶と出たが、干支で見立てれば、子年と申年は大吉じゃ。子年同士はよろしくないゆえ、気を抜かぬことが肝心かも知れませんぞ」

所詮《しょせん》は辻の八卦見《はっけみ》の言ったことだと、おこんは都合のわるい見立ては忘れようとした。

が、ことあるたびに、九星の相性は大凶だと断じられたことを思い出した。七赤と五黄が大吉と聞かされたことも、忘れなかった。

おみよは明らかに、おこんに悪意を抱いているようだった。

「おこんさんと一回りしか違わなかったとは、いまのいままで知りませんでした」

子年同士は仲がよくない。最初にそれを言われたおみよの目つきと物言いとが、本妻への遠慮をかなぐり捨てていた。

「それは、おあいにくさまね」

おこんも物言いを変えた。が、囲い者と同じ調子で振舞うのは、みずからをおとしめるような気がした。

ふうっと軽く吐息を漏らしたあと、半纏の襟元を合わせて座り直した。

「おみよさんには、政太郎の子宝を宿す気がありますか」

おだやかな口調で問いかけたのに、おみよの形相が一変した。

「なんだってそんなことを、あたしに訊《き》いたりするんですか。あのひとにその気がないのは、先刻そちらが承知でしょう」

おみよが、蓮《はす》っ葉《ぱ》な物言いをぶつけてきた。あまりの変わりように驚いたおこんは、相手を見詰めるしかなかった。

おこんの様子を、本妻のゆとりと取り違えたらしい。おみよは、さらに口調を乱した。

「あたしはまだ二十五ですから」

自分の歳《とし》を口にしたおみよは、あごをわずかに突き出した。

「日陰者のまま、父無し子《ててなしご》を育てる気なんか、からっきしありません」

気を昂《たか》ぶらせたおみよは、つい先刻自分の口で言ったこととは、まるで違う言い分を口にした。

「自分で囲っておきながら、ここにいる間ものべつ、おこん、おこんと言われるんです。それを聞くのもお手当ての一部だと思ってきましたが、本妻さんにまでばかにされては、やってられません」

息遣いを乱しながら、おみよは一気にまくし立てた。

「この先もあのひとがここに来る気なら、お手当てを増やしてもらいます。それがいやなら、あたしのほうから冬木町にお返ししますから」

「あたしは、そんな話をしにきたわけではありません」

あっけにとられたおこんは、静かな口調で応じた。その物静かさが、おみよの気をさらに昂ぶらせた。

「どんな話でも、あたしに聞く耳はありません。あたしはお手当てのために世話をしているだけで、あのひとに気が行っているわけじゃないんですから」

「口が過ぎますよ」

おこんがひとこと、相手をたしなめた。

おみよは口を閉じたものの、睨《にら》む目は怒りで燃え立っていた。

おこんは膝《ひざ》に載せた手に力を込めて、年下の女を見詰めた。本気で睨みつければ、宿の若い者でも震え上がる強さを、おこんは持っている。が、おみよを見る目は静かだった。

小網町をたずねて、おこんは思いがけないことを幾つも知った。

もっとも驚いたのは、政太郎がおみよとの間に子宝を授かる気がなかったことだ。妾宅にいながらも、おこんの名を口にしていたことも驚きだった。

出し抜けに本妻があらわれて、おみよは怯《おび》えたとおこんは察した。その裏返しで、精一杯の虚勢を張っている。

カネのためだと言い募っているが、それは本心ではないとも、見抜いていた。おみよが最初に口にした「あのひとにその気がないのは、先刻そちらが承知でしょう」こそが本音で、父無し子うんぬんは本心からの言葉ではないと受け止めていた。

子宝が欲しくて、小網町に居続けしていたわけではなかった。おみよの若さを気に入っているのか、泊まったときのあしらいが好きなのか、まことのところは分からない。

しかし政太郎は、おこんとでなければ子を儲《もう》ける気はない……。

そう思い巡らしているとき、不意にひとつの思いが浮かんだ。

長居をする気はなかったのに、知らぬ間にときが過ぎていた。日がすでに落ちたのか、部屋はすっかり暗くなっていた。

「あたしの話を聞いてくれますか」

目つきを和らげたおこんは、気持ちを込めた声で語りかけた。おみよも顔から険しさを消した。

「あなたが口にしたことは、まことではないでしょう。政太郎は子宝を欲しがっているのに、あなたが拒んでいるのでしょう」

おみよは答えず、おこんを見詰めた。

「授かったこどもは、政太郎が有無を言わさずに引き取ります。それがつらくて、あなたが拒んでいるのでしょう。あのひとは、ただ若い娘との閨《ねや》が欲しくてここに泊まるような男ではありません」

政太郎がおこんを心底から思っているのは、ともに暮らして分かっていた。おこんも政太郎が好きでたまらないだけに、相手が言わずとも身体《からだ》の芯《しん》で感じ取れた。

おみよの身体が欲しくて小網町に通うというのは、政太郎の気性を思うと辻褄《つじつま》が合わない。政太郎はやはり、子宝を求めているのだ。拒んでいるのは政太郎ではなく、おみよだと、おこんは察した。父無し子を育てるのを、いやがっているわけではない。授かったこどもを取り上げられるのが、おみよはつらいのだ。

同じ女として、おこんはおみよの隠し持つ思いが切なかった。相手を見詰めているうちに、両目が潤《うる》んだ。

おみよにも、おこんの思いが伝わったらしい。こぼれ落ちる涙を拭《ぬぐ》おうともせずに、おこんを見ていた。

黙ったままのふたりが向かい合っているとき、屋根を打つ雨音が聞こえてきた。重たかった空が我慢しきれずに、雨をこぼし始めていた。

「明かりもつけなくて、ごめんなさい」

おみよが素直な物言いに変わっていた。

「いいのよ。あたしはこれで帰ります」

立ち上がったおこんは、手洗いを借りた。かわやには匂袋《においぶくろ》が吊《つ》るされており、掃除も行き届いていた。

「番傘しかありませんが、これを……」

玄関を出たところで、おこんは番傘を開いた。竹の骨に油紙を張りつけただけの粗末な傘だが、竹の柄の汚れがていねいに拭われていた。

永代橋《えいたいばし》を渡り、仲町のやぐら下まで戻ってきたときには、降りが一段と強くなった。あたりはすっかり暮れているが、暗がりでも見えるほどに雨粒は大きかった。

おみよの気持ちを思うと、子宝を求めるのは酷だ……おみよが貸してくれた傘は、懸命に雨からおこんを守っている。油紙を打つ雨を見て、別れ際《ぎわ》におみよが示した好意をおこんは汲《く》み取った。

養子の話を、政太郎としてみよう。

おこんは思い定めた。

これでいいんだよね、おとっつぁん……。

答えを求めるかのように、辻の火の見やぐらを見上げた。降りしきる夜雨に溶け込んで、やぐらも半鐘も見えなかった。

木場《きば》の落雁《らくがん》

一

天明三（一七八三）年三月十二日。日の出とともに、海から強い風が吹き渡った。

「すごいよ、かあちゃん……花びらで、お天道《てんとう》さまが見えない」

井戸端で顔を洗うこどもが、空を指差して声をあげた。大川から門前仲町《もんぜんなかちょう》、木場《きば》に向かって吹く春風は、途中で幾つもの桜並木を渡ってきた。

大川端、永代橋《えいたいばし》から新大橋までの堤の桜。元禄《げんろく》初期に植えられた桜は、間もなく樹齢百年を迎えようとしている。降り注ぐ日差しをさえぎるものがない土手の桜は、毎年、競い合うように花を咲かせた。

寛永年間に植えられた佐賀町の百本桜は、いずれも百五十年近い老木ばかりだ。大川端の桜より、ふた周りは幹が太い。佐賀町の肝煎《きもいり》衆が手ずから世話をする木は、いまだに幹周りが太くなりつづけていた。

深川の真ん中に鎮座する富岡八幡宮《とみおかはちまんぐう》も、桜の名所だ。大川端や佐賀町に比べれば、木はまだ若かった。しかし広い境内には数十本の桜が植わっており、季節になれば見事に花を咲かせる。枝が重なり合う八幡宮の桜は、満開になると空を覆《おお》い隠すほどである。

大川からの三月の東風は、これらの桜の群れを通り過ぎて行く。枝を軽く揺らすだけで、花びらはやすやすと風に抱かれた。そして深川の裏店《うらだな》や町家に、春のあかしを散らした。

花びらは、木場の材木商妻籠屋流右衛門《つまごやりゅうえもん》宅の勝手口にも舞い降りた。

「ふうっ……」

年ごろの娘に似合わない声を発して、裏庭の畑からさくらがだいこんを引き抜いた。前かがみになったさくらのあたまに、幾ひらもの花びらが落ちた。この朝、結い直したばかりの髪である。びんつけ油の香りが、ほのかに漂っていた。

せっかくきれいに結ってもらった髪に花びらがついてしまい、さくらは顔を曇らせた。手早く取り除かないと、髪にくっついてしまうからだ。

しかしだいこんを抜いた両手は、土で汚れている。さくらはあたりを見回して、人目のないことを確かめた。ときは五ツ（午前八時）前で、裏庭には下男の姿も見えなかった。

お仕着せの胸元に手を当てたさくらは、素早い手つきで土を払った。着ているのは、濃紺のかすりである。少々の汚れなら目立たない、強い色味だ。手の汚れを拭《ぬぐ》ってから、髪に手を回した。

「見ていましたよ」

流し場の土間からの声を耳にして、さくらは手にしただいこんを取り落とした。声の主は妻籠屋の大内儀《おおないぎ》、吉野《よしの》だった。

「おまえの無作法を目にしたのは、これで二度目です」

強い口調でたしなめてから、吉野はさくらを呼び寄せた。取り落としただいこんを左手で拾い上げて、さくらは駆け寄ろうとした。

「お待ちなさい」

さくらの振舞いを見て、吉野は一段と声音《こわね》をきつくした。

「そのような、はしたないことをしてはなりません。もう一度、拾い直しなさい」

さくらは、地べたにだいこんを置いた。そして両膝《りょうひざ》を折ってかがんだ。吉野にきつくしつけられている、跪座《きざ》（ひざまずく形）である。両足をぴたりとそろえてから、さくらはだいこんを手にした。

吉野は口を固く引き結んだ顔で、さくらの所作《しょさ》を見ている。さくらが軽い吐息を漏らした。吉野にも吐息は聞こえたようだ。が、顔つきは変わらなかった。

さくらはだいこんを手にした左手とは反対の右足を、少しずつ前に踏み出した。そして上体を揺らさず、腰を曲げないようにして、ゆっくりと立ち始めた。

新しい風が、またもや花びらを運んできた。ひらひらとさくらの髪に舞い落ちた。さくらは構わずに、右足を伸ばした。伸びきる前に左足を静かに前に運び、左右の足をきれいにそろえた。だいこんを手にしたさくらが、両足で地べたを踏みしめた。

吉野は目つきをゆるめぬまま、小さくうなずいた。

だいこんを両手に抱えたさくらは、お仕着せの裾《すそ》からくるぶしが見えないように、足の運びを気遣った。歩みはのろいが吉野は急《せ》かさず、土間に立っていた。

『胴はただ、常に立ちたる姿にて、退《の》かず、掛《か》からず、反《そ》らず、屈《かが》まず』

吉野が常に口にしている通りの立ち姿である。背筋を張り、両手はそれぞれが腿《もも》のあたりに置かれていた。親指と小指とが、間の三本の指を締めつけているのか、手のひらが軽くすぼめられている。

また叱《しか》られるのかと思いつつも、さくらは吉野の立ち姿の美しさを強く感じた。

「おまえは行儀見習いをしたくて、うちに奉公しているのではありませんか」

近寄ったさくらを真正面から見て、吉野が問いかけた。

「そうです」

だいこんを胸のあたりに抱えたまま、さくらは答えた。その姿を見て、吉野の目元がまたもや険しくなっている。

はっと気づいたさくらは、抱えただいこんを帯のあたりにまで下げた。今年の正月二日、奉公を始めた初日に、吉野からきつくしつけられたことを思い出したからだ。

「二度までのしくじりは、わたしも目をつぶります」

強い風が、土間に向かって吹いてきた。すでに舞い落ちていた花びらに、新たな幾ひらかが重なった。さくらの髪に散った花びらを、吉野が右手で取り除いた。花びらをその場に捨てたりはせず、左の手のひらに溜《た》めた。

「三度、同じしくじりをする者は、もはや見込みはありません」

もしも、もう一度同じ無作法を目にしたときは、その場で暇を出します……吉野はこう言い置いて、流し場を離れた。

土間から上がるとき、吉野は右手で前を押さえた。身体《からだ》がわずかに前のめりになっているのは、形よく足を上げるためだ。裾からくるぶしを見せないように、吉野は上がり框《かまち》のへりから浅いところに足を乗せた。

さくらはだいこんを流しに置いた。ひしゃく一杯の水をすくった右手を、だいこんの真上に置いた。葉のついた先から尻尾《しっぽ》に向けて、ゆっくりと水をかけた。

奥に戻って行った吉野の目を、さくらは背中に感じていた。

さくらの父親孝次郎《こうじろう》は、深川汐見橋《しおみばし》たもとに暮らす大工の棟梁《とうりょう》だ。配下に抱える五人の職人は、いずれも通いである。住み込みで置くには、六畳と八畳ふた間の平屋では、宿が小さすぎた。

孝次郎・おちかは明和三（一七六六）年二月に所帯を構えた。そして祝言《しゅうげん》の翌年五月に、さくらが誕生した。三十路《みそじ》に差しかかった節目の年に長女を授かった孝次郎は、周りから強く推されて棟梁になった。

以来、汐見橋から動かず、通いを条件に弟子を抱えた。大工の腕同様に、ひとの扱いにも長《た》けていた孝次郎の元には、ひっきりなしに仕事が舞い込んだ。

おちかはひたすら亭主を支えた。夫婦仲は、仲間がやっかむほどに睦《むつ》まじかった。が、仕事に追われる夫婦はともに、こどもはひとりでいいと考えていた。それゆえに、さくらのほかに子宝は授からなかった。

出入りの職人たちに可愛《かわい》がられて、さくらは伸び伸びと育った。

「さくら坊は、近ごろ滅多にお目にかかれねえほどに、こどもらしい子ですぜ」

「ちげえねえ。さすがは棟梁のこどもだ」

職人たちは口をそろえて、さくらの無邪気さを誉《ほ》めた。さくらが小さいうちは、おちかも誉め言葉を鵜呑《うの》みにした。それはかりではなく、胸のうちでは自慢にも思った。

近所のこどもは、おしなべておとなの顔色をうかがった。ものをねだるときは、親に気に入られるように、甘い声を出してすり寄った。ところが叱られると、舌打ちをしてそっぽを向いた。

さくらにはそれがなかった。

おちかは娘の明るさと素直さを喜んだ。が、こどもから女へと変わり、赤飯で祝ったあとも同じ調子で笑い、そして泣いた。

さくらが十六を迎えた天明二（一七八二）年の元日の午後、おちかがふっと顔を曇らせた。

「なんでえ、元日だてえのに」

亭主に言われたおちかは、日ごろから案じていたことを聞かせた。

「おめえの言う通りかもしれねえ」

おちかの心配事は、さくらのしつけだった。陰日なたのないさくらの気性は、だれにでも好かれた。その反面、年ごろの娘に必要な所作は、身についてはいなかった。悲しいときは往来でも涙をぼろぼろこぼしたし、おかしいときは大声で笑う。同じ年ごろのよその娘は、人目を気にする術《すべ》を身につけていた。

「さくらちゃんの笑い声には、こっちまでつり込まれてしまうからさあ」

それでも長屋の女房連中は、正味《しょうみ》でさくらの明るさを誉めた。以前は、嬉《うれ》しいと感じた近所の評判だった。

十四、十五を過ぎても一向に変わらない娘を見るにつけ、これでいいのかとおちかは案じ始めた。十六といえば、そろそろ嫁入りを思案する歳《とし》だ。しかし気立てと器量をひとから誉められるにつけ、娘へのしつけができていなかったことを、おちかは思い知った。
「おれに心当たりがある」

「心当たりって？」

「さくらを行儀見習いに出す、奉公先に決まってるじゃねえか」

「ほんとうかい」

おちかの顔色が、いきなり明るくなった。

孝次郎が胸のうちで思い定めた先は、材木を仕入れる妻籠屋だった。

すでに婿《むこ》取りを終えた娘夫婦が同居している大店《おおだな》で、奥付き女中は大内儀の吉野が差《さ》配《はい》している。吉野がいかにしつけに厳しいかは、おちかも評判を聞いて知っていた。

「願ってもない先だけど、さくらで大丈夫かねえ」

案じ顔を拵《こしら》えながらも、おちかは妻籠屋さんならぜひにと、亭主の背中を押した。

「一度、お連れになってください」

妻籠屋五代目当主が孝次郎の腕を高く買っていることもあり、吉野はとりあえず願い出を受けた。そしてさくらを目利《めき》きした。

「いまうちの奥を受け持っている娘《こ》は、今年の師走《しわす》に嫁ぎます。来年のお正月からでよければ、お受けいたします」

一年先の話となったが、孝次郎にもおちかにも異存はなかった。

一年が過ぎた天明三年の元日、さくらは十七歳を迎えた。元日の祝い膳《ぜん》は、いつもの年にはなかった、小鯛《こだい》の尾頭《おかしら》つきが載っていた。

「ずうっと先のことだと思ってたのにさあ。いよいよ、明日からだねえ」

母親に言われて、さくらが笑みを返した。

孝次郎が空けた屠蘇《とそ》の盃《さかずき》を、おちかは娘のさくらに手渡した。この朝のために、おちかは極上の味醂《みりん》を買い求めていた。

「甘くて、おいしい」

「なにが、おいしいだ」

孝次郎が眉根《まゆね》にしわを寄せた。

「屠蘇は、おいしいてえんじゃねえ、おめでとうございます、とけえすんだ」

「分かりました」

さくらが自分のあたまを軽く叩《たた》いた。

「そんな調子で、本当に明日っからの奉公が勤まるのかよ」

「お元日から、そんな顔をしないでさ」

おちかが取り成して、孝次郎が渋かった顔つきを戻した。亭主に微笑《ほほえ》みかけたあとで、おちかは娘を正面から見た。

「おまえがしくじりを重ねたりしたら、おとっつぁんの名折れだからね」

「はいっ」

娘の陽気な返事を聞いて、両親は顔を見合わせた。昼過ぎから富岡八幡宮に親娘《おやこ》三人で初詣《はつもうで》をし、翌日からの奉公の上首尾を祈願した。孝次郎は賽銭《さいせん》に一文銭ではなく、一匁《もんめ》の小粒銀を張り込んだ……。

だいこんの土を洗い流したさくらは、三寸（約九センチ）の長さの輪切りにした。そして出刃から菜切庖丁《ほうちょう》に持ち替えて、だいこんの皮剝《む》きを始めた。

うちなら、だいこんの皮を剝いたりはしないのに……。

奉公を始めて、はや三カ月が過ぎた。そのいまでも、さくらは吉野の指図にはなじめない部分を抱えていた。

さくらの思いを察したらしい。上がり框に寝そべっていた猫が、小さく鳴いたあとで、流し場から出て行った。

二

妻籠屋初代が江戸に出てきたのは、明暦三（一六五七）年五月。明暦の大火で、江戸が焼け野が原になったあとである。

天守閣まで焼け落ちたことで、幕府は火事に強い町造りに取り組んだ。その復興のために、諸国から材木と、家造りの職人を呼び寄せた。

復興を急ぐ公儀は、尾張《おわり》徳川家にも木曾檜《きそひのき》の拠出を命じた。木曾檜は、尾張徳川家の占有木材である。尾張藩は、植林、伐採、運搬のすべてにおいて木曾妻籠村の杣《そま》（木材の差配）を使っていた。

寛永十一（一六三四）年生まれの妻籠屋初代は、名を儀助《ぎすけ》と言った。儀助の家系は、代々が妻籠村でも腕の良さで知られた杣である。江戸に出てから二年後の万治二（一六五九）年に、儀助は二十六歳の若さで京橋たもとの新材木町に、妻籠屋を創業した。

年若くして材木商が興《おこ》せたのは、村の強い後押しを受けられたからだ。他の材木商はだれひとりとして、儀助以上に強いかかわりを産地と持ってはいなかった。ゆえに木曾檜の商いは、儀助のひとり舞台も同然だった。

在所から一緒に出てきた村人が、妻籠屋創業時の奉公人である。だれもが檜をはじめとする、木を知り尽くしていた。日ごとに町が膨らむという時代の順風を受けて、妻籠屋は創業当初から上々の滑り出しとなった。

初代が所帯を構えたのは創業の翌年、万治三年である。相手は総檜造りの別宅を普請《ふしん》した、日本橋の鼈甲《べっこう》問屋喜田《よしだ》屋の三女だ。

「客に媚《こ》びず、さりとて木曾檜に寄りかかってえらぶるでもない。その若さでは、なかなかにできることではない」

檜売買の掛け合いを通じて、喜田屋当主は儀助の器量を高く買った。しかし、それだけで縁談がまとまったわけではない。儀助と喜田屋三女との祝言がかなったわけは、当主が易断を重んじたからだ。

「うちの娘の行く末を定かにするために、ぜひとも流右衛門と改名してほしい」

儀助は当主の申し出を受け入れた。

三女の名は喜乃《よしの》と言った。妻籠屋当主はいまでも流右衛門を襲名し、内儀は『の』で終わる二文字の名を名乗る。その仕来《しきた》りは、初代が祝言の日に定めた。

妻籠屋に子宝が授かったのは、祝言から八年後の寛文《かんぶん》八（一六六八）年三月である。

この年二月に、江戸はまたもや大火事に見舞われた。牛込の酒井家下屋敷から出た火は乾いた風に煽《あお》られて、市谷《いちがや》から芝にまで燃え広がった。その火がまだ消えぬうちに、麹町御門外《こうじまちごもんがい》と、駒込《こまごめ》からも新たな火の手が上がった。江戸の三カ所が、ときを同じくして火に襲いかかられた。

鎮火したときには、二千四百を超える武家屋敷、百三十六の寺、百三十二町もの町屋が焼け落ちていた。

妻籠屋は手持ちの檜をすべて売却したあとで、新しい材木の廻漕《かいそう》を待っているさなかだった。そして祝言以来待ち望んでいた初の赤子出産の日に、妻籠の檜が江戸に届いた。

流右衛門が授かったのは女児だった。

「この子は強い星を抱えておる」

右腕の付け根のあざを見て、易者が断じた。

「十八の年に、二十一歳の男を婿取りすれば、妻籠屋の行く末は磐石《ばんじゃく》となる。さりとて無理強いは禁物ぞ」

易断が正しければ、このの ちは子宝は授からぬだろうが案ずることはないと、易者は言い残して帰って行った。

見立ては見事に的中した。

流右衛門も喜乃も子宝は欲しかった。しかし春野と名づけた長女のほかには、ひとりも授からなかった。

長女が十七の秋に、得意先の両国橋西詰の料亭から縁談が持ち込まれた。同業の料亭次男で、婿入りしてもいいという。喜乃は、まだ健在だった易者に相談した。

「この先、妻籠屋は代々の長女が婿取りをして、身代を大きくするのが運命《さだめ》だ。春野どのには、よくよく行儀作法をしつけなされ」

易者は大店の娘が通う、小笠原流《おがさわら》師範に顔つなぎしようとした。

「小笠原流は、うちの娘にあうお作法とは思えません」

喜乃は、めずらしく易者に逆らった。

「喜乃どのは思い違いをしておられる」

座り直した易者は、物静かな口調で喜乃の誤解を正した。

小笠原流礼法の興りは、室町時代である。『相手を大切に思うこころ』を説く教えに、弓・馬・礼の三法が加わり、小笠原礼法が定まった。小笠原流とは、つまりは武家の質朴な礼の本義というべき礼法である。

徳川の世が進むに連れて、商人が力をつけた。なかでも妻籠屋同業の材木商と、食糧の流通にたずさわる米屋、衣服と装飾品を扱う呉服屋・太物《ふともの》屋・小間物屋・鼈甲屋などは、江戸でも有数の大尽《だいじん》となった。

大店のあるじや内儀は、娘のたしなみとして武家の礼儀作法『小笠原流』を習わせようとした。それを受けて、小笠原流師範を称する者が多数あらわれた。

「その所作《しょさ》はいただけませぬなあ」

師範を自称する者の多くは、本来の教えである「質実剛健・合理的」の本質を理解せず、華美で仰々しく、しかも難しい『お作法』を作り出した。喜乃が自分の娘にはあわないと言ったのは、まさにこの『お作法』だった。

「わしが引き合わせる師範は、教えのこころを伝える本物のお方だ。会ってみて、損はござらん」

喜乃はしかし、すぐには得心《とくしん》しなかった。が、十七年前の易断通りにことが運んでいることに思い当たり、勧めを受け入れた。

礼法をわきまえる資質に恵まれていたのだろう、春野は師範の教えをよく理解した。娘の所作が見違えるほどによくなったことに接し、喜乃は小笠原流の教えを妻籠屋女子の規範として採り入れることを決めた。

貞享《じょうきょう》二（一六八五）年五月、十八歳の春野は二十一歳の料亭の次男を婿に迎えた。その二年後、貞享四年に初代が没したあとは、二十三歳の女婿が二代目を継いだ。

春野が長女を授かったのは元禄四（一六九一）年三月。奇《く》しくもまた、江戸で大火事の起きた翌月のことである。

春野の誕生に立ち会った易者はすでに没していたが、喜乃はまだ健在だった。

「妻籠屋は婿取りをするのが運命です」

喜乃は二十三年前に易者が見立てたことを、孫娘誕生の夜、娘に言い置いた。春野は母親の教えを守った。そして娘が十七歳の正月を迎えるなり、小笠原流礼法をしつけた。

享保《きようほう》七（一七二二）年に襲名した三代目は、あるじになって十二年目の享保十八年に、四十六歳の若さで病没した。

四代目は宝暦《ほうれき》十（一七六〇）年まで二十七年あるじを務めた。そして五代目は今年、天明三年の正月七日に急逝するまでの二十三年間、あるじの座にあった。

二代目以降はだれもが、妻籠屋長女が十八歳の年に二十一歳で婿入りしてきた。それは今年一月に襲名した、六代目も同様である。

六年前の安永六（一七七七）年五月に、当時十八歳だった吉野の娘捺乃《なつの》は、二十一歳の男を婿取りした。料亭の息子を婿に取るのが、妻籠屋の仕来りというわけではない。が、相手は向島料亭の三男である。


さくらが奉公を始めた天明三年正月二日は、年始客のあいさつを受ける日であった。

さくらは町木戸が開いた明け六ツ（午前六時）早々に、妻籠屋の勝手口をたずねた。

「四ツ（午前十時）を過ぎると、絶え間なしにお客様がお見えになります」

旧臘《きゆうろう》二十日に祝言《しゆうげん》を挙げた前任の奥女中おちよが、手伝いに出ていた。大切な正月二日の年始客接待を、いきなりさくらひとりに任せることはできなかった。

まだ朝日が届かない流し場の板の間で、おちよは物の運び方の伝授を始めた。

「物を持つときは、持つ高さによって位が違います」

おちよの物言いは、神社の巫女《みこ》のごとくにめりはりがあり、なおかついかめしかった。

「一番大事なお客様に物を運んだり、神棚にお供物《くもつ》を供えるときには、目の高さにかかげ持ちます。これを目通りと言います」

手にした盆を、おちよは目の高さにかかげ持った。富岡八幡宮参拝の折りに、さくらは巫女がその形をしているのを見ていた。

「八幡様のお巫女さんみたい……」

思ったことを口にしたら、おちよにきつい目を向けられた。さくらは慌《あわ》てて口を閉じた。

「次は肩の高さに持つ、肩通りです」

おちよは手にした盆を、肩の高さにまで下げた。さくらは余計な口を開かず、おちよの所作に見入った。

「この持ち方は、当家の行事や、大切な物を運ぶときに用います」

当家という物々しい言い方を聞いて、さくらは胸のうちで噴出《ふきだ》しそうになった。おちよが真面目《まじめ》腐った物言いなだけに、余計におかしさが募った。大きく息を吸い込み、湧《わ》き上がる笑いをこらえた。

「ちゃんと聞いているんでしょうね」

おちよに見抜かれたさくらは、大きくうなずいて座り直した。

「次は乳《ち》通りです」

乳通りだなんて……。

名前のおかしさに、さくらはこらえきれなくなった。口に手をあてたが、手のひらを押しのけて笑いが飛び出した。

おちよは盆を板の間に置き、きびしい顔つきでさくらの正面に座った。さくらは両手を口にあてているが、笑いが引っ込まない。

涙目になったさくらを見て、おちよも笑い出した。

「あたしも初めて教えられたときは、さくらちゃんとおんなじだったわ」

おちよの物言いが、素顔のものに戻っていた。それでさくらの気分が大きくほぐれた。

「あとふたつを教えるから、よく見ててね」

おちよは一般客に物を運ぶとき、胸の高さに持つ『乳通り』と、料理や茶菓《さか》を下げるときに腰の高さで持つ『帯通り』を、分かりやすく形で示した。

正月二日の接客は、おちよの助けを借りてとどこおりなく果たすことができた。三が日の来客接待を終えたあとは、妻籠屋は来客がめっきりと減った。七草までは松の内であり、材木の商いもゆるやかだった。

七日の四ツ過ぎに、当主がいきなり倒れた。呼びかけても、大きないびきをかいて眠り続けるだけである。

主治医は懸命に手当てをほどこしたが、意識は戻らなかった。五代目妻籠屋流右衛門は、天明三年一月七日の暮れ六ツ（午後六時）前に息を引き取った。

さくらが奉公を始めて、わずか六日目のことである。

三

徳川幕府は家康《いえやす》の出身地三河の風習を取り入れて、一年に五回の節句を定めた。

一月七日の人日《じんじつ》、三月三日の上巳《じょうし》、五月五日の端午《たんご》、七月七日の七夕《しちせき》、それに九月九日の重陽《ちょうよう》の五節句だ。

得意先に武家の多い妻籠屋は、初代から五節句の祝いを大切にしてきた。

さくらは奉公を始めた直後の一月六日に、翌日の節句祝いの備えを言いつけられた。

人日の節句は、七草で祝う。

「七草は、日本橋の魚河岸《うおがし》まで仕入れに出るのが慣《なら》わしだから」

おちよから聞かされていたさくらは、六日の午後から仕入れに出た。しっかり聞き取っていたことで、さくらは迷うことなく小さな竹籠《たけかご》に入った七草を買い求めることができた。

ところが五代目当主が、人日の節句当日に倒れた。備えはすべて無駄になった。

妻籠屋は百箇日を喪明けとした。ゆえに上巳の節句祝いはしなかった。

町方では、三月三日は雛《ひな》祭りである。女系を通す妻籠屋には、雛祭りの祝いは大事な行事だ。今年は喪中につき、女児の祭りを取りやめた。

釣り合いを取るために、喪が明けたあとでも、五月五日の端午の祝いもしなかった。この日は男児の祝いであるからだ。

七月六日の朝、さくらは翌日の節句の備えを吉野から指図された。七月七日は、初めて受け持つ節句である。

「どうすればいいか、教えてください」

さくらは、店を受け持つ女中に教えを乞《こ》うた。奥掛かりはさくらひとりだが、奉公人の賄《まかな》いをする店女中は三人いた。奉公を始めて、すでに半年が過ぎている。さくらの明るい気性もあり、店女中とはすこぶるうまく折り合いがついていた。

「漆の器を陰干ししなさい」

年長の女中おかねから教えを受けて、さくらは陰干しの支度を始めた。

妻籠屋三代目は、主人であったのがわずかに十一年と短命だった。が、京橋から深川木場に妻籠屋を移すという大事業を成し遂げた。

いまの妻籠屋は、屋敷だけで敷地五百坪である。三代目が買い求めた地所に、四代目、五代目が手を加えた。なにしろ勝手口のわきには、野菜を植えた畑があるほどに広い屋敷だ。器の陰干しをする場所には事欠かなかった。

「器を傷《いた》めないように、緋毛氈《ひもうせん》を先に敷きなさいね」

裏庭に立ったさくらに、おかねが声をかけた。言わなければ、いきなり器を並べかねないと案じたのだろう。さくらの大雑把な気性は、七月に入ってもさほどに変わってはいなかった。

おかねに軽くあたまを下げてから、さくらは土蔵に向かった。祝い事に用いる什器《じゆうき》一切は、蔵に仕舞われていた。

「玄蔵さん、いますか」

一番蔵の戸を開き、なかに声をかけた。玄蔵は、二つの蔵の番人を務める下男である。二番蔵は金蔵で、暮らしに用いる品はすべて一番蔵に収められていた。

「呼んだのは……さくらちゃんか」

蔵の奥から玄蔵が答えた。空はどんよりと曇っており、七月というのに肌寒さを感ずる朝である。奥から出てきた玄蔵は、厚手の半纏《はんてん》を羽織っていた。

「明日の備えで、器を陰干ししますから」

「そうか……今日は六日か」

腰を伸ばす玄蔵に、さくらが笑いかけた。

玄蔵の手助けを受けて、毛氈と卓とを庭に運び出すことにした。卓は脚が折り畳みになっており、長さ八尺（約二・四メートル）、幅四尺（約一・二メートル）の杉の一枚板である。

杉板の厚みは二寸（約六センチ）もあり、さくらひとりでは運べない。玄蔵とふたりがかりで土蔵のわきに運び出した。高い蔵が陽をさえぎり、陰干しにはうってつけの場所だ。卓の据付を玄蔵に任せて、さくらは蔵から緋毛氈を運び出してきた。幅が五尺（約一・五メートル）で長さが十尺（約三メートル）もある、見事な緋毛氈だ。

「わしが運ぼう」

さくらが両腕に抱えた緋毛氈を受け取り、玄蔵は手際《てぎわ》よく卓に広げた。曇り空の下でも、染《し》みひとつない毛氈の鮮やかさが際立って見えた。

ところが……。

広げ終わった毛氈に、細かな灰色の塵《ちり》が舞い落ちた。さくらはすぐさま手で払った。が、次々に塵が降り落ちた。

「場所を変えよう」

蔵の壁を見上げた玄蔵は、卓の片方をさくらに持たせて場所を変えた。

相変わらず、毛氈に細かな塵が落ちた。玄蔵とさくらの髪が、灰色になっていた。

天明三年七月六日。大噴火した浅間山の火山灰が、江戸に降っていた。

四

浅間山の大噴火は、地元で数万人にも及ぶ死者を出した。家屋・田畑を失った者に至っては、だれにも正確な数が分からなかった。土地を統《す》べる役場までもが、噴火で消滅したのだ。正しい状況が把握できないのも無理はなかった。

噴火は地元のみにとどまらず、江戸にも諸国にも、深刻な被害をもたらした。なによりの打撃は、噴火の影響で夏が寒くなったことである。稲作に欠かせない陽光が火山灰でさえぎられた。天空をも突き破った火山灰は、分厚い雲を生じさせた。その雲と灰とが、夏の陽をさえぎった。

「夏をどこかに置き忘れたんじゃねえか」

「まったくだ。八月の夜に、綿入れをほしがるなんざ、聞いたこともねえ」

江戸の方々で、こんな不満口が交わされた。しかし文句だけで済んでいるうちは、まだ幸いだった。

「大田屋の手代《てだい》さんが、今日の昼過ぎにたずねてきたのよ」

八月十三日の夕餉《ゆうげ》の膳《ぜん》で、顔をしかめ気味にしておちかがぼそりとつぶやいた。

「米屋の手代が、なんだってうちをたずねてくるんでえ」

里芋の煮つけを箸《はし》で摑《つか》もうとしながら、孝次郎がいぶかしげに問い質《ただ》した。里芋はおちかの得意料理だ。青物屋の店先にある日は、毎日でも買い求めた。ていねいに面取りをしてから、おちかは醬油《しょうゆ》と味醂《みりん》を利《き》かし、濃いめの味付けをした。

今夜の里芋には味醂ではなく、上物の砂糖をおごっている。きつい仕事が続いている孝次郎を思い、疲れ取りに甘味を強くした。

砂糖を使ったがゆえか、里芋はつるつると滑って箸から逃げた。焦《じ》れた孝次郎は、里芋に箸を突き刺した。

「だめよ、おとっつぁん。そんな、はしたないことをしたら」

孝次郎とおちかが、丸くなった目を見交わした。

「どうしたの。あたし、なにかおかしなことでも言った？」

「いや……言っちゃあいねえ」

口のなかでぼそぼそ言ってから、里芋に刺した箸を引き抜いた。孝次郎の顔が、わずかに赤くなっていた。

「それで……大田屋さんのご用は、いったいなんだったの」

話の続きを、さくらが促した。

「来月朔日《ついたち》から、お米の値段が上がるらしいのよ。江戸に限らず、どこも今年の夏は冷たかったらしくて」

っきりと分かった。

おちかは娘を見詰めてうなずいた。目が曇っているのは、行灯《あんどん》ひとつの明かりでもは

「何年ぶりかの凶作だから、朔日の納め分からは一升七十文になるそうなのよ」

「七十文って……いきなり十文も値上げするなんて、大田屋さん、なにを考えてるのよ」

さくらの物言いが、奉公前の強い調子に戻っていた。言ってから、はっと気づいたさくらは口元に手をあてて、あとの言葉を呑《の》み込んだ。

噴火が起きる七月初旬までは、玄米一石一両が相場だった。小判一両が、銭四貫八百文である。玄米一升は、四十八文が原価だった。

大田屋は蔵前《くらまえ》から米を仕入れている。蔵前から仲町までの横持ち（陸送）代、精米代、それに儲《もう》けを乗せて、一升六十文で商った。

棟梁《とうりょう》の孝次郎は、通いの弟子職人五人を抱えている。朝夕の二食は、弟子は自分たちで賄った。昼飯はおちかが弁当を作り、毎朝宿に顔を出す弟子に、孝次郎を含めて六人分を手渡した。家族三人に弟子が五人。おちかは毎日、一升の米を炊《た》いた。十文も値上げになったら、月に三百文近い費《つい》えが増すことになる。

孝次郎の稼ぎならば、三百文の出費が増えてもやり繰りは充分にできた。が、凶作が

よほどにひどければ、さらに米が値上がりするかもしれないのだ。

それを案じたおちかは、目を曇らせていた。

「先のことを案じてもしゃあねえ。一升百文だと言われても、買えねえ稼ぎじゃねえだろうがよ」

孝次郎のひとことで、母と娘が黙った。


米代は七十文以上には値上がりしなかったが、夏がこないまま、一気に深い秋がきた。

九月初旬には、富岡八幡宮境内のイチョウが色づき始めた。例年よりも相当に早くから、ひっきりなしに落ち葉掃除が行われた。

「まだ九月に入ったばかりなのに、もうギンナンが落ちている」

竹ぼうきを手にした掃除番が、強いにおいを放つギンナンに顔をしかめた。においがいやなだけではなく、尋常ではない陽気を案じての顔だった。

十月に入ると、妻籠屋で頻繁に材木商の寄合が催された。

木場の材木商は月に二度、一日と十五日に寄合を持ってきた。場所は木場に構えた会所である。この寄合には、会所肝煎《きもいり》が顔を揃《そろ》えて木材ごとの相場を談合した。

しかし十月に入って妻籠屋で催され始めた寄合は、月二回の月次《つきなみ》寄合とは様子が違った。

顔ぶれは、木場の材木商に違いはなかった。しかし集まるのはいずれも『若旦那《わかだんな》』である。当主の座にあるのは、六代目妻籠屋流右衛門ただひとり。しかも二十七歳の流右衛門は、六人のなかでは最年少だった。

十月二十四日の四ツ（午前十時）には、この月四度目の寄合が妻籠屋の二十畳座敷で催された。

「尾張町の雑賀屋《さいか》さんが、店の建て替えを見合わせると決めたそうだ」

「駿河町の吉田屋さんも、そうだと聞いた」

五人が口々に、この日までに耳にした話を披瀝《ひれき》した。

流右衛門を除く五人は、いずれも三十代前半か、今度の正月で三十路《みそじ》に差しかかる惣《そう》領息子《りょうむすこ》たちだ。父親は健在だし、商いの舵取《かじと》りはどの店も頭取番頭が差配《さはい》している。それゆえ、一年の売上げが一万両を超える大店《おおだな》ぞろいとはいっても、だれもが商いのあり方には口出しできずにいた。

噴火以降、世の中は穏やかではなくなっていた。若いがゆえに、世相の上澄みの動きにはだれもが敏感である。

大尽で通っている木場の材木商だが、跡取りたちは現状に大きな不安を抱いていた。しかし番頭もあるじも、舵取りのあり方を変える気は毛頭なかった。

江戸開府から百八十年。その間には、地震もあれば大水も出たし、火事で江戸の大半が丸焼けになったこともある。冷夏も今年が初めてではなかった。

なにも浮き足立つことはない。

どこの材木商のあるじも番頭も、これを口にして惣領息子を軽くいなした。それが不満の跡取りたちが、同年代の流右衛門を巻き込んで若者だけの寄合を持っていたのだ。

場所を妻籠屋としたのは、流右衛門が当主で、座敷を好きに使えるからである。

「親仁《おやじ》様も、頭取の弦右衛門《げんえもん》も、木場の材木商はどっしり構えているのが暖簾《のれん》の値打ちだと、その一点張りだ」

杉と松とをおもに扱う伊勢満《いせまん》の跡取りが、身を乗り出して文句を言った。

「親仁様の若い時分は、座っているだけでよかっただろうが、いまは時代が違う。ひどい凶作で世の中が浮き足立っているし、大店といえどもカネを遣うのを渋り始めている」

伊勢満の言い分に、別の店の跡取りが大きくうなずいた。そして、尾張町の雑賀屋が普請《ふしん》を取りやめた一件を蒸し返した。

「こんなときに、おれたちだけがのんびり座っていては、目端の利く商売敵に、お得意様を根こそぎ奪われる」

伊勢満が強い調子で言い切ったとき、さくらが茶菓《さか》を運んできた。これで四度目の寄合である。五人の跡取りは、さくらと顔なじみになっていた。

「伊勢満様は、甘い物がお好きとうかがいましたので」

奉公を始めて、はや十月《とつき》が過ぎようとしていた。さくらには、奥女中の物言いと所作《しょさ》がすっかり身についていた。

流右衛門から菓子を調えるようにと言いつかったさくらは、仲町の伊勢屋で淡雪まんじゅうを買い求めた。柿《かき》の葉を下敷きにした、白皮のまんじゅうだ。惜しまずに和三盆《わさんぼん》を使った餡《あん》には、落ち着いた甘味があった。

「伊勢屋の淡雪まんじゅうですね。わたしはこれが大好物です。ありがとう、さくらさん」

甘い物好きだけあって、伊勢満は菓子がなにかを知っていた。名指しで誉《ほ》められたさくらは、うれしくて笑顔を見せた。

格別の化粧をしているわけではないが、吉野にきつくいわれて髪と口元には気を遣っていた。髪は毎朝、おちかが結い直した。そのあと、唇には薄い紅をひいた。

ただそれだけで、さくらの顔には娘ざかりならではの、淡い艶《あで》やかさがあふれた。

「甘い物なら、おれも好物だ」

伊勢満の隣に座った木柾《もくまさ》の跡取りが、さくらを見詰めた。

「覚えておきます」

木柾にも笑顔を残して、さくらは座敷を出た。閉じた障子越しに、いい女中さんだの、黒々とした髪がきれいだのと、さくらのことを取り沙汰《ざた》する声が聞こえた。

さくらには、弦太郎《げんたろう》という互いに好き合っている男がいた。二十四歳の通い大工で、孝次郎の弟子である。ふたりが好き合っているのは、ふたおやも知っていた。いずれ所帯を構えるならそれでもいいと、父親が認めているのをさくらは察している。

そんなさくらだが、大店の跡取りたちが自分のことを気にしているのを感じて、胸を弾ませた。

職人の娘と、材木商の惣領息子とでは、なにがどうなるわけでもない。それはさくらも充分にわきまえていた。

それでも……。

大店の跡取りに取り沙汰されて、さくらは気持ちを弾ませた。流し場に戻る足取りが軽い。檜《ひのき》の廊下で、思わず足音を立てた。

吉野の目を背中に感じて、急ぎ摺《す》り足《あし》に戻した。

五

「何度も言いますが、大木屋さんにはごあいさつに上がるだけです。それがどうしていけないのですか」

十月二十五日の四ツ過ぎ。

妻籠屋大内儀吉野の居室から、流右衛門の尖《とが》った声がこぼれ出た。廊下の拭《ふ》き掃除を続けているさくらが、ふっと雑巾《ぞうきん》を持つ手をとめた。

「ひとの話に聞き耳を立てるのは、もっとも恥ずべき、はしたない振舞いです」

ことあるごとに、吉野からこれを言われている。あたまでは分かっていても、流右衛門の物言いがきついのが、さくらには気がかりだった。

してはいけないとわきまえてはいるが、つい手がとまってしまう。小さな吐息を漏らしたさくらは、手桶《ておけ》に雑巾をつけた。

「わたしが大木屋さんにおうかがいすることの、どこがいけないのですか」

またもや流右衛門の声が漏れてきた。吉野もなにか応じているのだろうが、それは聞こえない。聞こえないが、背筋を張って六代目と向き合っている姿を、さくらはありありと思い浮かべた。

そして……。

廊下で聞き耳を立てているさくらを見据える顔までも、脳裏に描けた。さくらは慌《あわ》てて雑巾を絞り、手桶を持って廊下から離れた。

流右衛門が口にしている大木屋とは、日本橋人形町の鼈甲《べっこう》問屋、大木屋徳左衛門《とくざえもん》のことである。極上品を選りすぐって扱う大木屋は、格式高い大名を何家も得意先に抱えていた。

なかでも田沼家内室が、大木屋をことのほかひいきにしていた。当節、世に並ぶ者なき権勢を誇るといわれる田沼家である。そこに出入りできていることが、大木屋の評判を大きく高めていた。

「なにとぞ田沼様にお口添えを」

田沼家出入りを求める大店の当主が、大木屋に日参した。

「鼈甲を仕入れる客よりも、口添えを求めて近寄る客のほうが多い」

周りからこんな陰口が漏れるほどに、大木屋にはひとが群がった。

伊勢満の五代目当主と、大木屋現七代目とは同い年で、三十年来の知己《ちき》である。互いに芝居好きで、何度も中村座で顔を合わせた。ともにまだ、当主に就く前のことだ。

田沼家出入りを成し遂げたのは、大木屋が七代目に就いてからのことだ。

「わたしで役に立つことがあれば、遠慮は無用だ。伊勢満さんなら、いつでも顔つなぎをさせていただく」

去年の富岡八幡宮本祭見物に、伊勢満は大木屋当主を誘った。見物を終えたあとの会食の場で、大木屋が胸を反らし気味にして請合った。

伊勢満当主の言いつけで、跡取りも同席した。顔つなぎを得た跡取りは、その後も何度か大木屋に顔を出した。

「田沼様ご嫡男《ちゃくなん》の意知《おきとも》様が、近々若年寄にご就任なされる」

十月中旬に大木屋に顔を出した折り、跡取りはこんな秘事を七代目の口から教えられた。もちろん、それにはわけがあった。

「ご嫡男様へのお祝いとして、総檜造りの離れを普請させていただくつもりだ。気心の知れた檜問屋があれば、一度わたしに引き合わせてくれないか」

打診された跡取りは、十月二十四日の寄合のあとで、流右衛門に大木屋の意向を話した。

「田沼様へのお納めは、いわばあいさつ代わり。この普請では原価割れになるだろうが、なにしろ相手は田沼様だ。損して得取れの言い伝え通り、先々で大きな儲けが望める」

伊勢満跡取りの話に、流右衛門は目を輝かせて膝《ひざ》を乗り出した。

老中田沼意次《おきつぐ》の権勢がいかに目覚しいかは、江戸町民のだれもが知っていた。それに加えて、今度は息子が若年寄に就任するというのだ。伊勢満に多くを言われなくとも、出入りがかなったあとの成果は容易に想像できた。

「願ってもない話ですが、わたしの一存では決められません」

流右衛門は、すぐにも大内儀に話すと約束をした。そして話を聞かされた翌朝に、流右衛門は吉野に次第を話した。

喜んでもらえると思っていたのに、吉野は聞き終わるなり駄目を出した。

「天下のまつりごとにかかわるお方には、商人はうかつに近寄ってはなりません」

これまで何度も、幕閣に連なる武家に顔つなぎするという話が、妻籠屋に持ち込まれた。しかしその都度、あるじたちは断わった。

「江戸で知らぬ者がいないと称された紀文さんでも、柳沢様がこけると、あっという間に身代が傾いた」

公儀役人は、その一代の栄華を求めればいい。しかし商人は、末代まで、いまの身代が続くことを考えなければいけない。いきなりのし上がった者は、落ちるのも早い。そのことを充分にわきまえて、御公儀役人とは隔たりを保つのが肝要である……。

これが妻籠屋の家訓であった。

妻籠屋初代は、明暦の大火の復興作事で、いまの礎《いしずえ》を築いた。その後も何度か、公儀発注の作事を請け負ってはいる。しかしそれは、公儀によりかかっての商いではなかった。

役人とは、ほどよき隔たりを保つべし。

これを守ってきたがゆえに、将軍逝去にともなう政変にも妻籠屋は左右されずに済んだ。

五代目は、その心構えを六代目に伝えることができぬまま、正月に急逝した。おぼろげには、六代目流右衛門も家訓のことは聞いていた。

が、よもや田沼家の話を一蹴《いっしゅう》されるとは思ってもいなかった。

「日ごとに江戸の景気がわるくなっています。杉や松ならともかく、檜の商いは景気の良し悪《あ》しの波をまともにかぶります」

こんなときだからこそ、田沼家に顔つなぎしてもらえるのは願ってもないことだと、流右衛門は言葉を重ねた。

「なりません」

吉野の返答は、にべもなかった。

「妻籠屋は、さもしい振舞いをしてこなかったからこそ、いまがあります」

さもしいと言われて、流右衛門が目つきを険しくした。吉野は取り合わずに話を続けた。

「もしも妻籠屋が、砂糖に群がる蟻《あり》のような振舞いに及べば、先代たちが築いてきた暖簾に、大きなしみをつけてしまいます」

五年や十年は、一両の商いがなくても妻籠屋の身代は傾いたりはしない。目先の金儲《かねもう》けよりも、暖簾が大事だと言い置いて、吉野は話を打ち切った。

流右衛門は、得心《とくしん》がいかなかった。

吉野の言い分は分からなくもなかった。しかしいまは、昨日伊勢満の跡取りが口にした通り『時代が違う』のだ。暖簾だけに頼っていては、商いが先細りになるだけだ。

もしもこの話を妻籠屋が断われば、伊勢満は別の檜問屋に話を持ち込むだろう。聞かされた檜問屋は、よだれを垂らしながら食らいつくに決まっていた。

それほどに、田沼家出入りがかなうというのは、商人にはおいしい話だった。

「あんたは六代目と言いながらも、自分ではなにひとつ決められないのか」

伊勢満の跡取りから、小ばかにされる自分を思い描いた。流右衛門は座っていられなくなり、座敷を出るなり帳場に向かった。

「わたしの部屋に来てくれ」

頭取番頭に言い置いて戻る途中で、さくらに茶の支度を言いつけた。

血相の変わった流右衛門から茶の支度を言われて、さくらは心配で胸が痛くなった。

仔細《しさい》は分からないまでも、吉野と流右衛門が揉《も》めているのは察していた。

今朝に限らず、十月に入って以来ふたりの間は微妙に張り詰めていた。流右衛門が、妻籠屋座敷で寄合を始めてからのことである。

正面切っては、吉野は寄合に異を唱えてはいなかった。さりとて、喜んでいるようにも見えない。大内儀といえども、六代目のすることすべてに口出しはしなかった。当主が催す寄合である。内心はともかく、妻籠屋に顔を揃《そろ》えた跡取りの面々には、礼節をもって接した。

しかし寄合の回が重なるにつれて、吉野は不快感を募らせた。日々、吉野から指図を受けるさくらは、それを肌身で感じていた。

ついに今朝、ふたりがまともにぶつかり合った。茶を言いつけた流右衛門は、内から湧《わ》き上がる怒りゆえか、瓜実顔《うりざねがお》が青ざめて歪《ゆが》んで見えた。

なにを話し合うのか、さくらは気にかかって仕方がない。頭取番頭が居室に入ったのを見届けてから、茶を運んだ。

跡取りたちの寄合に、さくらは毎度茶菓を出している。流右衛門は気を許しているらしく、さくらが入っても話をやめはしなかった。

「わたしは伊勢満さんの話を、ぜひにも受けたい。おまえも一緒になって、大内儀を説き伏せてくれ」

さくらが膝元に茶を置いたとき、流右衛門はこう口にした。頭取番頭は、返事をしなかった。さくらがその場にいるのを、気にしている様子である。

さくらは手早く番頭の膝元に湯呑《ゆの》みを置き、下がろうとして立ち上がった。障子戸に近寄ったとき、流右衛門が返答をせっついた。

さくらは障子戸に手をかけて、ゆっくりと開いた。頭取番頭が口を開いた。

「てまえは大内儀様のおっしゃることに、筋が通っていると存じます。口添えのほどは、

「ご容赦願います」

廊下に出たさくらが障子戸を閉じたとき、頭取番頭も返答を終えた。

六

十月二十八日の未明、八ツ（午前二時）。日本橋小伝馬町《こでんまちょう》一丁目の、油問屋から火が出た。風はさほどになかったが、火元が油屋である。火は一気に燃え広がった。

周辺の町火消しだけでは手に負えず、箱崎町からは久世《くぜ》家の大名火消しが出張った。

しかし火勢は一向に収まらず、人形町・葺屋町《ふきやちょう》・堺町・瀬戸物町・室町《むろまち》までが焼け落ちた。

人形町の大木屋は丸焼けになり、蔵にまで火が回った。

大木屋七代目当主が足繁《しげ》く通った芝居小屋、市村座と中村座は、跡形もなくなった。

十一月朔日《ついたち》に、田沼意知が若年寄の座に就いた。江戸の景気は一向に上向かないが、田沼家は栄華の絶頂にあった。

「火事で焼け落ちるような鼈甲屋は、田沼家の縁起に障《さわ》ります」

就任当日の祝宴で、内室は冷ややかな口調で言い放った。火事の後始末に追われる大木屋は、この宴席には招かれていなかった。

内室の言ったことを知らない大木屋は、十一月二日に祝いの品を抱えて田沼家をおとずれた。いつものように門番に祝儀を渡そうとしたら、番人は音を立てて地べたに六尺棒を突き立てた。

「今後一切、当家への出入りは無用である」

わけが分からない大木屋は、番人に説明を求めた。番人は、六尺棒の先端を大木屋に向けて追い払った。

たまさか居合わせて一部始終を見ていた呉服屋の手代は、店に帰りつくなり大げさに話した。顔つなぎの仲立ちをすることで、相当に頭《ず》の高かった大木屋には、意趣を抱く商人も多かった。

「どんなしくじりをしたかは知らないが、大木屋さんは田沼家のご不興を買ったそうだ」

「二度と顔を見せるなと、門前から追い払われたらしい」

「蔵も丸焼けになったそうだ。大木屋さんもこれまでだろうね」

大火事に遭った商人たちは、気持ちがすさんでいた。ゆえに大木屋のわるい評判をばらまくことで、憂《う》さ晴らしをした。

よくないうわさは足が速い。田沼家から追い返された翌日には、日本橋、京橋、尾張町の商人に知れ渡った。十一月四日には、火事見舞いにおとずれる者すら、大木屋の焼け跡にはまばらになった。

十一月の声をきくなり、跡取り衆の寄合は開かれなくなった。

この寄合を始めた音頭取りは、伊勢満である。幕を閉じたのもまた、伊勢満だった。

流右衛門から断わりを聞くなり、伊勢満は京橋元材木町の檜問屋《ひのきどんや》小野田屋に話をつないだ。流右衛門が案じた通り、小野田屋はふたつ返事で飛びついた。

しかし大木屋は、小野田屋の顔つなぎをする前に火事に遭った。のみならず、田沼家から出入り無用を言い渡された。

伊勢満の跡取りは、大木屋に顔つなぎをした礼に、百両の謝金を小野田屋から受け取っていた。話が反故《ほご》になったことで、小野田屋は伊勢満に謝金の返還を迫った。

すでに大半を色里遊びで使い果たしていた跡取りは、父親に泣きついてカネを工面《くめん》した。

「しくじりの尻拭《しりぬぐ》いすらできない者が、寄合などと言って浮かれているんじゃない」

父親から一喝されて、外出も勝手にはできなくなった。音頭取りがこけて、若者の寄合はあっけなく潰《つい》えた。

「わたしに思慮が足りませんでした」

大内儀を前にして、流右衛門は正味からの詫《わ》びを口にした。吉野はいつものように、背筋を張って詫びを受け入れた。

十一月五日には妻籠屋奉公人のだれもが、流右衛門と吉野とがぶつかり合った顚末《てんまつ》を知っていた。

「やはり大内儀様は思慮深い」

番頭が内儀を称えた。それを聞いた手代が小僧に話し、小僧はさくらに聞かせた。吉野の身近に仕えながら、さくらは一番最後になにが起きていたかを知った。

六代目と揉めていたときも、詫びを受け入れて片づいたあとの吉野は、さくらにも他の奉公人にも、いささかも乱れずに指図を与えた。

口うるさくて怖いと思っていた吉野を、さくらは心底から敬うようになった。

落ち着いていて、美しい言葉遣い。

背筋を張って動く、気品に満ちた所作《しょさ》。

吉野から言われるまでもなく、さくらは自らそのふたつを真似《まね》しはじめた。

天明四年、一月十六日。

藪入《やぶい》りのこの日、さくらは昼過ぎから弦太郎と連れ立って浅草に遊んだ。浅草寺に参拝し、仲見世《なかみせ》で買い物を楽しんだ。

吾妻《あずま》橋で蕎麦《そば》屋に入ったときには、陽が西空に移り始めていた。

「わたしはもりをいただきます」

腰掛に座ったさくらは、両手を膝《ひざ》に置き、背筋を張って注文をした。

「おれはもりを二枚と、熱燗《あつかん》を一本に焼き海苔《のり》をもらいてえ」

注文を終えた弦太郎は、向かいに座ったさくらを窮屈そうな顔つきで見詰めた。

「なにかあったのですか」

問われた弦太郎は、さらに戸惑い顔になった。口を開くのが面倒らしく、弦太郎は帯に挟んだキセルを取り出した。

カンナ使いを初めて許した日に、孝次郎が祝いに下げ渡したキセルである。いままでのさくらなら、自分から煙草《たばこ》盆を運んできた。いまは、目元をしかめて弦太郎を見ていた。

「おれに、なにかあったかと訊《き》いたがよう。さくらちゃんこそ、どうかしたのか」

「どうかしたのかとは？」

「その物言いもそうだが、おれがキセルを出したら、そうやって、目を曇らせてるじゃねえか」

弦太郎はさくらの目の前で、相手をからかうかのようにキセルを振った。さくらの目つきがきつくなった。

「そいつだよ。その目は、なんとかならねえのかよ」

弦太郎が語気を強めた。周りに座った客の何人かが、ふたりの様子に目を向けた。

「周りには大勢のお客様がいますし、こどももいます。こんな込み合ったところで、煙草を吸うのは控えてください」

見る間に弦太郎が、しらけた顔になった。酒が出されたあとも、弦太郎はひとことも口をきかず、手酌で呑《の》み終えた。

蕎麦屋を出ると、夕焼け空が大川の先に広がっていた。冬の大川には、雁《がん》が餌《えさ》を漁《あさ》りに飛んでくる。吾妻橋の真上でも、十羽近い雁が列をこしらえて飛んでいた。西空に向かって、くさび形に分かれて飛ぶさまに、さくらは見とれた。

弦太郎はふてくされた顔で、船着場に向かって歩いている。雁の飛ぶさまを見終わったさくらは、口を閉じたまま弦太郎の後ろを歩いた。

汐見橋に帰ったあと、さくらは身体《からだ》の芯《しん》から疲れを覚えていた。

吉野の立ち居振舞いを、さくらはいつも真似ようと心がけていた。吉野も流右衛門も、奉公人の前で声を荒らげたりはしない。ものを言いつけるときも、口調はていねいである。

弦太郎さんて、あんな粗野なひとだったのかしら……。

さくらはわれ知らぬ間に、弦太郎を見下していた。

十七日の朝は、母と娘ふたりだけの食事となった。川崎まで日帰りの遠出をする孝次郎は、町木戸が開く前から出立していた。

「どうだったの、昨日の藪入りは」

昨夜からふさぎ気味の娘を案じたおちかは、わざと明るい声で問いかけた。さくらは答えようとしない。ますます心配になったおちかは、手にした茶碗《ちゃわん》を箱膳《はこぜん》に戻した。

「どうしたの、さくら……いやなことでもあったの？」

母親に顔をのぞきこまれて、さくらも茶碗を膳に置いた。

「西空に向かって飛んで行く、雁金《かりがね》の群れがきれいでした」

これだけ言うと、遠くを見るような目になった。

「雁金って……おまえ、そんな物言いで弦太郎さんと一緒だったのかい」

さくらは小さくうなずいた。おちかがぷっと噴いた。

「なにがおかしいの？」

さくらが口を尖《とが》らせたが、おちかは笑い転げた。強い目で娘に睨《にら》まれて、やっとおちかは表情を戻した。

「おまえは昔っから、思い込むと命がけで、ほかの物が見えなくなるからね」

なんでもかんでも、妻籠屋さんと同じというわけにはいかないよ……得心《とくしん》いかない顔の娘を残して、おちかは土間に下りた。

髪を結い直すときも、身繕いを手伝うときも、おちかはひとことも話しかけはしなかった。が、いつになく、汐見橋のたもとまで見送りに出てきた。いつくしむような母親の目を、さくらは背中に感じた。橋を渡り、木場に通じる角を北に折れたあとも、朝方、母親に言われたことを思い返した。

なんでもかんでも、妻籠屋さんと……。

おちかがなにを言わんとしたのかが、どうしても得心できない。そのもどかしさが、さくらの歩みをのろくした。

まだ五ツ前だと言うのに、大横川のほとりでは三人のこどもが遊んでいた。

「亀吉、ここを見てみな」

ひとりのこどもが、川面《かわも》を指差している。

「どうしたの、金ちゃん。なにかいるの」

「雁が浮かんでる」

「へええ……おなかが減って、空から落っこったのかなあ」

こどもの話し声を聞いて、さくらは足が動かなくなった。

そうかっ。

さくらはこぶしにした右手を、左の手のひらに打ちつけた。

吉野を真似たいがあまりに、無理な背伸びを続けていたことに、いま、思い当たった。

さくらは、雁をガンと呼んで育ってきた。かりがねと呼ぶ暮らしでも、身分でもなかった。吉野の立ち居振舞いだけを真似しても、それは滑稽《こっけい》で、周りの者に窮屈な思いをさせるだけだ。

大切なのは、身体の芯に生まれつき備わっている気性と心がけ。あたしは大工の娘で、大店《おおだな》に生まれ育ったわけじゃないんだから。

去年の十月、大店の跡取りにちやほや言われて、おのれの身の丈と分とを見失っていた。そのことに、さくらは気づいた。

いきなり弦太郎に会いたくなった。

おとっつぁんと一緒に川崎から帰ってきたら、熱燗を一本つけようっと。

足取りが軽くなり、下駄《げた》がカタカタと音を立てた。さくらは構わずに歩いた。

背筋は、ピンと張っていた。

佃町《つくだちょう》の晴嵐《せいらん》

一

天明二（一七八二）年八月の江戸深川は、月初から大雨に祟《たた》られた。

最初の雨は二日から三日間降り続き、五日に晴れ上がった。雨の後には、猛烈な残暑が襲いかかった。

「晴れてくれて、よかったわよねえ」

「ほんとうに、そう。あと一日降られたら、うちのひとの着替えがなくなるところだったわよ」

「川水だって、地べたにあと一尺（約三十センチ）まで迫っていたんだからさあ」

「川が暴れなくて、本当によかったよ」

溜《た》まった洗濯物を手際《てぎわ》よく洗いながら、佃町《つくだちょう》の裏店三助店《うらだなさんすけだな》の住人が井戸端で世間話を交わした。

雨降りで溜まっていたのは、洗濯物ばかりではない。無駄話に花を咲かせたいという思いを、女房連中は溜め込んでいた。

佃町の三助店は、大川につながる大横川に面している。大横川は、流れる場所によって川幅が大きく違った。裏店が密集した佃町周辺では、十二間《けん》（約二十二メートル）幅だ。一町半（約百六十五メートル）ほど大川寄りに架かる黒船橋のあたりでは、二十間（約三十六メートル）にまで川幅が広がっていた。

流れの幅は異なったが、水深はほとんど変わらない。下げ潮のときでも、水面から川底までは二尋《ひろ》（約三・六メートル）はある。大潮ともなれば、さらに五尺（約一・五メートル）近く水面が高くなった。

大横川が溢《あふ》れたりすれば、三助店のみならず、佃町が町ぐるみ水浸しになる。

川の対岸は、土地の者が仲町《なかちょう》と呼ぶ永代寺《えいたいじ》門前仲町である。佃町に比べて、仲町の石垣は二尺高かった。

段差のある川岸に橋を架けるのは難儀だ。ゆえに佃町から仲町には橋がなかった。対岸に渡るには、二町（約二百二十メートル）上流の蓬萊橋《ほうらい》か、一町半下流の黒船橋を渡るしかない。

「なんでえ、蓬萊橋に行くのかよ」

「ちょいと木場《きば》に用があるからよう」

普段の佃町住人は、用向きに合わせて橋を使い分ける暮らしに不満はなかった。しかし大雨で増水した川を見ると、近くに橋がないことに不安を抱いた。

三助店の女房が口にした通り、三日続きの大雨で大横川は石垣の上端にあと一尺（約三十センチ）まで水かさが増えていた。川が暴れなくてよかったというのは、佃町に暮らす者が等しく胸に抱いた思いだった。

五日から七日までの三日間、地べたも長屋の屋根も、照りつける夏日に焦《こ》がされた。

「洗濯物が乾くのはありがたいけどさあ。こういつまでも暑くちゃあ、身体《からだ》の芯《しん》まで茹《ゆ》だっちまうよ」

大雨のあとの晴天を喜んだ女房たちだが、七日の昼には照りつける天道《てんとう》に口を尖《とが》らせた。

耳にした天は、気をわるくしたらしい。

八日から、またもや三日の間、大粒の雨を降らせ続けた。前の雨で増水した川水が、まだ引き切っていないときの豪雨である。

「あと一尺増えたら、擂半《すりばん》を打つぜ」

佃町の男たちは、夜通し大横川の水かさを見張った。

八月十一日、明け六ツ（午前六時）。石垣まで五寸（約十五センチ）のところで、雨は上がった。分厚く空におおいかぶさっていた雲が、あっけなく消えた。

四ツ（午前十時）には、青空が戻ってきた。

「大事にいたらなくてよかった」

仲町岸に立つ新田正純《せいじゅん》が、対岸で川を見張っている佃町の肝煎《きもいり》に声をかけた。

「ほんとうに大助かりでさ。先生にはえらく心配をかけましたが、なにごともなしに収まりました」

安堵《あんど》の声で応じた肝煎が、正純に深々とあたまを下げた。

「それはよかった」

正純は顔をほころばせた。声には三十七歳の男ならではの、そして診立《みた》てと治療に自信のある医者特有の、矜持《きょうじ》に満ちた張りがみなぎっていた。

肝煎と話している声が聞こえたらしい。医院の裏口から、ひとり娘のかえでが出てきた。川水は黄土色一色に濁っている。

「向こう岸が溢れそう……佃町のひとたちは、大丈夫なのかなあ」

音を立てて流れる大横川を見て、八歳の子が目を見開いた。

「雨はすっかり上がったから、もう平気だ。心配してくれて、ありがとうよ」

かえでに向かって、肝煎が笑顔を拵《こしら》えた。濁った川面《かわも》が、夏の陽を弾き返している。

照り返しを顔に浴びて、肝煎のしわが際立《きわだ》って見えた。

りめていた。

「町の片づけがありますんで、これで失礼いたします」

もう一度深くあたまを下げてから、肝煎は川岸を離れた。

八月中旬だというのに、四ツを過ぎた日差しは一段と凄《すご》みを増している。

「川の照り返しを浴びて日焼けをしたら、ききょうが悲しむぞ」

母親の名を告げられたかえでは、慌《あわ》てて川岸から離れた。天道は、空の真ん中へと移り始めていた。


新田正純は、飛騨国《ひだのくに》高山の生まれである。父親の新田清三郎《せいざぶろう》は、町で名を知られた開業医だった。武家ではなく、町人相手の診療を続けた。

「武家には、お抱えの医者が何人もいる。わしがしゃしゃり出ることもない」

医は仁術。

孔子の教えに深い感銘を覚えていた清三郎は、学んだ医術を町民の診療に役立てた。

正純は十歳の正月から父親の手伝いを始めた。十五歳の元服時には、薬研《やげん》（漢方の薬種を細粉にする、舟形をした硬木製の器具）の扱いを任された。

二十歳になると診療の手伝いを許され、清三郎のわきで患者の触診を始めた。

正純が父親から学んだのは、診療、薬の調合のみではなかった。

「医者はひとにいつくしみと、思いやりのこころを持って接するのが肝要ぞ」

『医は仁術』の実践が医者の本分との教えを、正純はおのれの生き方としてわきまえた。

江戸に出る気になったのは、正純が二十二歳となった明和四（一七六七）年のことである。この年の正月二日に、清三郎の患者、横田屋源左衛門《げんざえもん》が年始のあいさつに顔を出した。

「若先生に、折り入っての相談ごとがございます」

江戸で開業してみないかと、正純に持ちかけた。

横田屋は、飛騨春慶塗《しゅんけいぬり》の老舗《しにせ》である。

栃《とち》・檜《ひのき》・サワラなど、高山は材木に恵まれた国だ。その良材を用いて、高山では木をくりぬいて作る挽物《ひきもの》と、板を加工して作る板物を特産物とした。

透明な漆を重ね塗りし、板目の美しさを際立たせた飛騨春慶は、江戸の大尽《だいじん》が競って買い求めた。それゆえ横田屋は、元禄《げんろく》八（一六九五）年に、日本橋青物町に江戸店《だな》を構えた。

小売りをしない店は、差配《さはい》役を含めて、奉公人十五人の小さな所帯だ。しかし商いは大きく、江戸店開業から七十二年を経た明和四年には、一年の売上げが九千両を超えていた。

「商いは上々ですが、悩みは心安い医者が周りにいないことです」

江戸店の奉公人は、飛騨在所の者のみだ。言葉遣いに、格別の訛《なま》りがあるわけではない。が、江戸の医者の診立てには、山国育ちの者はうまく馴染《なじ》めなかった。

奉公人たちは、全員が在所では清三郎の診断を受けていた。清三郎が処方し正純が調合した薬には、すぐれた薬効があった。ところが江戸医者が調合する薬は、高山在所の者にはうまく効かない。診立てにも、多くの者が首をかしげた。

大先生は無理でも、せめて若先生に江戸まで出張ってもらいたい……。

江戸店に出向いた折り、源左衛門は奉公人たちから切実な願いを聞かされた。

「おまえが決めなさい」

清三郎から下駄《げた》を預けられた正純は、ひと晩熟考ののちに話を受け入れようと決めた。

江戸に出たいとの思いが強かったし、清三郎には弟子志願の者が何人もいたからだ。

「いまから三年間、わしが身につけている医術のすべてを伝授する。江戸に出るのは、明和七年の春にしなさい」

三年後であればと、清三郎も諒《りょう》とした。

正純への医術伝授と、新しい弟子の仕込みが同時に始まった。江戸出立を翌年春に控えた明和六年十一月に、正純は横田屋をおとずれた。

「大川の東岸、深川という場所には、多くの長屋があるそうです。わたしはその地において開業します」

横田屋主治医を引き受けるということで、源左衛門は正純の希望を聞き入れた。そして江戸店差配に、医院に適した家屋を探せと指図した。周旋屋《しゅうせん》と掛け合った差配は、永代寺門前仲町の平屋を見つけた。大横川に面しており、河畔には桜並木がある。正純が診療を望んだ長屋は、対岸の佃町に密集していた。

明和七（一七七〇）年四月初旬。貸家を見ぬまま江戸に到着したが、ひと目で仲町が気に入った。大横川は、河畔の桜を満開にして正純を迎えた。

以来、十二年。正純はこの地で町医者を続けている。開業からの患者は、横田屋奉公人と、対岸の佃町の住人である。

仲町には、正純のほかにふたりの医者がいた。彼らのひとりは表通りの大店《おおだな》お抱えの医者で、残るひとりも仲町周辺の住人を診療する医者だった。

佃町の患者は、正純が一手に引き受けていた。往診に出向くには、黒船橋か蓬萊橋を渡ることになる。どちらの橋も、医院からは離れていた。急患が生じたときは、佃町に暮らす通い船頭が、川舟を出して大横川を横切った。しかし闇夜《やみよ》や荒天のときの正純は、回り道をいとわずに橋を渡った。

開業から五年目の、安永三（一七七四）年三月。正純は地元の薬種問屋、蓬萊屋の次女ききょうを妻に迎えた。翌年十月に、ききょうは娘かえでを出産した。いまではききょうが、正純の処方で薬を調合している。薬種問屋に育ったききょうは、薬研の扱いに長《た》けていた。

母親が薬草をくだくさまに、かえでは毎日のように目を輝かせて見入った。

「この空模様だと、暑さで身体の調子を崩す者が多く出そうだ」

医院に戻った正純は、ききょうに熱さましの調合を言いつけた。

うなずいたききょうは、棚から数種類の紙袋を取り出した。

「薬草の具合をあらためてみます」

「あたしも手伝います」

はずんだ声とともに、かえでは陽をさえぎった薬草納戸《なんど》に飛び込んだ。

二

八月十一日の日暮れどきから、佃町の路地では酒盛りが始まった。地べたにむしろを敷き、四人の男が車座に座っている。

夜通し大横川の張り番についた、三助店の住人たちだ。差配の三助がねぎらいのために、三升の酒を振舞っていた。

「遠慮なしにいただきやす」

三助に向かって、三人の男が礼を言った。

「あたまを下げてもらうほどの酒じゃないが、とにかくやってくれ」

五合徳利《どつくり》六つを、三助が座の真ん中に出した。左官の丈吉《じょうきち》が、最初に手を伸ばした。

「どうでえ、玄助《げんすけ》。騒動のあとは、たっぷり寝られたかよ」

徳利を差し出された石工《いしく》の玄助は、自前の大きなぐい飲みで受けた。

「身体は眠くてしゃあねえんだが、ガキは騒ぐし、屋根は暑いしで、寝てられるもんじゃねえやね」

「うそだろう、玄の字よう」

隣に座った通い船頭の佐次郎《さじろう》が、年下の玄助の肩を叩《はた》いた。

「なにが寝られたもんじゃねえ、だよ。おめえのいびきは、壁越しにも雷みてえな音を立ててたぜ」

「道理で、すっきりした顔をしてやがるぜ」

丈吉があきれ顔を見せながら、おのれの盃《さかずき》をぐいっとあけた。きまりわるそうな顔の玄助が、すかさず徳利を差し出したとき。

路地の入口から、包みを提げた男が駆け寄ってきた。

「ちょうどいま、始まったばかりだ、こっちに座んねえ」

佐次郎が招き寄せたのは、三助店に並んで建っている長屋、順兵衛《じゅんべえ》店《だな》の俊吉《しゅんきち》である。

俊吉は佐次郎と同じ船宿に通う、年下の船頭だ。

「ゆんべは手伝いにけえれねえで、すまねえことをしやした」

「おめえは泊まり番だったんだ、しゃあねえじゃねえか」

とにかく座れと、佐次郎がもう一度、手招きをした。しかし俊吉は、車座に加わろうとしない。

「店が違っても、同じ町内に暮らす仲だろうが。あたしに遠慮は無用だよ」

三助に言われて、やっと俊吉も酒盛りの輪に加わった。玄助がおのれのぐい飲みを俊吉に貸し、酒を注いだ。一気にあけてから、俊吉は包みを開いて佐次郎に見せた。

「本所のももんじ屋から、鹿《しか》の肉をもらったんでさ。板っきれを燃やして炙《あぶ》ったら、滅《めっ》法《ぽう》うめえって言われやした」

「そいつあ豪勢じゃねえか」

「ですがあにい、今夜のうちに食わねえと、肉が傷《いた》んじまうてえんでさ」

竹皮の包みには、肉の大きな塊が五つも入っていた。

「すぐに火を熾《おこ》そうぜ」

酒はまだ、たっぷり残っている。しかし、肴《さかな》がなにもなかった。滅多に口にはできない鹿肉と聞いて、男たちが目の色を変えた。

「おれたちだけじゃあ、食いきれねえ。長屋の連中にも振舞ってやろうじゃねえか」

佐次郎の言い分に、差配の三助もうなずいた。てんでに立ち上がり、焚《た》き火《び》の支度と、鹿肉の下ごしらえに動いた。七輪の炭火ではなく焚き火の用意を始めたのは、ももんじ屋が板切れで炙れと言ったからである。

とはいえ、路地での焚き火は無用心だ。

いつもなら、差配がきつく止めただろう。しかし、大水に遭わずにすんだことで、気がゆるんでいた。しかも酒が入っているし、思いがけず鹿肉が届いたのだ。

差配が先に立って、長屋の住人を呼び集めた。三助は、女、こどもに言いつけて川水を桶《おけ》に汲《く》ませた。万一に備えての、火消し水である。

鹿肉は、女房連中が切り分けた。醬油《しょうゆ》と味醂《みりん》のなかに漬けて、火が熾きるのを待った。肉を焼く金網は、いわしやアジの干物を焼く網を銘々が台所から持ち出してきた。

焚き火が大きな炎をあげて、焼肉が始まった。香ばしい香りが路地に漂い始めた。

「なんの騒ぎだよ……」

天秤棒《てんびんぼう》の両端に桶を吊《つ》るした油屋が、長屋の路地に入ってきた。行灯《あんどん》の明かりと、料理の揚げ物に使う菜種油の担《かつ》ぎ売りである。

「桶をわきにおいて、こっちにきねえ」

顔見知りの油屋を、佐次郎が呼び寄せた。鹿肉を振舞ってやろうとしての心遣いだった。

「うまそうな煙が立ってるが、なにを焼いてるんだい」

年配の油屋は、焚き火から離れた場所を動かずに問いかけた。

「鹿のお肉だってさ。はやく食べないと、なくなっちゃうよ」

長屋のこどもが、弾んだ声で応じた。

「そりゃあ凄い。ぜひとも、ご相伴《しょうばん》にあずからせてもらおう」

天秤棒を肩から外し、油屋は焚き火に近寄った。

「間のいいところに出くわしたもんだ」

油屋がしわの寄った顔をほころばせたとき、こどもたちが焚き火めがけて走ってきた。鹿肉につられた、四人のこどもだった。長屋の路地には、まだぬかるみが残っていた。それに足を取られて、ふたりのこどもが立て続けに転んだ。

折り重なって倒れ込んだ先に、油桶があった。いやな音を立てて、桶が倒れた。

半荷《か》（約二十三リットル）の桶には、油が目一杯に入っていた。倒れるとき、火に飛び散った。残りは地べたを這《は》って、焚き火に向かった。

料理にも使える上物の油である。焚き火から、長屋の軒にまで届く炎が上がった。

「あぶねえ。その桶をどけろ」

半荷入りの油桶が、もうひとつ残っている。玄助が桶に飛びつき、抱え上げようとした。石工で、力自慢の男である。半荷ぐらいの重さは、ものともしないはずだった。ところが気が焦《あせ》っていた。さらには、油桶は抱えたことがなかった。

力任せに抱えようとして、桶を取り落とした。地べたにぶつかり、桶が跳ねた。桶の中身が飛び散った。

一荷（約四十六リットル）の油が、焚き火の餌食《えじき》となった。火がいきなり勢いを得た。未明まで続いた豪雨で、長屋の普請《ふしん》に使われた木は、まだ乾き切ってはいなかった。が、油まみれの火勢は、やすやすと杉板に食らいついた。

三助店から、大きな火の手が上がった。

川端のやぐらに駆け上った半鐘打ちが、擂半《すりばん》を打ち鳴らした。

「擂半が鳴っている」

夕餉《ゆうげ》の途中だった正純は、箱膳《はこぜん》に茶碗《ちゃわん》と箸《はし》を戻した。素早く立ち上がると、裏口から大横川河畔に出た。

三助店が燃えているのを見た正純は、息を呑《の》んだ。ものには動じない男の目に、狼狽《ろうばい》の色が強く浮かんだ。油をたっぷり注がれた火勢は、正純の目の前で長屋の棟に襲いかかってゆく。対岸に立つ正純は、なす術《すべ》もなく立ち尽くした。

父親のあとを追って出てきたかえでが、正純の右手を強く握った。

擂半を鳴らしていた半鐘打ちも、火の勢いに負けて逃げ出している。女こどもの悲鳴と、勢いの衰えない炎の音とが、正純たちの耳に突き刺さった。

「だめだ、やめなさい」

石垣の上に駆けた正純が、両手を口に当てて声を張り上げた。火に怯《おび》えた住人が、荒い流れの大横川に飛び込もうとしたからだ。

「川はあぶない。両側の橋に逃げろ」

声を限りに正純は怒鳴った。

火に襲いかかられた住人たちは、正常な意識を失っていた。増水した大横川は、燃え盛る炎を浴びて妖《あや》しい照り返しを見せている。住人たちは、真っ赤になった川面《かわも》に吸い寄せられようとしていた。

「だめだ、絶対に飛び込むんじゃない」

「あぶないから、やめてええ……」

八歳のかえでも、父親と一緒に声を張り上げた。ききょうも川端に立ち、両手を振って飛び込もうとする者を押しとどめた。

「よしねえ。飛び込むんじゃねえ」

異変を察知した仲町の住人が、川端に集まっていた。しかし轟音《ごうおん》を立てて流れる大横川に、川舟は出せない。怒鳴り声で、佃町の住人を落ち着かせるしかなかった。

飛び込んだのは、こどもだった。

助けようとして、おとながあとを追った。増水した川は、ふたりをあっさりと呑み込み、いささかも勢いを落とさずに流れ過ぎた。

三

天明四（一七八四）年、大横川の桜は例年よりも咲き方が遅かった。陽気がいつまで経《た》っても春らしくならず、花は咲きどきを見失っていたのだろう。

三月も十七日になって、やっとつぼみが膨らんだ。

「花も、長屋ができるのも、もうすぐみたい」

ようやく春のぬくもりをはらみ始めた陽光を浴びて、十歳のかえでは対岸を指差した。

「ほんとうに、よかったこと」

娘と一緒に、母親も対岸を見た。

天明二年の火事で丸焼けになった佃町が、再興されようとしていた。三助店も順兵衛店も、すでに棟上が終わっている。五月初旬には、元の住人たちが仮住まいの小屋から戻ってくる運びになっていた。

「早く、お花が咲かないかなあ……」

かえでは、桜のつぼみに目を戻した。

大横川の桜は、三月二十三日に満開となった。正純たち親子三人は、石垣に座って花見を楽しんだ。

「端午《たんご》の節句には、三助店も賑《にぎ》やかになるだろう」

正純がしみじみと口にした、その翌日。

江戸城内において若年寄田沼意知《おきとも》が、旗本佐野政言《まさこと》に斬《き》りつけられる変事が起きた。

意知は四月二日に死亡し、翌三日に政言は切腹させられた。

「桜が遅かった今年だ。みょうなことが、続けて起きなけりゃあいいがなあ」

通りで顔を合わせるたびに、深川の住人たちはあいさつ代わりにこれを口にした。だれもが、胸騒ぎを隠し持っているようだった。

人々の不安は的中した。

四月十六日の正午過ぎに、吉原《よしわら》から火が出た。昼火事で、たやすく火消しできそうだった。ところが折りからの強風に煽《あお》られて、遊郭はもとより、近隣の五町が丸焼けとなった。

江戸名所の不夜城が焼け落ちて、ひとの気持ちが深く沈んだ。

凶事は、ひとり歩きをしない。

あたかも吉原の火事にときを合わせたかのように、疫病《えきびょう》が江戸の町に広がった。

「あるだけの薬草を用いて、下痢止めを調合しなさい」

ききょうは薬種問屋の実家を何度もたずねて、腹下しを抑える薬草を医院に運んだ。

ひっきりなしに、深川中から患者が医院をおとずれた。初診の者がほとんどだったが、正純はていねいに診察し、薬を処方した。

「生水を飲んではいけません。かならず、湯冷ましにしてから飲んでください」

生水は、疫病の巣である。井戸水が塩辛くて使えない深川の住人は、水売りから飲料水を買った。しかしその水は、雨水そのままである。

患者に湯冷ましを飲用するようにと注意するのは、かえでの役目だった。

正純一家は、ほとんど寝る間もなかった。五月下旬に疫病が治まったときには、十歳のかえでが一貫（約三・七五キロ）も目方を減らしていた。

七月十日の昼下がり。横田屋江戸店の手代《てだい》が、手拭《てぬぐ》いで汗を拭《ふ》きつつ医院に顔を出した。

「手前どもの自前の屋形船が、十三日に仕上がります。つきましては、なにとぞ先生とご内儀《ないぎ》様には、船おろしにお顔を出していただきたく存じます」

手代は、江戸店差配《だなさはい》がしたためた書状を持参していた。

横田屋は店頭での小売りを一切せず、得意先からの注文に応じてじかに納める商法である。それゆえに、得意先の接待には抜かりがなかった。なにしろ直販だけなのに、一年に一万両に届く商いである。諸掛《しょがかり》を差し引いても、三千数百両の儲《もう》けがあった。

当代の横田屋源左衛門は、商いに遣う費《つい》えは惜しまない男である。その方針が、江戸では大きく功を奏した。

昨年七月に浅間山が大噴火をしたあと、江戸の景気は大きく冷え込んだ。が、横田屋の商いは、天明三年暮れの時点では、前年よりも伸びていた。

意を強くした源左衛門は、天明四年の七月を進水目処《めど》として、屋形船の新造を決めた。

「三十畳敷きで、燗酒《かんざけ》がつけられる備えがほしい。料理人を乗せて、お得意先には川魚のてんぷらもお出ししたい」

費えは問わないから、お得意様にご満足いただける船を。

当主から直々に注文された鮫洲《さめず》村の船大工は、腕まくりをして取り組んだ。

横田屋当主から誂《あつら》えを言われたのが、天明三年十二月。大噴火の不景気風が、浜でも吹き荒れていたさなかである。費えは問わないとの注文に、船大工たちは勢いづいた。

天明四年の七月までとの指図は、尋常の納期ではなかった。一杯の屋形船建造には、少なくとも一年はかかるからだ。

「やろうじゃねえか」

「鮫洲村の意地にかけても、納めは守るぜ」

大工たちは浜を吹きぬける寒風のなかで、新造船建造に取りかかった。正月は、屠蘇《とそ》と雑煮を祝っただけである。元日の昼過ぎには、すぐさま仕事場に戻った。

いつもより遅かった桜が咲いたころには、船の形が仕上がっていた。

畳、障子戸、料理道具などの艤装《ぎそう》は、五月下旬から始まった。幸いにも江戸市中の疫病は、鮫洲村には広がらずに済んだ。塩水に慣れ親しんだ漁師や船大工の暮らしには、疫病も付け入る隙《すき》がなかったのだろう。

七月初旬に船は仕上がった。

「羽田沖まで何度か船を走らせて、仕上がり具合を確かめます。お納めは、七月十三日の大安日とさせてください」

船大工の棟梁《とうりょう》から伝えられたのが、七月九日である。江戸店差配は一夜明けた十日の朝から、手代を得意先へと走らせた。船おろしまでには、三日しかない。得意先は、いずれも江戸で名の通った大尽《だいじん》ばかりだ。急な招きは失礼に当たると分かっていたが、やむを得なかった。

正純の元に顔を出した手代は、このあと急ぎ日本橋の得意先を回る段取りをしていた。気が急《せ》いている手代は、ていねいな物言いながらも返事を迫った。

「ほかならぬ横田屋さんの祝いごとです。喜んで受けさせていただきます」

ききょうはかえでを連れて、薬草の仕入れに出向いて不在だった。正純は、ききょうの意向を確かめぬまま、ふたりで出かける旨《むね》を手代に伝えた。

帰宅したききょうは、正純から次第を聞いて顔を曇らせた。

「わたしは泳ぎができませんし、船遊びは苦手です」

正純の言いつけに逆らったことのないききょうが、めずらしく渋った。

「それは知らなかった……」

安永三年三月にききょうと所帯を構えて、すでに丸十年が過ぎていた。その間に、一度も川遊び、船遊びをしないままだった。山国生まれの正純は、夏場の船遊びを知らずに育った。江戸に出たあと、何度も大川の川開きを見てきた。が、船で出る気にはならずに過ごしていた。

横田屋の手代にせっつかれて、深い考えもなしに招きを受け入れた。気持ちのどこかに、初めての船遊びを楽しみにする思いがひそんでいたのだろう。

「おまえが気に入らないなら、わたしが断わりを言おう」

「それでは、横田屋さんに角が立ちますでしょう」

横田屋の大切さは、ききょうもわきまえていた。

「三十畳の大きな船なら、大川に波が立っても揺れませんでしょう」

ききょうは顔から曇りを消して、招きを受け入れた。

七月十三日は、あいにくの空模様となった。雨こそ降ってはいなかったが、昼過ぎから大風が江戸の町に吹き荒れた。さえぎるもののない大川では、さらに勢いを増した。

しかし招待客のだれもが、忙しい日々を送る大店の当主ばかりである。

「川岸伝いに走れば、どうということもないだろう」

客に望まれて、横田屋は船を出した。

両国橋に差しかかったあたりで、船頭は大川に錨《いかり》を投げ込んだ。

「これより、ハゼのてんぷらをお楽しみいただきます」

差配が客に触れて、料理が始まった。その直後に大波を受けて、船が揺れた。卓の徳利《とっくり》が倒れた。

ききょうがこぼれた酒を雑巾《ぞうきん》で拭おうとしたとき、料理人が悲鳴を上げた。てんぷら鍋《なべ》から、油が七輪に溢《あふ》れ出た。その油が炎となり、料理人に襲いかかったのだ。

客が一度に立ち上がった。

船が揺れたところに、大波が真横から押し寄せた。

大型の屋形船も、横波にはもろい。一気に横倒しとなり、船客を川に投げだした。

ききょうは大川に沈んだ。

四

大川に投げ出された客は、備えで伴走していた屋形船に助け上げられた。ききょうひとりが、行方知れずとなった。

四ツ（午後十時）を過ぎて雨がきた。風も一段と強くなった。

「このうえ闇夜《やみよ》の大川で船がひっくりけえったら、手の打ちようがなくなっちまう」

助け船を出すのを、船宿の船頭たちは拒んだ。川を知り尽くしている連中が尻込《しりご》みするほどに、大川の様子は尋常ではなかった。

「わたしひとりでいい。なんとか船を出してくれ」

いつもは穏やかな物言いの正純だが、きつい調子で船頭に談判した。患者の容態を見極める澄んだ目が、いまは血走っていた。

「お気持ちは充分に察しておりやすが、この川に船は出せやせん」

船宿のあるじは、つらそうな顔つきで断わりの言葉を重ねた。さらに言い募ろうとして、正純はあるじを強く見詰めた。

相手の目に浮かんだ憐《あわ》れみの色を見て、ふっとわれに返った。

おのれの振舞いを恥じた正純は、あるじにあたまを下げて桟橋に出た。月星はなく、雨が間断なく降っている。川面《かわも》は闇に溶けており、ただ風と、岸辺に打ち寄せる波音が聞こえるばかりだ。

船頭のひとりが、提灯《ちょうちん》を手にして正純のあとを追った。

「せんせ……」

船頭は言葉を途中で呑《の》んだ。大川を見詰める正純の背中は、いかなる呼びかけをも拒んでいた。

備え船の船頭から異変を伝えられて、横田屋の奉公人が総出で船宿に駆けつけた。なかの何人かは、屋形船の出迎え用に誂えた祝儀半纏《ばんてん》を着たままだ。

雨に濡《ぬ》れた半纏は、めでたい色味が鈍く沈んでいた。

「駕籠《かご》が揃《そろ》いやした」

船宿のあるじが横田屋江戸店差配に耳打ちしたのは、四ツ半（午後十一時）を回ったころだ。なにしろ、三十挺《ちょう》の宿駕籠手配りである。調えるには半刻《はんとき》（一時間）を要した。

船宿に残るという正純を除いて、招待客は駕籠で帰った。

「明日、あらためましてお詫《わ》びと後始末に参上いたしますので」

町木戸はとっくに閉じていた。しかし事情のある宿駕籠は、木戸番もうるさいことは言わずに通した。

一挺の空駕籠は、正純の宿にかえでを迎えに駆けた。手伝いの婆《ばあ》やと留守番をしていたかえでは、わけが分からないまま怯《おび》え顔で連れてこられた。

「あたしは店に帰って、なすことがある」

小僧ひとりと手代ふたりを連れて、差配の松右衛門《まつえもん》は横田屋に帰った。残りの奉公人は、船宿にとどまって夜明けを待った。横田屋江戸店は、旗本・御家人にとどまらず、幕閣諸家にも出入りがかなっている。松右衛門は十四日の明け六ツ（午前六時）に、五つ紋の紋付を着込んだ。

前夜来の雨は、夜明けになって雨脚を強めた。武家屋敷が開門されるのは、六ツ半（午前七時）である。松右衛門は八丁堀の南町奉行所勘定方与力、大田左門《さもん》の役宅をたずねた。

「なにとぞ、江戸八方にお手配方をお願い申し上げます」

事情を聞いた大田は、奉行所で使う什器《じゅうき》の商談を通じて顔なじみだった。一筆をしたためて下男を奉行所へと走らせた。そののち、厳しく松右衛門を叱責《しっせき》した。

「いかようのお咎《とが》めを受けましても……」

松右衛門は、畳にひれ伏した。

雨空をついて、十杯の伝馬船《てんません》が大川に出た。いずれも永代橋東詰の御船蔵から出張った、八挺櫓《はっちょうろ》の快速船だ。川船奉行配下の船は、大川のうねりを越えてききょうを探した。

雨は七月十五日の午後におさまった。

ききょうが見つかったのは、七月十六日の日の出どきである。穴子漁に出た鮫洲の漁師が、羽田沖に浮かんだききょうを見つけた。

海でなきがらを見つけても、漁師は近寄らないのが普通だ。漁の縁起に障《さわ》るし、雨続きのあとになきがらが浮かぶのは、格別にめずらしいことではなかったからだ。しかし鮫洲にも、ききょうの行方を問う触れが回っていた。

「そなたには受け入れがたいじゃろうが、ききょう殿に間違いはない」

門前仲町《もんぜんなかちょう》から出向いた住持は、ききょうの着ていた着物と帯とを正純に手渡した。三日の間水に浸《つ》かっていたききょうは、村人の手で荼毘《だび》に付されていた。

かえでと正純は、着衣と毛髪とできぎょうを弔うことしかできなかった。

門前仲町から鮫洲までは、海岸伝いに三里（約十二キロ）を超える道のりである。それでも佃町の住人の多くが、ききょうの舎利を受け取りについてきた。

「仏様は、普段の心がけがよかったにちげえねえ。魚にも鳥にも、いたずらはされておりやせんでしたぜ」

かえでは形見の着物を両手に抱えて、漁師の言うことに聞き入った。十歳のこどもは母親のしつけを思い返して、人前では涙をこらえた。

長屋の女房と、鮫洲の漁師の女房とが、かえでが不憫《ふびん》だと目を潤《うる》ませた。

七月十七日の四ツ（午前十時）に、正純は日本橋高札場わきの自身番小屋まで出向いた。横田屋詮議《せんぎ》のためである。番小屋では、奉行所から出張ってきた吟味方同心と、町役五人組、それに松右衛門が待っていた。

「横田屋さんの落ち度だとは思いません。慈悲をもって咎めなしとしていただくのが、ききょうの願いです」

物静かな声音《こわね》ながらも、正純は迷いなく、きっぱりと思いを伝えた。が、事故とはいえ、ひとが亡《な》くなっている。松右衛門は町奉行所の裁きに回された。裁きがなされたのは、七月二十七日である。

「横田屋江戸店差配松右衛門には、格別の慈悲をもって、過料十両を申し付ける」

松右衛門は、ききょうに十両の償い金を支払うことで放免された。飛驒から江戸に駆けつけてきた横田屋源左衛門も、裁きの日には間に合った。

「お詫びのしようもございません」

源左衛門は過料とは別に、百両という途方もない弔慰金を差し出した。

「カネで済む話ではございませんが、なにとぞこれだけはお納めください」

日本橋本両替の二十五両包み四つに、過料の十両。都合、百十両である。

大金だが、弔慰金と過料の受け取りを拒むと、横田屋源左衛門の立つ瀬がなくなる。

横田屋との付き合いを重んじたからこそ、ききょうは屋形船に乗ったのだ。

「預からせていただきます」

正純の前で、源左衛門と松右衛門が深々と辞儀をした。

八月に入っても、かえでは笑顔を見せることはなかった。しかし、患者は朝から日暮れまで、ひっきりなしである。かえでは健気《けなげ》にも、医院の手伝いを続けた。

「このカネをなにに使えばききょうが喜ぶか、おまえの思案を聞かせなさい」

八月十七日の夜、正純はかえでに問うた。母親への想《おも》いを形にすることで、こどもの悲しみが少しでも癒《いや》されればと思ってのことだ。

「全部で百十両だ。これだけあれば、たいていのことはできるだろう」

すぐに思いつけなかったかえでは、朝まで考えさせてほしいと伝えた。

「いいとも。心行くまで、おかあさんと話をすればいい」

父娘《おやこ》ふたりだけの夕餉《ゆうげ》を済ませたあと、かえではとんぼ柄の浴衣《ゆかた》に着替えた。去年の夏に、ききょうが仕立てた浴衣である。

「川を見てきます」

父親に断わってから、かえでは大横川の川岸に立った。空の月は大きいが、川風には涼味が強くなっている。

月の光を浴びて、大横川が蒼《あお》く見えた。

去年この浴衣をおろしたときは、まだ夏の入口だった。うちわを手にした母と娘は、川面を飛び交う蛍を見た。

あのときの光みたい……。

川面を見て、かえでは飛び交っていた蛍の光を思い出した。両目に涙があふれてきた。

「かえでちゃん、夕涼みか？」

対岸から声がした。かえでは、手の甲で涙を拭《ぬぐ》った。

「スイカが冷えてるけどよう、橋を回って食べにくるのは億劫《おっくう》かい」

「ありがとうございます」

答えてから、かえでは母親がこの岸辺でつぶやいた言葉を思い出した。

おろし立ての浴衣を着た夜、対岸の三助店ではこどもたちが大騒ぎをしていた。住人のひとりが出入り先から、走りのスイカをもらってきた。それを小さく切り分けて、こどもたちに振舞っていたのだ。

スイカだ、スイカだ。

こどものはしゃぎ声を聞いて、かえでは対岸を見詰めた。スイカを手にしたこどもが、川岸を走り回っている。蛍の群れが左右に散った。

「かえでちゃんだ」

こどものひとりが、桜のわきに立ったかえでを見つけた。

「こっちにおいでよ。まだ、スイカが残ってるから」

「早くこないと、なくなっちゃうよ」

何人ものこどもが、声を合わせてかえでに呼びかけた。

「ありがとう」

かえでも手を振って答えた。

「ここに橋が架かっていれば、おまえもすぐに行けるのに」

小声でつぶやいたききょうは、かえでの髪をやさしく撫《な》でた。

髪を撫でてくれた母親の手の感じを、かえでは思い出した。

そして……。

百十両のカネでなにをしたいかが、はっきりと胸のうちで定まった。

五

天明四年八月十九日の夜、五ツ（午後八時）を過ぎたころ。佃町の住人たちが、大挙して医院に押しかけてきた。

「後生だから、あっしらにも手伝わせてくだせえ」

「そうだよ先生」

三助店に暮らす通い船頭の佐次郎が、顔を赤くして詰め寄った。

「亡くなられた、ききょう先生のためだてえのはうかがいやしたが……」

佐次郎が木綿の長着の袖《そで》をまくった。毎日棹《さお》と櫓を操る腕は、こどもの太ももほどもありそうだった。

医院の患者たちは、薬を調合するききょうを、先生と呼んで慕っていた。

「だからと言って、先生だけがゼニのしんぺえをするてえのは、得心《とくしん》できねえ」

橋ができて助かるのは、だれよりも自分たちだと佐次郎は結んだ。医院に押しかけた面々が、大きくうなずいた。

「あっしらは、月々の店賃《たなちん》を払うのも苦しいときがある貧乏人でさ」

順兵衛店の俊吉が前に出てきた。大火事で焼け出される前から、俊吉は三人のこどもを授かっていた。いまは、さらにひとりのこどもが増えていた。

「ちょいと待ちねえ」

俊吉の言い分に、わきから石工の玄助が口をはさんだ。

「貧乏人てえのはその通りだが、店賃に苦労してるのはおめえだ。一緒にするねえ」

玄助が真顔で口を尖《とが》らせた。集まった面々が、どっと沸いた。かえでも、久々に人前で笑顔を見せた。

「あなたがたの気持ちは嬉《うれ》しいが、架橋の費《つい》えは充分にある」

正純は穏やかな物言いで応じた。佐次郎と俊吉が、揃《そろ》って頬を膨らませた。

「橋ができれば、わたしも往診に使える。楽になるのはお互い様だ」

住人たちを見回しながら、正純が答えた。しかしいつもは医者の指図に従う者たちが、素直にはうなずかなかった。

八月十七日の夜にかえでが思い定めたのは、大横川に新たな橋を架けることだった。

「またとない妙案だ」

正純は、目を見開いて膝《ひざ》を叩《たた》いた。

「架橋の費えがどれほどかかるかは分からないが、大横川はさほどに広い流れではない。横田屋さんから預かった金子《きんす》があれば、充分に足りるだろう」

思案を父親に受け入れられて、かえでは顔をほころばせた。

二年前の大火事では、こどもとおとなひとりずつが大横川に呑《の》まれて亡くなった。

「橋さえ架かっていれば……」

目元を曇らせたききょうのつぶやきを、正純は覚えていた。

ふところ具合が苦しい患者には、治療代を待ってやる。高価な薬草を調合したときも同じである。そんなことを続ける正純には、大した蓄えはない。さりとて、ききょうの命と引き換えになった弔慰金と過料を、暮らしの費えにあてる気は毛頭なかった。

佃町と医院とが橋でつながれば、年老いた患者は通院が楽になる。荒天のときや、真冬の寒風のおりには、往診の難儀が軽くなる。

架橋に遣うのが、一番の供養《くよう》だ。

娘の思案に膝を打った正純は、翌日、佃町の肝煎《きもいり》を医院に招いた。

「ききょうに支払われた過料と弔慰金を、架橋の費えにあてようと思う」

正純は肝煎衆に、架橋の願い出をしてほしいと申し出た。たとえ費えの心配はなくても、川に橋を架けるには町奉行所の許しが必要だ。架橋の請願は、両岸の町の五人組が行うのが定めだった。

「願ってもないことですが……」

喜びつつも、佃町の肝煎衆は眉間《みけん》にしわを寄せた。

「先生ひとりに費えをお願いするのは、筋が違うと思います」

住民全員から店賃と同額の割前を徴収したとしても、せいぜいが三、四両だ。

「たとえわずかなカネしか集まらなくても、わたしらにも負わせてください」

肝煎衆の言い分を、正純は言葉を重ねて断わった。

「ききょうの供養にもなることです。ここは、わたしのわがままを通させてください」

住人のふところ具合を知り抜いている正純は、数百文の負担でも苦になると案じた。

それゆえに、肝煎の申し出を断わった。

得心しないまま、肝煎は医院を出た。

「先生になんと言われようが、これぱっかりはきけやせん。そうだろう、みんなも」

佐次郎の問いかけに、集まった全員が大きくうなずいた。

「おいらたちも鉄くず拾って、おあしを稼ぐからさあ」

医院に押しかけた者のなかには、長屋のこどもも交じっていた。その子たちに見詰められたかえでは、途方に暮れた顔でうつむいた。

正純はそれでも折れず、談判は物別れに終わった。

「ありがたいが、あのひとたちの暮らしは楽ではない。余計な負担を強いるのは忍びない」

父親の言い分は、かえでにも得心できた。薬代が払えなくてきまりわるそうにする患者を、毎日のように見ていたからだ。されども、わずかな額でも架橋の費えを負いたいという、佃町の住人の思いも呑み込めた。が、十歳のかえでにはどうすることもできない。

あたしが橋を架けたいと言ったばかりに、おとうさまも、長屋のひとたちも悩ませている……。

小さな膨らみを見せはじめた胸に両手をあてて、かえではひとり考え込んだ。

正純が思ってもみなかった方向から、解決の糸口が示された。

「木場の旦那《だんな》衆が、入用なだけの杉を元値で出すてえんでさ」

架橋の段取りを任されていた棟梁《とうりよう》が、困り果てた顔で正純に次第を聞かせた。

「橋代の元がどんなカネかを知って、旦那衆が色めき立ちやしてね」

人助けだと思って、この申し出を受け入れてほしいと棟梁はあたまを下げた。

木場の材木商は、江戸でも名の通った大尽《だいじん》である。金持ちの助けを拒むいわれはない。しかも相手は、金持ち風を吹かせているわけではなかった。

人助けだと思って、申し出を受けてほしい。

棟梁の言い分に、木場の旦那衆の心情が凝縮されていた。

「飛騨から移り住んだ者ゆえに、深川のひとの想いを汲《く》み取れませんでした」

おのれの不明を恥じた正純は、木場の申し出を受け入れた。のみならず、その夜には佃町に出向き、肝煎にも同じ詫《わ》びを口にした。

「これでだれもが、すっきりできます」

肝煎衆が、しわの寄った顔をほころばせた。

架橋の請願書は、佃町と門前仲町の五人組が連名でしたためた。願いは、とどこおりなく受け入れられた。が、役人は吟味の終わりごろ、いぶかしげな顔で問いを発した。

「請願書には橋の名がしるされておらぬが、仔細《しさい》あってのことか」

「ただいま佃町と門前仲町とで、話し合いのさなかでございます」

「ならば、架橋作事を始めるまでには名づけをいたせ。名のない橋を架けさせることはできぬ」

両町の五人組は、かしこまった顔で受け止めた。吟味の場では言わなかったが、肝煎全員が同じ橋の名を思い浮かべていた。『新田橋』である。

請願書にそれを書き入れなかったのは、事前に正純が知ればまたもや揉《も》めると案じたからだ。

「それではご一同、新田橋でよろしいか」

仲町の長老が問うと、九人の年配者がうなずきで応じた。

「くれぐれも、橋が仕上がるまでは新田先生には知られないように」

「念押しには及ばない」

肝煎衆は、だれもが五十をとうに越えており、六十代半ばの者も交じっている。酸《す》いも甘いも知り尽くして、少々のことではおどろかない年長者ばかりだ。

その面々が、いたずら小僧のように目を輝かせて、口外しないことを確かめ合った。

橋の作事は、天明四年九月初旬から始まった。そして翌年三月七日に、仕上げの五寸釘《くぎ》が打ち込まれた。

この年は春のおとずれが早く、橋が仕上がった三月七日には、大横川の桜は散り始めていた。

「渡り初めは、先生にやっていただかないと形にならない」

正純とかえでが、仲町側のたもとに押し出された。橋には紅白の木綿布がかぶせられている。

「あたしの、ひいの、ふうの、みいのの声で布を取り外しておくれ」

佃町の長老が、嗄《しわが》れ声《ごえ》で確かめた。

「おれたちがやるんだ、しくじるわけはねえ」

玄助と丈吉が大声で応じた。

「おまいたちだから、そう言ってるんだ」

「こんなめでてえ日にまで、小言はよしねえ」

そうだ、そうだと、ひとの群れから声が出た。長老は曲がり気味の背筋を張った。騒ぎ声が静まった。そよ風が川を渡り、桜の花びらを舞い散らせた。

「ひいの……ふうの……みいのっ」

長老が声を張り上げた。紅白の布が、左右に割れた。枝が揺れて、桜がかえでの髪に幾ひらも落ちた。

『にったばし』

仲町の印形屋、天賞のあるじが彫った銘板があらわれた。春の陽が地べたと、橋板とに降り注いでいる。照り返しを浴びて、銘板の文字が鮮やかに浮かび上がった。

「そんな……」

正純が絶句した。ひとの歓声で、桜の枝が大きく揺れた。橋板めがけて、花びらが舞い下りた。

六

「かえで先生……かえで先生……」

二度呼びかけられて、桜によりかかっていたかえでは物思いを閉じた。

「渡り初めの支度が調ったそうです」

「分かりました。すぐに戻ります」

あたまを下げた光太郎は、かえでを残して医院への道を先に戻って行った。

大横川には、いつもの年と同じ春の日差しが降り注いでいる。気の早い桜が咲き始めており、川面《かわも》にまで伸びた枝には、花が群れていた。

寛政十二（一八〇〇）年三月九日。

川端を吹く風には、ぬくもりと、甘い香りが満ちている。黒船橋のたもとから戻る途中で、かえでは一本の桜のそばで立ち止まった。

幹には、黒い焼け焦《こ》げのような痕《あと》がついている。二十六歳になったというのに、かえではこどものような仕種《しぐさ》で、その痕を撫《な》でた。

医院と新田橋を焼失させた火事から、足掛け三年が過ぎている。しかし火元から二町（約二百二十メートル）も離れた場所の桜が、まだあの日の痕跡《こんせき》を残していた。

寛政十（一七九八）年五月十五日。梅雨入りを間近に控えたこの日は、幸いにも朝の六ツ（午前六時）から晴れた。しかし、野分《のわき》の前触れを思わせるような強い風が吹いていた。

「この風が続いたら、六郷の渡しが止まるやも知れんぞ」

川崎まで薬草を仕入れに出るかえでを見て、正純は顔をわずかに曇らせた。

「仕入れたあとであれば、原田屋さんに泊めていただきます」

毎月十五日にかえでは、川崎大師門前町の薬種問屋、原田屋までよもぎと紅花の仕入れに出向いている。他の薬草は、ききょうの実家で調えられた。

よもぎと紅花は、原田屋に頼った。このふたつの薬草は、原田屋の品が図抜けて良品だったがゆえである。原田屋は産地庄内《しょうない》に、自前の畑を抱えていた。

佃町と仲町とがつながった年から、かえでは本格的に薬剤の調合を仕込まれた。ききょうの血と器量とを、かえでは色濃く継いでいる。薬草の吟味と薬研の遣い方には、正純も目を見張るほどに長《た》けていた。

以来、すでに十三年。二十四歳のかえでは、患者からも正純の弟子からも、かえで先生と呼ばれた。

「ならば今日は、光太郎を供にしなさい」

強風のなかの、川崎行き帰りである。医院には光太郎のほかに、もうひとりの弟子、真吉《しんきち》がいた。

ひとりが父親についていれば大丈夫だと察したかえでは、正純の言い分を受け入れた。弟子はふたりとも佃町の裏店《うらだな》に育った若者で、かえでと同い年である。

「おまえが医院を継ぐとすれば、医者は気心の知れた者がいい。佃町に生まれ育った者ならば、患者の暮らしぶりにも通じている」

十二歳で弟子に取ったあと、正純は光太郎と真吉に医術の伝授を始めた。ふたりとも職人のこどもだが、聡明で、なによりもひとに優しい心根を備えていた。

「行ってまいります」

かえでも光太郎も、股引《ももひき》に濃紺の半纏《はんてん》姿で川崎に向かった。行き帰り十三里（約五十二キロ）の道のりを歩くには、股引に半纏姿が動きやすかった。

原田屋の仕入れをつつがなく終えて、ふたりは薬草を背負子《しょいこ》で担《かつ》いだ。目方は大したことはないが、かさばる荷である。八ツ（午後二時）の渡し舟を待つ間、船着場近くの草むらで背負子をおろした。

押さえていなければ、薬草袋を縛りつけた背負子ごと吹き飛ばされそうな強風である。

「渡し舟が動いてくれて、よかったですね」

首尾よく門前仲町に帰れると分かり、光太郎が声を弾ませた。まさにそのとき、門前仲町では医院の隣から火が出た。

火元は仕出し屋、豊島屋である。

五十人分の婚礼仕出しを請負った豊島屋は、揚げ物作りに追われていた。誂《あつら》えの数が多くて手が足りず、遠縁の者三人を亀戸《かめいど》から呼び寄せた。そのひとりが揚げ物のさなかに、鍋《なべ》を引っくり返した。

流し場には油のほかにも、料理を詰める経木《きょうぎ》、竹皮など、燃えやすい物が山積になっている。折りからの強風に襲いかかられて、火はあっという間に豊島屋に広がった。

丸焼けにしたのみにとどまらず、隣家へと燃え広がった。めぐり合わせのわるさと言うほかはないが、新田橋では虫食い除けの油を橋板に塗っていた。豊島屋から飛んでくる火の粉は、油をたっぷりと含んでいる。強い火力の火の粉にまとわりつかれて、橋はたちまち燃え上がった。

医院から逃げ出した患者たちは、橋が焼かれて逃げ道を失った。

「慌《あわ》てなくてもいい。黒船橋に逃げなさい」

患者の先導に真吉をつけてから、正純は火の手の上がっている医院に戻った。患者の容態を書き留めてきた、『診療控え』を持ち出すためにである。

火の回り方は、正純の見当を大きく上回っていた。患者も弟子も逃げおおせたが、正純はかなわなかった。

新田橋も、正純に殉ずるかのように焼け落ちた。

ふた親をともに事故で亡《な》くしたかえでは、生きる気力を失った。真吉と光太郎が交代で、かえでのそばに寝ずの番で張りついた。

「かえで先生がその調子では、大《おお》先生はいつまでたっても成仏《じょうぶつ》できません」

嫌われることを承知で、真吉と光太郎はかえでを諫《いさ》め、かつ励ました。

「再興の費《つい》えは、大先生が遺《のこ》してくれています。泣くだけ泣いたあとは、立ち上がってください」

光太郎は、大坂屋深川店の勘定帳を差し出した。

天明五（一七八五）年の新田橋作事は、五十三両二分で仕上がった。相場の三分の一の費えである。杉は木場の材木商が、仕入れ値で供出した。作事に従事した職人たちは、三割引の手間賃で橋を拵《こしら》えた。

作事の元手は、正純が拠出した百十両と、佃町・門前仲町両町から集まった割前十二両である。

六十八両二分もの大金が残った。

「橋はいずれ傷《いた》む。残りの金子《きんす》は、その備えにとっておこう」

正純は残金を持って、大坂屋深川店をおとずれた。

「そういうご趣旨であれば、てまえどもで遣わせていただきます」

深川店差配《さはい》は、残金を運用したいと正純に伝えた。

両替商は、一年三分（三パーセント）の預かり賃を受け取って、客の蓄えを預かった。ところが深川店差配は、年に八分の利息を払うという。破格の扱いのわけは、新田橋作事の一件を差配が知っていたからだ。

預けてから十三年が過ぎている。正純が預け入れした元金は、複利で運用されて百八十六両になっていた。

正純を亡くした翌寛政十一（一七九九）年の三月。かえでは医院再興と、新田橋の架け直しを決めた。多くのひとが、十五年前と同じように力を貸した。橋も医院も、一年後に仕上がった。

正純が没して、足掛け三年が過ぎていた。火事で焼けた家屋も橋も、すっかり建て直しが終わっている。火事の傷跡は、もはや仲町河岸《がし》には見当たらなかった。

町が立ち直ったことを喜びつつも、かえでの胸の奥底にはそれを哀《かな》しむ想《おも》いがひそんでいた。火事の傷跡が消えるのは、父親の生命を奪い取った痕が消されるも同然だからだ。

あの火事を忘れないで。

焼け跡を消さないで。

どれほど強く思っても、ひとには言えないことである。町の復興と橋の架け直しを、かえではつらい思いで眺めてきた。

再架橋を終えた新田橋の渡り初めは、前回同様にかえでが務めることになっていた。

正純を思うと切なくて、かえでは黒船橋たもとの桜に寄りかかっていた。

光太郎に呼ばれて仕方なく戻ろうとしたとき、桜の幹に焼け焦げた痕を見つけた。

おとうさまがいた……。

焦げ痕を優しく撫でるかえでの髪に、ふたひらの桜が舞い落ちた。

洲《す》崎《さき》の秋月

一

洲《す》崎《さき》の空が晴れ渡っていた。

文化二（一八〇五）年二月二十五日、正午。弥生《やよい》を間近に控えた空は、ほどよい高さに陽を抱えていた。品川沖へと広がる海はおとなしく、風がなかった。しかも真上の空から降る陽光が、凪《なぎ》の海面を暖めている。

洲崎弁天の廻りには、春のもやがかかっているように見えた。

海の見える台地に群れをなしている料亭は、夜が盛りだ。昼間の店はいつもなら、まどろんでいるかのように静まり返っている。

ところがこの日の『宇佐美《うさみ》』は、正午だというのに三味線・鉦《かね》・小鼓《こつづみ》などの鳴り物の音が、黒板塀を乗り越えていた。

「昼間っから、随分と豪気に遊んでいるじゃねえか」

「木場《きば》の長谷満《はせまん》さんの座敷だとよ」

「道理で豪勢なわけだ。宇佐美の座敷は、さぞかし白粉《おしろい》のにおいに充《み》ちてるだろうよ」

昼の弁当を食べ始めた職人が、宇佐美の客のうわさを交わした。料亭真裏の、常盤検《ときわけん》番《ばん》の畳を張り替えている職人だった。

半刻《はんとき》（一時間）過ぎて、鳴り物がやんだ。昼休みを終えた職人が、検番前に拵《こしら》えた路上の仕事場に戻った。

「三味線のひと棹《さお》も鳴っててくれたほうが、針の調子がとれるのによう……」

太い畳針を刺したあと、職人が相棒に話しかけた。

「ちげえねえ」

応《こた》えた職人の針が、陽に照らされてキラリと光った。職人は勢いをこめて、畳に突き刺した。

「おめえ、長谷満さんに頼んでみねえな」

針を抜いたあと、軽口を叩《たた》いた。

「てやんでえ。そんなこと、言えるかよ」

向かい合わせに座った職人ふたりは、無駄口を交わしながらも、畳を縫う針の調子は見事に揃《そろ》っていた。

なかほどまで針が進んだとき、宇佐美から長唄《ながうた》が流れてきた。三味線の調子が変わっているのは、長唄の師匠が子飼いの地方《じかた》を連れてきているからだろう。

「武運につきたる勘平が、身の成り行き推量あれと、血走る眼に無念の涙……」

仮名手本忠臣蔵、六段目の一節である。畳職人の、仕事の手が止まった。

江戸でも名の通った庭師の手による、千坪の庭にある築山《つきやま》が宇佐美の自慢である。春の陽光を浴びて、築山の一角で酒宴が進んでいた。

塀の外の畳職人が言い当てた通り、昼間から宴席を構えているのは木場一番の材木商、長谷川屋満次郎である。

「こうまで穏やかな日和《ひより》に恵まれましたのも、旦那《だんな》のご人徳でございましょうねえ」

羽織姿の幇間《ほうかん》が、歯の浮くような追従《ついしょう》をぬけぬけと口にした。

「いまは余計な口を閉じていていい」

師匠の長唄を聴けと、幇間をたしなめた。

「一本、いただきました」

首をすくめた幇間は、おのれの座に戻った。

庭には畳五十畳大の広さに、緋毛氈《ひもうせん》が敷き詰められている。新規に誂《あつら》えれば、一畳あたり二分（二分の一両）もする高価な品である。庭に敷いた緋毛氈だけで、二十五両だ。

その上に座りながら、長谷満は毛氈を汚すことを気にも留めずに酒肴《しゅこう》を楽しんでいた。

「色にふけったばっかりに……」

音羽屋の声色《こわいろ》を真似《まね》て、師匠の長唄が終わった。座の面々は、大きな手を叩いて師匠の芸を称《たた》えた。

「結構なものを聞かせていただきました」

幇間は、唄を終えて緋毛氈から退く師匠を見送りに立った。長谷満の言いつけである。羽織の右のたもとは、師匠への謝金で重たそうに垂れていた。

「日暮れまでは、まだたっぷりと刻《とき》が残っている」

脇息《きょうそく》に寄りかかった長谷満が、酒宴に招いた客を見回した。だれもが黒羽二重《はぶたえ》の羽織を着ている。しかし築山の一角には、白粉の香りが立ち込めていた。

羽織を着た者は十二人。全員が辰巳《たつみ》芸者だった。

長唄の師匠が帰ったのと入れ替わりに、宇佐美の料理人が遅い昼餉《ひるげ》の支度を始めた。

その様子を見て、芸者衆がどよめいた。

「あれをいただくというのが、旦那の趣向でござんすか」

年長の芸者が、長谷満に問いかけた。

「どうした、太郎。物怖《ものお》じしないのが、おまえの自慢だろうが」

「それは間違いありませんが……」

太郎と呼ばれた芸者が、あとに続く言葉を失っていた。

料理人が支度を始めたのは、うり（猪《いのしし》のこども）の丸焼きである。太い串《くし》に通されたうりが、炭火の上でゆっくりと回されている。タレを塗って焼き続けられているうりは、見た目の異様さとは異なり、いかにも美味《うま》そうな香りを庭に放っていた。

十二人の芸者が、息を詰めて料理人の仕事を見ている。だれもが生まれて初めて目にする光景らしく、口を閉じて見入っていた。

「みんな、度肝を抜かれたらしいな」

芸者の驚き顔を見て、長谷満が満足げな笑みを浮かべた。

「旦那はいつも、こんな……すごいものを口にしてるんですか」

若い芸者が、あたかも咎《とが》めるかのような調子で長谷満に問うた。

「いや、そんなことはない」

わたしも初めてだと答えて、長谷満がゆっくりと立ち上がった。

身の丈六尺（約百八十二センチ）、目方二十四貫（九十キロ）の偉丈夫である。今年の正月に厄払いを済ませたというのに、毎日剃刀《かみそり》をいれる禿頭《とくとう》は二十代の若者のような張りがある。

八ツ（午後二時）前の陽を浴びて、長谷満のあたまは艶々《つやつや》とした照りを見せた。

長谷満が立ち上がったことで、芸者衆もそばに寄った。右と左に六人ずつが、分かれて寄り添った。

「この料理は、旦那のお指図なんですか」

「どこでこんなことを、旦那はお知りになったんですか」

「初めてということは、旦那もまだ召し上がったことはないんですね」

芸者が口々に問いかけた。目にした光景の凄《すご》さゆえか、芸者の問いかけには遠慮がなかった。

「一度に問われても、応えるわたしの口はひとつだ」

芸者を引き連れて、長谷満は丸焼きのそばへ足を進めた。近づくにつれて、タレを塗られた肉の香ばしさを強く感じた。

昼前から一刻（二時間）近くも、酒のほかは小鉢ひとつで過ごしている。長谷満がわざとそうさせたことだが、だれもが空腹を覚えていた。そんなときに、炭火で焙《あぶ》られた焼肉の香りをかいだのだ。見た目の凄さに、空腹感が打ち勝っていた。

「十日ほど前だが、ある伝手《つて》を通じてロシアの料理本が手に入った。あの国ではうりではなく子豚の丸焼きを味わうらしい」

子豚はいささか気味がわるいから、うりにしたと長谷満が種明かしをした。

「そんなご禁制の本なんぞ、手許《てもと》に置いて平気なんですか」

太郎の目元が曇っていた。

「お前たちが口を滑らせなければ、役人に知られる気遣いはない」

長谷満が十二人の芸者を見回した。

気性の荒い川並《かわなみ》や、材木の上げ下ろしを担《にな》う力自慢仲仕《なかせ》も、ひと睨《にら》みで従わせるといわれる長谷満である。

真顔で見詰められて、芸者衆は何度も強くうなずいた。

文化と元号が変わってから、国のあちこちの沿岸に、ロシアの船が近寄っていた。彼らが目当てとするのは、わが国本位通貨の金銀である。代わりに毛皮や食品、装飾品、宝石などを示した。公儀は、ロシアに限らず他国との抜け荷（密貿易）は死刑だとしてきた。しかしめずらしい品を見せられた諸国の商人たちは、競い合ってロシアとの抜け荷を進めた。

なかでも松前藩は、藩をあげてロシアとの抜け荷を行っているとうわさされた。業《ごう》を煮やした公儀は去る一月二十六日、沿岸の諸国大名に対して「抜け荷厳罰」の触れを発した。

そんなさなかに、ロシアの料理本うんぬんを聞かされたのだ。物怖じしないことが売り物の辰巳芸者でさえ、色めき立ったのも無理はなかった。

しかし長谷満にきつい目で睨まれたあとは、だれも料理本のことを口にはしなかった。

「どうやら焼けたらしいぞ」

長谷満の目配せを受けて、料理人がうりの丸焼きを薄く削《そ》いだ。宇佐美が使っている皿は、伊万里《いまり》焼である。

赤絵の描かれた乳白色の磁器に、薄く切り分けられたうりの肉が二枚盛られていた。

「早い者勝ちだ。食べたい者から箸《はし》をつけなさい」

長谷満に勧められても、だれも手を出さなかった。空腹にもかかわらず、先刻の料理本のことが胸に溜《た》まっているのだろう。皿の前で、十二人の芸者が固まっていた。

「なんだ、お前たちは」

長谷満が不興をあらわにした。

こんなときに幇間がいれば、箸をつけて座を盛り上げただろう。しかし、長唄の師匠を送りに出たきり、幇間は庭に戻ってこない。ことによると、うりの丸焼きを察して遠くから様子見をしているのかもしれなかった。

「わっちが頂戴《ちょうだい》します」

最初に皿を手にしたのは、常盤検番の権助《ごんすけ》だった。権助に先を越されて、洲崎検番の太郎が負けずに皿を取った。

「なんとおいしいこと……」

権助は、辰巳芸者の物言いを忘れて、素のしゃべり方でうりの味を誉《ほ》めた。

「一枚食べただけじゃあ、美味さなんざ分からないさ。わっちは、二枚いっぺんにいただきましょう」

太郎は皿に盛られた二枚を、一度に頬張った。口に含むなり、旨味《うまみ》に富んだ肉汁が舌を捉《とら》えたようだ。

「ほんとうにおいしいこと」

太郎が目を細めた。

長谷満は洲崎検番、常盤検番の二家から、六人ずつを呼んでいた。

常盤検番は権助、洲崎検番は太郎が、筆頭芸者の名乗る源氏名である。権助と太郎が正味《しょうみ》から誉めたことで、あとの芸者が皿に群がった。

ただひとり、常盤検番の厳助《げんすけ》だけが群れから離れて、皿を手にしないまま立っていた。

二

「お前はうりの肉も食べなかったし、そのあとの揉《も》め事《ごと》のときも、涼しい顔でわきから見ていたそうじゃないか」

常盤検番の女将《おかみ》が、細長いキセルで長火鉢の端を叩いた。別誂えの強い羅宇《らお》（キセルの竹管）だが、腹を立てるたびに長火鉢にぶつけている。

強かった羅宇も、この朝は持ちこたえられなかった。ベキッと鈍い音を立てて、真ん中から折れた。

「まったく、お前はこのキセルみたいだよ。大事なときに、役に立たないったらありゃあしない」

折れた羅宇が、女将の怒りに油を注いだ。

情が深くてわきまえに富んだ女将だが、ひとたび怒りを破裂させると、手がつけられなくなる。

巌助は口を閉じて、畳に目を落とした。うっかり目を合わせたりすれば、さらに女将の怒りを買うのが分かっているからだ。

折れたキセルを膝元《ひざもと》に置いた女将は、鉄瓶の湯を急須《きゅうす》に注いだ。強い湯気が立ち昇った。

昨日とは打って変わった寒さが、深川の町に居座っていた。火鉢の炭火が、なによりのごちそうに思える寒さである。

冷えた空気に触れて、湯気が真っ白くなった。茶好きの女将は、急須にも茶の葉にも、さらには水にもうるさい。井戸水が塩辛くて飲めない深川の住人は、毎日水売りから飲用水を買い求めた。常盤検番も、もちろんそうした。

が、女将は茶に使う水だけは、別の水売りから買い求めた。

煮炊《にた》きに用いる水は、御城《おしろ》近くの銭瓶橋から水船で運んでくる、水道の余水である。これは神田上水で取水した、いわば川水だ。

女将が茶の水として買い求めているのは、等々力《とどろき》渓谷で汲《く》んだ、渓流の湧《わ》き水《みず》だ。銭瓶橋の水は、一荷《か》（約四十六リットル）で百文。等々力の水は一荷が三百文もする。

「あたしが自分に許している、たったひとつのぜいたくだからね」

一荷の湧き水を、女将は大事に味わった。さりとて、水は冬場でも三日は持たずに傷《いた》んでしまう。大事に飲みながらも、三日目には惜しまずに使いきった。

いまは、その三日目である。熱々の焙《ほう》じ茶《ちゃ》を、女将は厳助にも勧めた。茶を勧めるときは、女将の機嫌が直ったときだと芸者は分かっていた。

「いただきます」

ひと口すすった厳助は、おいしい……と言って、女将に目を合わせた。

「ほんとうにしょうがないねえ」

文句を言いながらも、女将の口調から尖《とが》りが薄らいでいた。

「お前たちは、相撲取りと鳶《とび》と、どっちの肩を持つんだ」

うりの肉を賞味しながら、長谷満が芸者衆に問いかけた。

「わっちらは、もちろん鳶です」

うりの肉を飲み込むなり、権助が答えた。常盤検番の五人が、一斉に首を上下に振った。小さくではあったが、厳助もうなずいていた。

「ばか言わないでちょうだいな。あの喧嘩《けんか》は、相撲取りに分があるに決まってるじゃないのさ。そうだろう、みんなも」

「あねさんの言う通りです」

口に焼肉を頬張ったまま、洲崎検番《すさきけんばん》の芸者衆が応じた。

「どこに目をつけてれば、相撲取りに分があるなんてことを思うんだろうね。ああ、いやだ、いやだ」

権助は、太郎に向かってあごを突き出した。

「なんだい、その物言いは」

太郎は手にした皿を卓に戻して、権助に詰め寄った。

「どこに目をつけてるというのは、わっちに訊《き》いているのかい」

「ほかにだれかいるかしらねえ」

涼しい顔で権助が応じた。常盤検番の芸者が、声を揃《そろ》えて権助の言ったことをはやし立てた。

「なによ、あんたたちは。いっつも権助のうしろに、くっついてばかりでさ。そういうのを、金魚のうんこみたいって言うんだよ」

太郎の後ろにいた若い芸者が、常盤検番の六人に向かって毒づいた。

互いに、きつい言葉を投げ合っている。

長谷満は、鷹揚《おうよう》な笑みを浮かべて成り行きを見ていた。常から二家の検番が張り合っているのを知った上で、長谷満はわざと権助と太郎を焚《た》きつけたのだ。長谷満の笑いは、思惑通りにことが運んでいる満足感ゆえのものだった。

辰巳芸者の呼び名は、深川が御城から見て辰巳（東南）の方角に位置していたことが起りである。

大川を東に渡った深川は、埋立地の新しい町だ。住人の多くが職人で、暮らすのはほとんどが棟割《むねわり》長屋である。埋立地ゆえに、井戸水は塩辛くて使えない。仕方なく飲み水を買って暮らしたが、水の使い方は家ごとに違った。

深川の人情は、飲み水が育《はぐく》んだ。

「わるいけど、水を切らしちまってさあ」

「いいわよ。うちのは余りそうで、傷むんじゃないかって心配してたのよ。使ってくれたら、うちも助かるから」

恩着せがましいことをいわず、相手に気持ちの負担を覚えさせないのが深川の流儀だ。辰巳芸者には、この深川の気風が太い背骨として通っていた。源氏名に男名前を用い、黒羽二重の羽織姿で座敷に出るのも、深川の気風を示そうとしてのことだ。一度こうだと決めたら、たとえ間違っていたとしても宗旨替えをしない。ときに窮屈な思いもしたが、辰巳芸者はこの気風を押し通した。それが分かっているがゆえに、長谷満は座興のひとつに、め組の喧嘩を持ち出した。

二月十七日に、芝神明神社の勧進相撲に、火消しのめ組（鳶職人）が見物に出向いた。江戸の町を火事から守る火消しは、芝居などの興行でも、木戸御免で出入りが許された。

ところが火消しではない者が交じっていたのを、力士が見咎《みとが》めた。

「あんたは駄目だ。木戸銭を払ってくれ」

「なんでえ、おめえはよう。固いことを言わずに通してくんねえな」

立ちふさがった力士に、鳶のひとりが軽い調子で話しかけた。力士はきかない。小競《こぜ》り合いになりかけたが、め組が引いてその場は収まった。相撲を見そこねため組の面々は、場所を変えて芝居見物に向かった。

間のわるいことに、芝居小屋には力士がいた。め組の連中は先刻の意趣返しに、力士に絡《から》んだ。殴る蹴《け》るの喧嘩になったが、このときは力士が引いて、なんとか収まった。

「ばかやろう。始末もつけずに帰ってくるとは、それでもお前たちは相撲取りか」

ことの顚末《てんまつ》を聞いた、力士のひとりが息巻いた。仲間を集めてめ組の鳶を追いかけると、勧進相撲の芝神明神社に追い詰めた。

この日、三度目の喧嘩である。

双方に溜まっていたうっぷんが破裂し、大喧嘩が始まった。そのさなかに、鳶のひとりが火の見やぐらにかけ上り、擂半《すりばん》を打った。火元が近いときに、ジャラジャラと半鐘の内側を擂《す》るのが擂半だ。これを耳にした火消しは、命がけで火元へと急ぐのが定めだ。

やぐらの下では火事ではなく、鳶と力士とが大喧嘩のさなかだった。火消し連中は、すぐさま仲間の加勢に回った。境内近くにいた力士も、同様に相撲取りの助けに加わった。

気性の荒い者同士が、面子《メンツ》をかけての大喧嘩である。寺社奉行配下の捕り方では手に負えず、二月月番の南町奉行所の与力と同心が出張ってきた。

喧嘩に加わった全員が、奉行所の捕り方に捕縛されたのは、大喧嘩が始まって二刻《ふたとき》（四時間）を過ぎてのことだった。

この一件は、その日のうちに江戸中に知れ渡った。

「そいつあ、相撲取りがよくねえ」

「ばかいうねえ。先にいざこざの種を蒔《ま》いたのは、め組じゃねえか」

め組だ、相撲取りだと、江戸の方々で新しい喧嘩が起きたりもした。

江戸中の者が見詰めるなかで、南町奉行根岸肥前守《ひぜんのかみ》は温情と機智《きち》に富んだ裁きを下した。

「芝神明の半鐘が、勝手に鳴り出したとは不届き千万である。よって首謀者半鐘には、遠島を申しつける」

この裁きに、江戸町民は大喝采《かっさい》した。

裁きを終えて五日が過ぎていたが、江戸町民はこの話になると、いまでも気を昂《たか》ぶらせてしまう。

長谷満にまんまと乗せられた芸者衆は、摑《つか》み合いを始める一歩手前まで突き進んだ。幇間《ほうかん》が駆け戻ってきて、騒ぎはなんとか収まった。十一人の芸者が羽織を脱いで対峙《たいじ》していたとき、ひとり厳助は騒ぎの輪から外れていた。

「いさかいごとが嫌いだというのは、分からなくもないけどね」

茶をすすったあとの女将は、口調が和らいでいた。

「羽織を着ている限りは、権助のいうことに従うのが辰巳《たつみ》芸者の掟《おきて》じゃないか。ことのよしあしだの、好き嫌いだのは、一切かかわりがないんだよ。それができないなら、借りを返して羽織を脱いでおくれ」

女将が湯呑《ゆの》みの茶をすすった。

厳助が手にしている湯呑みは、いつの間にか冷たくなっていた。

三

「今夜のお客様は、相当にむずかしいひとだから、みんなも気を抜かないように」

常盤検番《ときわけんばん》の女将《おかみ》が、稽古場《けいこば》に出かける支度を進めている芸妓《げいぎ》に注意を与えた。芸妓衆の手が止まった。

むずかしい客というのは、渡世人もしくは香具師《やし》をあらわす、検番の符丁《ふちょう》である。女将から、わざわざ相当にむずかしいと念押しされて、伊助と仙吉が顔を見合わせた。ふたりはともに二十歳《はたち》の芸妓で、常盤検番では一番の若手である。

「そんなひとが、ほんとうに長唄《ながうた》をやるんですか？」

三味線の稽古を念入りにと言われている仙吉が、いぶかしげな声で女将に問うた。

仙吉も伊助も、若さに似合わぬ味わいのある三味線を弾く。洲崎には百人を超える芸妓がいるが、ふたりは図抜けた地方として名前が通っていた。

「まったくお前は、つくづくひとの話を聞かない妓《こ》だねえ」

きつい目つきになった女将が、長火鉢の向こうから仙吉を呼びつけた。伊助にぺろっと舌を出してから、仙吉は裾《すそ》を直して女将のそばに近寄った。

「今夜の吉川《きっかわ》さんは、どちらさまのお座敷だとあたしが言ったか、お前の口で答えてみなさい」

長火鉢の炭火をかきまぜながら、仙吉に問い質《ただ》した。

吉川とは、洲崎で一番といわれる料亭の老舗《しにせ》である。自前の船着場と屋形船を持っており、上客の送迎には吉川から船を差し向けた。

「日本橋の杵屋《きねや》さんでえす」

おどけた調子で仙吉が答えた。女将は真顔で睨《にら》みつけた。

三味線を弾かせれば、二十歳の芸妓が深みと弾みを兼ね備えた音色を奏《かな》でる。仙吉よりもはるかに年長の地方衆が、舌を巻くほどの技量である。しかし普段の仙吉は、お調子者で通っていた。三味線をおいたあとは、客に対しても素《す》の話し方をする。年配客は、おのれの娘と同じ年恰好《かっこう》の芸妓が、気楽に話すのを喜んだ。

しかし他の芸妓衆や料亭の仲居からは、行儀がなっていないときつく注意をされた。その場では黙って叱《しか》りを受け入れるものの、じつのところは聞き流しているだけだ。

地方としては抜きん出た腕があった。しかも客の評判はすこぶるいい。検番の女将は顔をしかめながらも、仙吉を大事にした。

「杵屋さんがどれほどの大店《おおだな》かは、だれよりもお前が詳しいだろうにさ」

「よく知ってます」

女将が本気で腹を立てているのを察したのか、仙吉は返事の口調をあらためていた。

「あれだけの大店が、わざわざお前を名指してくれたんだからね。くれぐれも、軽いことを言ってしくじるんじゃないよ」

仙吉は神妙な顔でうなずき、立ち上がろうとした。女将が強い口調で引き止めた。

「ほんとうに分かってるんだろうね」

「はい」

座り直した仙吉は、真正面から女将を見詰めた。

「粗相のないように、しっかりとお座敷を務めさせていただきます」

仙吉が三つ指をついた。呆《あき》れ顔《がお》になった女将は、手を振って仙吉を下がらせた。

仙吉と伊助は、連れ立って三味線の稽古場へと出て行った。座敷は、女将と厳助のふたりだけになった。

「厳助……」

女将に呼ばれた厳助は、座敷に出していた小物を片づけてから立ち上がった。

仙吉は座っていた場所を、散らかし放題のままで出て行った。厳助と仙吉の気性の差を、座敷のさまが物語っていた。

「あたしが仙吉に言ってたことは、お前も聞いていただろう」

「杵屋さんのことですね」

女将は顔を引き締めてうなずいた。

「杵屋さんは、うちにまで駕籠《かご》を回してくださるほどに今夜のお座敷を気遣ってるのよ」

女将がふうっと吐息を漏らした。

常盤検番から吉川までは、わずか三町（約三百三十メートル）の道のりでしかない。

駕籠に乗るよりも、歩いたほうが早く着くぐらいである。

しかし杵屋は吉川に言いつけて、わざわざ三挺《ちょう》の駕籠を手配りしていた。駕籠は門前《もんぜん》仲町《なかちょう》の駕籠宿から差し回される段取りだ。検番から吉川までよりも、駕籠宿からここまでの道のりのほうが、はるかに長かった。

「そこまで杵屋さんが気を遣うお客様が、よりにもよって、その筋のひとだと言うんだからねえ……」

女将はまたもや、ため息をついた。

三味線を商う杵屋が吉川に招く客は人形町の貸元、ましらの亥吉《いきち》と、代貸《だいがし》の亥三郎《いさぶろう》である。亥吉は日本橋から浅草橋までの各町を差配《さはい》する貸元で、江戸でも五本の指に数えられる男だ。義侠心《ぎきょうしん》に富んだ男だとの評判が高いかたわらで、気に障《さわ》ることを言われたり、うかつな軽口を聞いたりしたときは、相手の息の根が止まるまで追い詰めるとも言われていた。

渡世人でありながら、亥吉は長唄をたしなんだ。聞くだけではなく、自分でも唄うのだ。師匠について二十年も稽古を積んだ喉《のど》のよさは、なまじの玄人《くろうと》では太刀打ちできなかった。

亥吉は、他の貸元や渡世人にも長唄を勧めた。そして、杵屋を紹介した。

渡世人は見栄《みえ》を売る稼業《かぎょう》だ。長唄を始める気になった貸元は、道具に凝った。誂《あつら》えのる。

注文はうるさいが、払いはきれいだ。

三味線だけにとどまらず、貸元衆はバチの誂えにも凝った。三味線のバチは象牙《ぞうげ》である。

「ましらのと同じ重さにしてくれ」

貸元衆は申し合わせたかのように、二十五匁《もんめ》(約九十四グラム)の重たいバチを誂えた。

長唄用の細棹《ほそざお》三味線と、象牙のバチ、それに樫《かし》の見台《けんだい》など、道具一式で二十両の大商いである。亥吉は金払いのよい得意客を、二十人も杵屋に顔つなぎしていた。

接待役の杵屋の番頭は、かけらも粗相をせぬようにと、吉川にうるさく指図を下した。

仙吉を名指してきたのは、当人が杵屋の得意客であったからだ。もちろん番頭は、仙吉の技量のほどを認めていた。

「うちから出すのが、おまえだけならあたしも気を揉《も》むことはないんだけど、あの跳ねっ返りをお名指しいただいたもんだからさ」

どれほどきつく言い聞かせても、仙吉の気性は直らないと女将は思っている。それが心配で、さきほどからため息を重ねていた。

「おまえと仙吉とが、うまく行ってないことは承知しているけどね。もしもお座敷で粗相があったときには、くれぐれもお前が力になっておくれよ」

女将が厳助に向かって手を合わせた。

「そんな……あたしを拝んだりしないでください」

厳助は、戸惑い顔で女将を見た。

「あたしにできることなら、なんでもやりますから」

「後生だから、お願いだよ」

「分かりましたが……そんなふうに、仙吉さんが粗相をすると決めつけることもないでしょうに」

「それはそうだけどねえ」

女将は得心《とくしん》していなかった。が、厳助が請合ったことで、少しは安心したようだ。長火鉢の引き出しからキセルを取り出すと、刻み煙草《たばこ》を詰め始めた。胸のうちの案じごとを吐き出したことで、ようやく一服を吸う気になったらしい。煙を吐き出した顔には、煙草の味に満足した色が浮かんでいた。

日本橋の杵屋は、江戸の三味線屋の元締め同然の老舗である。問屋ではなく小売屋だが、創業百五十年ののれんは江戸でも一番の重みがあった。

そののれんを頼って、諸国から三味線小売りの依頼が集まった。杵屋が扱う品は、三味線全般と、鉦《かね》に鼓《つづみ》、小太鼓である。鳴り物は種別ごとに、目利《めき》きのできる手代《てだい》がいた。

杵屋の評判を高めたきっかけは、三味線の糸に独自の工夫を凝らしたことである。

初代杵屋庄右衛門《しょうえもん》が創業したのは、明暦元（一六五五）年六月十日だ。創業から二年後の明暦三年一月に、江戸は大火事に襲われた。江戸の大半を焼失した、明暦の大火である。

創業から間もなくの大火事だったことで、杵屋の身代はさほどの深手を負わずにすんだ。初代は店の普請《ふしん》にはカネをかけず、元手のほとんどを地べたに掘った穴に埋めていた。

大火のあと、公儀は江戸の町造りを根本から改めた。道幅を広げて、町の随所に広大な火除《ひよ》け地を設けた。そのために、土地の沽券状《こけんじょう》（権利書）を、一から見直した。

江戸開府から、まだ五十五年目であったがゆえに果たせたことだった。

初代庄右衛門は、私財を投じていまの日本橋青物町に三百坪の土地を購入した。三味線屋という稼業柄、表通りに店を構えることはないと判じてのことだった。

公儀の手で、江戸の町興《まちおこ》しが推し進められた。杵屋は手早く店の普請を終えると、すぐさま番頭と手代を上州藤岡に差し向けた。藤岡には上州各地から上質の絹糸が集まった。その絹糸のなかから極上品を選り抜き、三味線の糸を拵《こしら》えた。

三味線には一から三まで、三筋《みすじ》の糸がある。一の糸がもっとも太く、二、三の順に細くなった。一、二の二筋は絹糸を縒《よ》り合わせて拵えるが、初代は当主自身が糸縒りの技に長《た》けていた。

三百坪の敷地のなかに、初代は糸作りの仕事場を構えた。そしてみずから職人の目利きをして、腕の立つ糸縒り職人を雇い入れた。

「三味線の売れる数には限りがあるが、糸は違う。なによりも、かならず切れる。切れれば、新しい糸が入用になる」

これが初代の考え方だった。

三味線の音色は、糸次第である。音色のよしあしを決める糸は、使っているうちに切れた。糸の販売をしっかりと押さえておけば、江戸で評判を呼ぶのは間違いない。しかも三味線を売ったあとでも、糸は限りのない儲《もう》けをもたらしてくれる。

初代の狙《ねら》いは、見事に実を結んだ。

「杵屋の弦《いと》なら安心だ」

「三の糸の細さと音色のよさは、よそが逆立ちしても真似《まね》をできないだろう」

糸作りの基になる絹糸と職人の両方を、杵屋はしっかりと押さえている。他の三味線屋がどれほど歯軋《はぎし》りをしても、杵屋を追い越すことはできなかった。

杵屋の商いを大きくしたわけは、ほかにもあった。三弦《さんげん》売りに糸を卸したことだ。三弦売りとは、町場の三味線師匠や長唄、義太夫《ぎだゆう》の稽古場に、三味線の糸を売り歩く行商人である。

「うちは三弦売りが出入りできるような、軽い店じゃない」

歌舞伎《かぶき》の地方や義太夫語りを相手にする三味線屋の多くは、行商人を見下した。杵屋は初代の考えで、三弦売りを大事にした。店売りの数よりも、町の隅々にまで売り歩く行商人のほうが、はるかに多くの糸を商うと判じたからである。

杵屋は店売りの七掛けで、三弦売りに卸した。三割の粗利《あらり》があれば、行商人は充分に儲けが出せた。仕入れにおとずれる三弦売りを、杵屋の小僧は茶菓《さか》でもてなした。卸は現金取引に限ったが、三弦売りは喜んで杵屋から仕入れた。

杵屋の繁盛《はんじょう》を知った他の三味線屋は、慌《あわ》てて三弦売りに声をかけた。

「ご冗談でしょう。てまえはしがない行商人で、とてもおたくさまに出入りできる身分ではござんせん」

声をかけられた者は、だれもが鼻で笑って相手にしなかった。

一の糸は百文。二の糸、三の糸はいずれも一本八十文である。長唄の立ち三味線（真打ち）を弾く地方は、常に三本ずつの予備糸を用意して座敷に臨んだ。

常盤検番の立ち三味線を担《にな》う仙吉は、毎月の糸代に二分（二分の一両）も費やした。

創業百五十年を迎える今年、杵屋は八十人の三弦売りに糸を卸している。この商いだけで、一年に五百両に届く売上げがあった。

「頼みごとばかりですまないけど」

新しい煙草を詰めながら、女将は厳助を上目遣いに見た。

「稽古場《けいこば》を覗《のぞ》いて、仙吉の稽古ぶりを確かめてもらえないかねえ」

常盤検番で一番の売れっ子が、気にかかって仕方がないようだ。言い出したらきかない女将の気性は、厳助もわきまえている。

「分かりました。これから行ってみます」

厳助は返事と同時に立ち上がった。

座敷を出ようとする厳助の背中を、煙草の煙が追っていた。

四

杵屋の番頭篤之助《とくのすけ》は、接待役に杵屋跡取りの清次郎を伴っていた。清次郎は杵屋当主の名代《みょうだい》である。

客はましらの亥吉と、代貸亥三郎のふたりだけだ。そこに跡取りを同席させている杵屋は、最上のもてなし方を示していた。わずか四人の客だが、吉川は三十畳の大座敷に宴席を構えていた。座敷の正面には、金屏風《きんびょうぶ》が立てられている。

「のちほど貸元には、金屏風を背にして存分にお聴かせいただきたく存じます」

酌をしながら話しかける篤之助は、いつもより声の調子が高かった。

「素人芸《しろうと》に金屏風とは、ずいぶんと気を遣ってくれたもんだ」

「なにをおっしゃいますやら」

篤之助が大きく手を振って、亥吉の言い分を拒んだ。

「貸元の唄が本寸法《ほんすんぽう》でありますのは、師匠からも充分にうかがっております」

「あのひとはおれを気遣って、大仰に誉《ほ》めているだけだろう」

「そんな……滅相もないことでございます。あの師匠に限っては、追従《ついしょう》をおっしゃることはございません」

篤之助が強い口調で亥吉の言い分に逆らった。亥吉はまんざらでもなさそうな顔で、盃《さかずき》を干した。

「師匠からは、貸元の喉にふさわしい地方を手配りするようにと、きつく申し付かっておりますので」

洲崎《すさき》で一番の立ち三味線を呼んであると、亥吉に明かした。

「それはまた、気張ったもんだな」

亥吉が空の盃を差し出した。すかさず篤之助が満たした。

「なにぶんにも、貸元がご披露くださいますのが、京鹿子娘道成寺《きょうがのこむすめどうじょうじ》でございますので」

篤之助は、目一杯に声の調子を張り上げて演目を口にした。

「それがどうした」

亥吉は無愛想に応じた。番頭の物言いがあまりに大仰ゆえに、うんざりしたようだ。

しかし亥吉の演目は、篤之助が口にした通り、長唄の大曲である。宝暦《ほうれき》三（一七五三）年に歌舞伎踊りのために作られた長唄で、女形舞踊には欠かせない名曲だ。これが唄えれば師匠が務まると言われるだけに、素人が演目に選ぶのは皆無と言えた。

「貸元がなんとおっしゃいましょうとも、地方の腕がともないませんことには、唄が台無しになります」

きっぱりと言い切ることで、篤之助は亥吉を誉めた。

「あんたの手配りに、文句をつける気はさらさらない」

盃を手にしたままの亥吉が、わずかに目元をゆるめていた。

「貸元さえよろしければ、そろそろ芸妓《げいぎ》衆を座敷に招き入れようかと存じますが」

唄を控えた亥吉は、酒の呑《の》み方を加減している。番頭の申し出を亥吉は拒まなかった。

篤之助が仲居に目配せをすると、すぐさまふすまが開かれた。

座敷に入ってきたのは、常盤検番の三人と、洲崎検番の太郎に、若手が二人である。

宴席の地方を仙吉と伊助が務めることは、洲崎検番はあらかじめ聞かされていたようだ。太郎たち三人は、三味線を手にしてはいなかった。

ひと通りのあいさつを終えたのち、仙吉が亥吉のわきに座った。

「調子はいかがいたしましょうか」

三味線は、唄い手の声に合わせて調子を調える。

「声を出す前に、一服つけさせてくれ」

長唄が始まれば、しばらくは煙草が吸えなくなる。その前に一服したいと言ってから、亥吉は代貸を見た。

亥三郎は、膝元《ひざもと》から錦《にしき》の袋を差し出した。キセルの袋であるのは、形で分かった。

「まあ、すごい袋だこと。お坊さんのお袈裟《けさ》みたいに立派ですね」

仙吉が思ったままを口にした。亥吉の口元がわずかに歪《ゆが》んだが、仙吉は気づかなかった。

亥吉が袋を手にしているわきで、仙吉は三味線の調子を合わせ始めた。

「親分のお声をくださいな」

仙吉は軽い口調で亥吉に頼んだ。

一の糸を相手の喉に合わせてから、二の糸、三の糸を調節するのが調子合わせだ。唄い手の声をもらわないことには、三弦を合わせることができない。

「なにも、いま慌てて合わせることはないだろう。煙草を一服吸ってからにしてくれ」

亥吉の物言いには、尖《とが》りが含まれていた。

慌てた篤之助は、仙吉を目でたしなめようとした。ところが仙吉は糸を張るのに気がいっており、篤之助を見てはいなかった。

キュッキュッと音を立てながら糸巻を回している仙吉の隣で、亥吉は錦の袋からキセルを取り出した。太い羅宇《らお》は、漆黒《しっこく》仕上げである。吸い口と火皿は黄金が使われていた。火皿の金色と羅宇の黒とが、互いに色味を際立《きわだ》たせ合っている。座敷の百目《ひゃくめ》ろうそくの明かりを浴びて、黄金色と漆の黒とが艶々《つやつや》と光り輝いた。

糸巻を回していた仙吉が、キセルを見て目を見開いた。

「さすが親分がお使いになるキセルは、ものが違いますね」

物怖《ものお》じをしない仙吉の口調には、江戸で五本の指に数えられる男への敬いもなかった。

「あんたに誉めてもらえて、なによりだ」

亥吉は気のない応《こた》え方をした。

仙吉は、それにも気づかなかった。

「それほど立派なキセルなのに、袈裟みたいな袋に入っていては、せっかくのキセルが泣きますよね」

錦を袈裟だと言ったのは、これで二度目だ。ことのほか縁起をかつぐ渡世人には、不《ぶ》祝儀《しゅうぎ》を思わせる言葉は禁句である。

亥吉の顔が能面のように平らになった。

わきに座っている亥三郎の顔から、さっと血の気が引いた。平らな顔になったときの亥吉は、燃え立つ怒りを隠し持っているからだ。

「おもしろい」

無愛想に言い放った亥吉は、手にしたキセルを仙吉の膝元に放り投げた。

「キセルが泣くのは聞いたことがない。この場で泣かせてくれ」

亥吉は真顔である。凍えそうな口調が、座敷に響いた。

篤之助は息を呑んだ。

跡取りの清次郎はなにが起きているのか、いまひとつ呑みこめていないらしい。が、顔つきは張り詰めていた。

洲崎検番の太郎は、表情を変えずに亥吉と仙吉の様子を見ていた。しかし常から張り合っている常盤検番の苦境は、わがことと受け止めているようだ。瞳《ひとみ》の底には、成り行きを案ずる色がうかがえた。

座敷のなかで、だれよりも落ち着いているのは厳助だった。両手を膝に載せたまま、身じろぎもせずに亥吉と仙吉を交互に見ていた。

「口が滑ったのなら、どうか勘弁してください。キセルが泣くと言ったのは、たとえを口にしたまでですから」

仙吉の物言いが硬い。年若いだけに、貸元に思いも寄らない出方をされて、うまく言葉がでないのだろう。

「たとえを言ってくれと、おれは頼んだ覚えはない」

仙吉の言いわけを、亥吉はにべもない言い方で撥《は》ねつけた。

「あんたの稼業《かぎょう》のことは知らないが、おれたちは口にしたことは、かならずやる。やれもしないことを言ったときは、身体《からだ》で始末をつける。それだけのことだ」

泣かせてみろと、亥吉が迫った。物静かな口ぶりだけに、より凄《すご》みが伝わってくる。

杵屋の番頭は取り成すこともできず、息を詰めたまま動けないでいた。うかつな口を挟んだりすれば、おのれのほうに火の粉が飛び散ると恐れているようだ。

「どうした、ねえさん。早くおれにキセルの泣き声を聞かせてくれ」

亥吉の両目に力がこめられた。分厚い樫板《かしいた》でも、やすやすと射貫《いぬ》くほどの鋭い眼光を放っている。

目を合わせていられなくなった仙吉は、震えながら膝元の畳を見た。

「どうしたの、仙吉。キセルの泣かせかたを忘れたの？」

明るい調子で話しかけた厳助は、篤之助の膳《ぜん》から盃を手にして仙吉に近寄った。

「うちの女将《おかみ》のキセルも、都合がわるくなるとすぐに泣きべそをかくんですよ」

厳助は亥吉に、煙草《たばこ》入れを貸してほしいと頼んだ。厳助の胸のうちが分からない亥吉は、言われるがままに煙草入れを手渡した。羅宇と同色の、漆黒である。煙草入れの真ん中には、家紋が蒔絵《まきえ》で描かれていた。

「おねえさん……」

厳助に呼びかけられて、座敷の隅で息を詰めていた仲居が駆け寄ってきた。

「煙草盆を貸してくださいな」

「ただいま、お持ちいたします」

仲居が運んできたのは、桜材で拵《こしら》えた見事な色味の煙草盆だった。

「貸元の煙草を拝借します」

あらたまった席では、渡世人は親分と呼ばれるのを好まない。それをわきまえている厳助は、篤之助と同じように貸元と呼びかけた。

亥吉はうなずきもせず、厳助の振舞いを見詰めた。

黄金の火皿に刻み煙草をしっかりと詰めた厳助は、篤之助の膳から持ち寄った盃に、手酌で酒を注いだ。そののち、煙草盆の種火で刻み煙草に火をつけた。

大き目の火皿に、きつく詰めた煙草である。厳助が目一杯に吸い込んだら、煙草が真っ赤になった。一度煙を吐き出してから、厳助はもう一度強く吸った。

火皿全体に、煙草の火が回った。それを見定めてから、厳助はキセルを盃につけた。

キュウッ……。

黄金のキセルが、か細い声で泣いた。

「見事なキセルを泣かせてしまいました」

厳助は亥吉の前で三つ指をついた。

「ご無礼の段を、なにとぞお許しください」

平らだった亥吉の顔に、表情が戻った。

厳助を見る目は、とっさの機転を称《たた》えているようだった。

五

海が近いことで、洲崎では花を結ぶ木が育ちにくい。

享保《きょうほう》年間に将軍吉宗《よしむね》は、江戸の各所に桜を植樹した。八十年余が過ぎたいま、向島・日本堤・飛鳥山《あすかやま》・上野不忍池《しのばず》周辺は、季節になれば見事な桜を咲かせた。

いずれも吉宗の命により植えられたものだ。

洲崎にも同じころに桜の若木が植えられた。陽光をさえぎるものがない洲崎では、草木は伸び伸びと育つ。植えられた桜も、年ごとに幹を太くした。しかし潮風にいじめられる枝は、つぼみを作る元気がなかった。八十年の桜の古木が並木となった洲崎だが、桜の名所にはほど遠かった。

しかし海辺から離れている常盤検番《ときわけんばん》の庭では、桃も桜も時季を迎えれば花を咲かせた。

雛《ひな》祭を翌日に控えた、文化二年三月二日の四ツ（午前十時）。洲崎の空は、どこまでも青く晴れわたっていた。

検番の縁側に並んで座った厳助と仙吉は、柔らかな日差しが降り注ぐ庭を見ていた。

「今年もまた、満開の桃の花の下で雛祭をお祝いできますね」

仙吉が、相手を慕うような物言いで話しかけた。

亥吉の座敷の一件以来、仙吉は年長者を敬うようになった。とりわけ窮地を救ってくれた厳助には、常にていねいな物言いをした。

「この空なら、明日も晴れてくれるわね」

厳助が春の空を見つつ応じたとき、伊助が縁側に顔を出した。

「女将がお呼びです」

「あたしを？」

自分が呼ばれていると分かり、厳助が怪訝《けげん》そうな顔つきになった。

「日本橋の杵屋さんが、厳助ねえさんをたずねてきているみたいです」

仙吉同様、いまでは伊助もすっかり厳助を慕っている。その気持ちが、伊助のていねいな物言いにあらわれていた。

杵屋に呼ばれた座敷から、すでに六日が経《た》っていた。あの夜の礼を伝えにきたにしては、日が開き過ぎている。来訪の意図が分からず、厳助は戸惑い顔のまま女将の部屋へと向かった。

芸妓たちが、衣装や小物を仕舞っておくのが女将の部屋だ。広さは二十畳もあるが、簞笥《たんす》や棚が多く、座れるのは半分ほどだった。

「失礼します」

部屋に入ると、紋付姿の男が座り直した。見るからに、老舗《しにせ》当主の風格が漂っている。

「杵屋様のご当主がお前に会いに、わざわざ足を運んでくださってます」

男はやはり、杵屋庄右衛門だった。

庄右衛門と向かい合わせに座った厳助は、畳に手をついてあいさつをした。庄右衛門は、老舗当主ならではの、鷹揚《おうよう》な形で応じた。

日本橋表通りには店を構えていないものの、杵屋の名は江戸中に通っている。その大《おお》店《だな》のあるじが、日本橋から洲崎まで足を運んできたのだ。女将も厳助も、驚きを隠せないでいた。

「明日の雛祭に、間に合えばと思いましてな。神田明神の大木屋に、白酒を誂《あつら》えさせて持参しました」

庄右衛門は女将にではなく、厳助に話しかけた。あらかじめ当主と話をしていたらしく、女将は気をわるくした様子を見せなかった。

日本橋から洲崎まで、庄右衛門は屋根船を仕立てていた。吉川の船着場に横付けしたあとは、角樽《つのだる》ふたつに詰めた白酒を杵屋の小僧に運ばせたようだ。

雛祭の白酒を届けにきたのであれば、三月二日の来訪も筋が通っている。しかしそれが本来の用向きでないことは、女将にも厳助にも分かっていた。手土産への礼を口にしたあと、厳助は鎮《しず》まった目で庄右衛門を見た。真正面から強く見詰めては、大店の当主に礼を失する。それゆえの、落ち着いた眼差《まなざ》しだった。

「白酒うんぬんが単なる口実であることは、厳助さんにはお見通しのことでしょう」

庄右衛門は、大店の当主らしからぬ直截《ちょくせつ》で、しかも気取りのない物言いをした。厳助も素直に応じた。

「篤之助と清次郎から、あの夜の顚末《てんまつ》を聞きましたあとは、ぜひにも厳助さんにお会いしたくなりましてな」

吉川に頼んで、宴席に招くことも庄右衛門は考えた。しかし料亭に呼べば、仕事向きの顔しか見られない。

どうしても厳助の素《す》の顔を見たいと思った庄右衛門は、雛祭にこじつけて検番をおとずれた。

その次第を、隠さずに話した。遊びなれた者でなければ、芸妓《げいぎ》を相手に気楽に話すことはむずかしい。三味線屋という稼業柄ゆえか、庄右衛門はなんら気負うことなく厳助と話すことを楽しんでいた。

「まことにぶしつけなことを申し上げるが、あの夜、清次郎があなたに……いうところの、一目惚《ぼ》れをしたようでしてな。以来文字通り、寝ても覚めても、巌助さん巌助さんと」

庄右衛門が、きまりわるげな顔を見せた。

答えるに答えられない巌助は、庄右衛門と同じような顔つきになった。

「本来ならば、ひとを間に立てて女将にお願いすることだが……」

角樽をわきにどけた庄右衛門は、咳払《せきばら》いをひとつしてから居住まいを正した。

「一度、うちのせがれと……杵屋で夕餉《ゆうげ》をともにしてくださらんか」

ひとを間に立てて、検番に頼みごとをする。

庄右衛門は、巌助の落籍《らくせき》を口にしていた。しかも大店の当主が、息子のためにである。

およそのことでは驚かない女将が、膝《ひざ》をずらした。

「この目で巌助さんを見させていただいて、親ばかだと思われるかもしれないが、わたしは清次郎の目の高さを思い知った気でいます」

なにとぞよろしくと言って、両手を膝に置いた庄右衛門があたまを下げた。

さほどに深くはなかったが、滅多なことではあたまを下げないのが大店の当主である。

途方に暮れた顔の巌助の隣で、女将は畳に手をついた。女将に促されて、巌助も同じ形を示した。

砂村の森から庭に飛んできたうぐいすが、澄んだ声で鳴いた。

六

厳助が杵屋に落籍される……。

うわさはあっという間に洲崎《すさき》中に広まった。

「さすがは厳助さんだ。日本橋から屋根船を仕立てて、杵屋のご当主が談判にきたそうじゃないか。あんたもそのうわさは、耳にしただろうが」

言われた男は、ぐいっと胸を反らした。

「だれにものを言ってるんだ。その屋根船を舫《もや》ったのは、あたしだ」

吉川の下足番は、そのときの様子を事細かに話した。

洲崎検番でも、芸妓衆は厳助の話に花を咲かせた。なかでも亥吉の座敷に呼ばれていた若いふたりは、何度もあの夜の顚末を繰り返し聞かせた。

芸妓が旦那に落籍されるのは、なによりの誉《ほま》れである。それも大店の跡取りが身請け旦那となれば、願ってもない話だ。

「杵屋さんの跡取りは、ひとり者だそうよ」

「だとしたら厳助さんは、杵屋のお内儀《ないぎ》に納まるかもしれないわね」

常盤検番でも洲崎検番でも、若い芸妓はわがことのように喜んだ。

大川の西側、浜町や柳橋の芸妓は、辰巳《たつみ》芸者を「たかが羽織芸者じゃないか」と、一段下に見下していた。それを分かっている洲崎の芸妓は、西側の芸妓には常に張り合う気持ちを抱いていた。もしも厳助が日本橋の若旦那に落籍されれば、かつてない快挙である。検番の垣根を越えて若い芸妓が喜んだのは、厳助に自分たちの夢を託したがゆえだった。

杵屋庄右衛門が常盤検番をおとずれてから十日後の、三月十二日。赤筋の入った役半《やくばん》纏《てん》を着た青物町のかしらが、厳助と女将の元をたずねてきた。

「本日は、杵屋さんの名代《みょうだい》でうかがわせていただきやした」

縁結びの話は、店に出入りの鳶《とび》が運ぶというのが定法である。狙《ねら》った獲物は外さない鳶にあやかっての縁起担《かつ》ぎだ。

「ごていねいなごあいさつ、恐れ入ります」

女将は使者の口上に深い辞儀で応《こた》えた。

「あらたまった話を進める前に、一度、杵屋さんの座敷で夕餉をと言われておりやす。厳助さんに異存がなければ、その方向で話を運ばせていただきやす」

杵屋庄右衛門から同じことを聞かされて、すでに十日が過ぎていた。話を受けるか受けないかを、厳助当人に考えさせるための十日間だった。

「ありがたく受けさせていただきます」

杵屋で夕餉をともにすることを、巌助は受け入れた。が、それだけにとどまらず、言葉を付け加えた。

「その先のことは、まだ気持ちが定まってはおりません。それでも杵屋さんには、よろしいのでしょうか」

問われたかしらは、返答に詰まった。受けるか受けないか、答えはふたつにひとつというのが、落籍話の常道であるからだ。それは巌助も充分にわきまえていた。

「気持ちを定めぬままおうかがいするのが、先様にご無礼でありますなら、この話を流していただきたく存じます」

「申しわけねえが……」

思案に詰まったかしらは、使者の言葉遣いを捨てた。

「あっしでは答えようがありやせん。巌助さんの言い分を持ちけえって、杵屋さんに下駄《げた》を預けさせてくだせえ」

「なにとぞ、よしなに」

巌助に代わって、女将《おかみ》が応じた。

落籍を申し出た相手と、応ずるか否《いな》かを定めぬまま会うなどは、いまだかつてない話だ。さりとて清次郎と巌助は、ただの一度、それもひとことも話をせずに会っただけである。迷うのも無理はないと、女将はひとりの女として厳助の思いを受け止めた。それゆえに、確かな返事をしない厳助の振舞いを咎《とが》めなかった。

厳助の言い分を杵屋は呑《の》んだ。

四月四日の大安吉日に、杵屋の座敷で夕餉の会が催された。

杵屋からは当主庄右衛門と内儀、清次郎の三人が座に着いた。検番からは厳助と女将が出向いた。

八百善の料理番が入った夕餉は、旬の食材が膳を彩《いろど》った。味も見事だったが、使われた器も、輪島塗と伊万里《いまり》焼の逸品だった。

「月をまたぎませぬうちに、ご返事をさせていただきます」

厳助の答えを、清次郎と庄右衛門は諒《りょう》として受け入れた。

「ご内儀が大層に気にいってくれた様子だったじゃないか」

杵屋が仕立てた屋根船のなかで、女将は目を細めた。

「ひとり息子の相手の、いわば品定めだからねえ。きつくなって当然なのに、ご内儀の喜びかたは正味だったよ」

いかに上辺を取り繕おうとも、隠された本音を見抜くのが検番の女将の特技である。

「断わるのは、もったいないと思うわよ」

杵屋の内儀は、本心から厳助を気に入っている……そう判じた女将は、話を受けたほうがいいと勧めた。

四月が中旬を過ぎても、厳助は返事をしなかった。

「いつまでも待たせては、先様に失礼だよ」

女将の語調に厳しさが加わり始めたころ、洲崎検番の太郎から言伝《ことづて》が届けられた。

一度、宿にきてほしい……。

身体《からだ》の調子を崩した太郎は、座敷には出ずに宿で臥《ふ》せっていた。言伝を受け取ったその日の夜、厳助は太郎の宿をおとずれた。

なぜ、あたしを？

太郎の宿に向かいつつ、厳助は呼ばれたわけを、あれこれと思いめぐらせた。

いさかいを繰り返してはいるが、厳助は太郎の筋目だった生き方と、凛《りん》とした所作《しょさ》には敬いすら感じていた。が、厳助が胸の奥底深く仕舞いこんでいるこの思いは、常盤《ときわ》検番《けんばん》の女将ですら気づいてはいない。

杵屋さんのことで、のぼせあがるんじゃないと、きつい文句を言われるのか……。

思い当たるとすれば、これしかなかった。

「あんたが返事をためらっていると、うわさが聞こえてきたもんでね」

案の定、太郎は杵屋の話を切り出した。が、厳助が思っていたこととはまるで違っていた。

「腹が決まらないのは、あんたが周りの目を気にしているからさ」

病床にありながらも、太郎の物言いは歯切れがよかった。ずばりと言われて、なぜ返事をためらっているかに、厳助は初めて得心《とくしん》した。清次郎の人柄は、厳助にはいまひとつ分からなかった。しかし話を受け入れる気が定まらないのは、清次郎のせいではなかった。

自分だけがいい思いをしていると、仙吉や伊助に思われたくない……。

胸の底に隠し持っていたことを、太郎に言い当てられた。

心底からの得心顔になった厳助を見て、太郎は顔つきを引き締めた。

「あたしも、あんたと同じように落籍話を断わったんだよ。だれもが、またとない話だと勧めてくれたんだけど……妙に、突っ張っちまってね」

「突っ張ったですって？」

「おいしい話に食らいついたと、仲間に思われるのがしゃくだった。まるで、いまのあんたとおんなじさ」

ひとの目なんかをあれこれ思い煩《わずら》わず、自分の幸せを真《ま》っ直《す》ぐに見詰めなさい……太郎のさとしは、厳助の胸に響いた。

「太郎さんは、話を断わって惜しかったと思っていますか？」

「そうだねえ……」

しばし天井を見つめて考えた末に、太郎は厳助に目を戻した。

「あたしは芸者が好きなのさ」

答えには、微塵《みじん》も迷いがなかった。

太郎の宿を出たときには、すでに四ツ（午後十時）が近かった。天気が下り坂に向かっているらしく、月は暈《かさ》をかぶっていた。

検番が近くなるにつれて、厳助の歩みがのろくなった。堀端に縁台が出されたままになっているのを見て、厳助は腰をおろした。

暈をかぶった月は四月の強さではなく、あたかも秋月のような、柔らかな輝き方をしていた。

落籍を断わった太郎は、いまは病床にありながらも芸者そのものである。若い芸妓のような力強さはないが、年を重ねた者にしか出せない味わいを、厳助は強く感じた。

あたしは芸者が好きなのさ。

太郎が口にした言葉を思い出して、厳助はきっぱりと思いを定めた。

太郎さんの年になったとき、あたしもあの言葉を若い妓《こ》に聞かせよう……。

縁台から立ち上がった厳助に、ぼんやりとした月の光が降り注いでいた。

やぐら下の夕照

一

文化十五（一八一八）年は、四月二十二日に文政《ぶんせい》と改元された。

「ご改元があったあとは、町を行き交う書状が増えるのは、毎度のことだ」

文政元年四月二十三日、朝五ツ（午前八時）。改元翌朝の遠藤屋では、あるじの良三《りょうぞう》が配下の町飛脚二十人を土間に集めていた。

「今日から向こう十日は、間違いなく誂《あつら》え便が三、四倍に増える」

誂え便とは、書状や小荷物を預かった飛脚宿が、会所を通さずに、じかに相手先に届ける便のことである。書状は通常の飛脚賃の五倍もかかるが、江戸市中であれば、預かったその日のうちに届けられた。

飛脚からどよめきが漏れた。

遠藤屋の飛脚の給金は『出面（日当）』ではなく、届ける数に応じての『出来高』払いである。書状の数が増えれば、すぐさま実入りにはね返った。

「このところ、あいにくの空模様が続いて、おまえたちも腐っていただろうが……」

良三が話しているさなかに、五通の封書を手にした商家の小僧が、土間に入ってきた。

良三は話の途中で口を閉じた。

帳場に座って良三の話を聞いていた女房のおりょうが、すぐさま立ち上がって土間におりた。

「いらっしゃいまし」

客あしらいはおりょうと、娘のおしのが受け持っている。おりょうが小僧の応対をしているうちに、さらに三人の客があらわれた。

「少々お待ちくださいまし」

新しい客に断わりを言ってから、奥にいるおしのを呼び寄せた。

良三が話していた通りである。まだ朝の五ツ過ぎだというのに、遠藤屋の土間がいきなり慌《あわただ》しくなった。

「話はここまでだ。おまえたちもおりょうを手伝って、お見えになったお客様の書状をお預かりしなさい」

「がってんでさ」

遠藤屋の半纏《はんてん》を着た飛脚二十人が、威勢のよい声を返した。

あの日の朝と同じだ……。

次々と押しかける客を見ながら、良三は三十年前の朝の光景を思い出していた。

天明八（一七八八）年三月十七日。朝飯を終えた遠藤屋亮吉《りょうきち》は、土瓶の白湯《さゆ》を大きな湯呑《ゆの》みに、なみなみと注いだ。

「あれをくれ」

所帯を構えて二十年目の女房おまつは、あれと言われただけで、ふたつきの小鉢を差し出した。

なかに入っているのは、上方名物の夷布《えびすめ》（塩昆布）である。真っ白に塩がまぶされた三切れの夷布を湯呑みにいれ、箸《はし》でかき回す。白湯の熱で、昆布のうまみと塩とがほどよく溶かされたのを見計らい、ずるっと音を立ててすする。

朝飯を終えて大事な話を切り出すときは、これを味わうのが亮吉の決めごとだった。

「おまえの智恵《ちえ》を借りたいことがある」

湯呑みを膳《ぜん》に戻した亮吉は、ひとり息子の良三に目を合わせた。

「おれの智恵を、親父《おやじ》が借りたいって？」

十五歳になったこの年の正月から、良三は父親を親父、母親をおふくろと呼び始めた。

まだこどもだと思っていた息子から、元日に初めて親父と呼ばれたとき……亮吉は照れくささを隠して、息子を見たものだ。

すでに三カ月が過ぎたいまは、親父と呼ばれるのを当たり前として受け止めていた。

「十五歳までの若造の思案を聞くというのが、昨夜《ゆうべ》の寄合の申し合わせとなった」

亮吉は、若造に力をこめた。

慶長八（一六〇三）年に徳川幕府が江戸に開かれてから、すでに百八十六年目である。開府当初はさびれた村だった江戸も、いまでは百万人を超えるひとが暮らす、桁《けた》違いに大きな町となっていた。

町に暮らす者が多くなるにつれて、町飛脚も商いが膨らんだ。亮吉が遠藤屋二代目を継いだのは、七年前の安永十（一七八一）年三月である。

この年の四月二日に、安永から天明へと改元された。改元にともなう挨拶《あいさつ》状や、商いの報《しら》せなどが急増した。亮吉は二代目を継いで早々に、いきなり仕事に追われる日を迎えた。

店で抱える飛脚の数が足りず、亮吉は口入屋《くちいれ》に周旋を頼んだ。幸いにも、遠藤屋はひとに恵まれた。江戸の町を行き交う書状や小荷物も、天明に入ると増える一方だった。

「いいときに、二代目を継がせてもらえましたねえ」

　おまつと亮吉は、ほころんだ顔を見交わした。毎月のように町飛脚宿の開業が、江戸の各町で続いた。亮吉が二代目を継いだあとで、ここ北品川にも四軒の飛脚宿ができた。が、それを上回るほどに、書状や小荷物が増えた。新規の開業が続き、町飛脚の運賃は、十年前に比べておよそ半額にまで値下がりした。

　安値が大受けして、それまで町飛脚を使わなかった者までが、近所の飛脚宿をおとずれるようになっていた。五匁《もんめ》（約十九グラム）までの書状なら、江戸御府内《ごふない》の配達が一通三十文。三貫（約十一キロ）までの小荷物は、五百匁につき一貫文が飛脚賃である。小荷物の飛脚賃は安いとはいえなかったが、持ち込まれた翌日には、御府内のどこにでも配達されるのだ。

　世の中の好景気にも助けられて、遠藤屋の商いは順調に上向いていた。ところが天明三年の浅間山大噴火と、それに続く凶作で、世の中の景気がいきなり冷え込んだ。

　小荷物のみならず、書状の依頼までもが大きく減った。飛脚を頼むよりは、おのれの足で届けることを庶民は選んだ。一通三十文の飛脚賃を痛いと思うほどに、暮らし向きは切羽詰まっていたということだろう。

　大噴火から五年が過ぎた天明八年は、正月から少しずつ江戸の景気は好転していた。前年の夏は久々に猛暑となり、諸国の米は四年ぶりに大豊作となった。

職人たちの仕事も次第に増えていたが、飛脚宿に客は戻ってこなかった。天明三年以来、庶民の多くは飛脚に頼らず、おのれの足を使って書状や小荷物を届ける暮らしに慣れていたからだ。

遠藤屋に限らず、どこの飛脚宿も扱い量が激減していた。

「なんとか手を打たないことには、江戸の飛脚宿の半分以上が潰《つぶ》れてしまう」

仲間内の寄合は、新年早々から暗い話のみが交わされた。

江戸の町は、朱引内《しゆびきうち》（江戸城を真ん中にして品川大木戸、四谷大木戸、板橋、千住、本所、深川以内の各地）でおよそ八百五十町あり、町飛脚宿は二百三十軒を数えた。

飛脚宿の当主たちは株仲間を作っており、朱引内の六カ所に組合の会所を構えていた。各々《おのおの》の宿で客から預かった書状や小荷物は、配達先に近い会所に持ち寄った。そこで町ごとに仕分けをして、あて先に配達するのが町飛脚の仕組みである。

もしも飛脚宿が廃業に追い込まれると、潰れた区域の配達に支障をきたすことになる。二百三十軒の株仲間が一軒たりとも欠けないことで、初めて翌日配達が果たせた。どれほど扱い量が減ろうとも、株仲間に持ちこたえてもらわなければ、町飛脚の仕組みが根本から崩れてしまう。

「依頼主が大きく減って、つらい日々が続いているが、なんとかこらえて、踏ん張っていただきたい」

新年の寄合は、株仲間の肝煎《きもいり》が声を張り上げてお開きとなった。

二月の寄合も同じ状況が続いた。

三月十六日の寄合に集まった面々は、顔つきをこわばらせていた。このままの状況が続くと、夏までには相当数の上がり株（廃業）を出すことになると、だれもが分かっていたからだ。

「書状の減り方には、いまだに歯止めがかからない」

暗い声で話し始めた肝煎が、ふっと表情を変えた。

「唯一《ゆいいつ》、若い連中の手紙だけはなんとか横這《よこば》いを保っているのが分かった」

正月から二月にかけて、飛脚宿では書状を受け付ける際に、客の歳《とし》を訊《き》いた。その結果を肝煎はまとめていた。

「定かなわけは分からないが、若い連中はカネがなくても手紙のやり取りの費《つい》えだけは、なんとか工面しているということだろう」

浅間山大噴火の前から、江戸の若者の間では手紙のやり取りが流行《はやり》になっていた。きちんとした文字が書けるというのを、互いに示し合いたいからである。なかには文字ではなく、絵を描いて差し出す者もいた。

手紙に用いる半紙の値が大きく値下がりしたことも、手紙の流行を後押ししていた。

「若い連中が手紙のやり取りを増やすように仕向ければ、たちまち扱い量は増えるはずだ。なにしろ江戸には、三十万人以上の若造が暮らしているらしい」

三十万人の根拠については、肝煎は触れなかった。が、その数の多さは、寄合に集まった当主たちの胸にしっかりと刻み込まれた。

「ついては次の寄合までに、どうすれば若い者がもっと手紙を書くようになるか、その思案を十二歳から十五歳までの若者から聞き出してもらいたい」

妙案が聞き出せれば、組合を挙げて推し進める。生き延びるためであれば、入用な費えは惜しまない。

肝煎が話を終えたときには、期せずして仲間のだれもが拍手をした。

「これが昨夜、寄合で話し合われたことのあらましだ」

亮吉は、昆布の入った湯呑みに口をつけた。

「うちに限らず、江戸の飛脚宿全部の生き死にがかかった大事だ。お前もしっかりと思案をめぐらせて、飛び切りの妙案をひねり出してくれ」

良三から返事は出なかった。

父親の話を聞いている途中から、あれこれと思いをめぐらせていたからだ。

「おい、良三……おとうさんの話を、きちんと聞いているのか」

「聞こえてるって」

思案を中断させられた良三は、不機嫌な声で応《こた》えるなり立ち上がった。

「ひとりで考えてみるから」

土間におりた良三は、父親の雪駄《せった》を突っかけて外に出た。いつの間にか、亮吉よりも上背が伸びている。

飼い犬のゴンが、良三のあとを追った。

二

「そんな途方もない話は、だれも受け入れてはくれない」

良三から思案を聞かされているさなかに、亮吉は顔をしかめた。

「おれの考えの、どこが途方もないと言うんだよ」

良三も負けずに口を尖《とが》らせた。

三月二十日の夜五ツ（午後八時）過ぎ。父親から知恵を貸して欲しいと頼まれてから、四日目の夜だ。

「どこがじゃない。おまえの話の全部が、途方もないと言っているんだ」

「まだ、おれが話している途中じゃないか。そんなふうに頭ごなしに決めつけるなら、はなから知恵を貸せだなんて言うなよ」

良三は、去年の秋から声変わりをしている。父親に食ってかかる声は、おとなとこどもの間《あい》の子《こ》のようだった。

「ふたりとも、もう少し穏やかに話をしてくださいな」

おまつは分厚く切ったようかんを、亮吉の前に出した。酒が一滴もやれない亮吉は、甘い物には目がなかった。

おまつは亮吉のために、高輪台町《たかなわだい》の虎屋《とらや》まで出向き、本練ようかんを買い求めている。好物を口にして、亮吉の顔つきがわずかながら穏やかになった。

「おまえの思案がどんなものか、かあさんにも聞かせてちょうだい」

亮吉の様子が落ち着いたのを見定めて、おまつは息子に問いかけた。

「それはいいけど……親父みたいに、話の途中で口を挟まないでくれよ」

おまつに念押ししてから、良三は思案のあらましを話し始めた。

御府内の飛脚宿は二百三十軒。そのすべての店に、張り紙をする。

『十二歳より十五歳までの者のなかから、くじ引きで六十名を選び出す。くじに当たった者はこの先五年間、毎月二度までに限り、御府内の定まった相手に手紙を届けてもらうことができる。飛脚賃は無料、ただし、五匁までの書状に限る』

手紙をやり取りしたい者は、最寄の飛脚宿まで出向き、ところ、名前、年齢を書いた紙を、店先に置かれた箱に投函《とうかん》する。男女の区別は書かない。もしも書いてあれば、くじ引きから外す。

くじ引きは肝煎立会いで、神社の神主が行う。これは富くじと同じ段取りである。

くじに当たった六十人については、あらためてその名を組合の者が札に記し、箱に入れる。手紙をやり取りする組み合わせも、神主が箱に手を入れて決める。

くじに当たっても、相手を選ぶことはできない。だれとやり取りができるかは、まさしく神様だけが知るところである。

「おもしろいじゃないの」

おまつは良三の思案を本気で誉《ほ》めた。

「くじ引きを神主さんがやるという趣向が、とってもいいわよ。おまえの言う通り、神様の縁結びだものね」

あたしも名前を書いて、うちの箱に入れようかしら……はしゃぐおまつを、亮吉は渋い顔で睨《にら》みつけた。

「そんな目で、あたしを睨むことはないでしょう」

「睨みたくもなる」

不機嫌な声で応じた亮吉は、忙《せわ》しない手つきで算盤《そろばん》を弾《はじ》いた。

五匁の手紙一通が三十文。六十人で一貫八百文である。月に二回のやり取りだとすれば、ひと月三貫六百文、一年で四十三貫二百文の勘定だ。

これを五年間続ければ、二百十六貫文に達する。一両を五貫文の換算でも、四十三両ほどの大金が入用である。

肝煎は、費えは惜しまないと言い切った。しかし、五年間で四十三両ものカネが入用だとは思ってもいないだろう。

「おまえは能天気に良三の思案がおもしろいと言っているが、これだけのカネが入用だと分かってのことなのか」

亮吉に金高で詰め寄られたおまつは、返事の代わりにため息をついた。

「おい、良三」

父親に名を呼ばれても、良三は目を合わせようとはしなかった。

「いつまで仏頂面《ぶっちょうづら》を続ける気だ」

亮吉は手を伸ばして、息子の顔を自分のほうに向けた。

「費えを考えただけでも、わたしはこの思案は無理だと思う」

つい先刻はおもしろがっていたおまつも、五年間で四十三両もかかると分かったあとは、息子への肩入れを控えていた。

「無理だとは思うが、肝煎がどう判ずるかは分からない。せっかくおまえが考えたことだ、話すだけは話してみる」

ただし来月の寄合まで待つことはしないと、亮吉は付け加えた。

「明日でも肝煎をたずねて、おまえの思案を話してくる。もしも駄目だと言われたときは、別の……もっとカネのかからない手段を考えろ。それでいいな？」

父親のほうから折れてきた。

良三も素直にうなずいた。

「おまえの思案を取り入れてもらえるように、裏のお稲荷《いなり》さんにお願いしてくるわ」

紙入れを帯にはさんで、おまつは夜の稲荷神社へと出て行った。

あとに残った亮吉と良三は、互いにきまり悪そうにして目を合わせようとはしなかった。

三

三月二十一日の八ツ（午後二時）に、亮吉は日本橋小網町《こあみちょう》にある肝煎の店に出向いた。

息子にはきついことを言ったが、良三の思案を亮吉は二刻《ふたとき》（四時間）もかけて、半紙に清書していた。

大金が入用となる思案である。カネに誤りが生じないように、費えの部分は太書きにした。

肝煎の宿の近くに、稲荷神社があった。亮吉は小粒銀ひと粒を賽銭箱《さいせんばこ》に投じ、思案書を社殿に向けて成就《じょうじゅ》を祈願した。

「じつにおもしろい」

思案書を一気に読み終えた肝煎は、気を昂《たか》ぶらせているらしい。両の頬が、ほのかに赤くなっていた。

「この思案を進めれば、江戸中の若者が群れをなして飛脚宿に押し寄せるだろう」

どうせやるなら、六十名などと半端《はんぱ》な数にしないで、切りのいい百名にしよう……。

今年で五十七歳になった肝煎だが、話す声には張りがあった。

「これだけの妙案は、ふたつとない。来月まで待っていないで、明日にもみんなに集まってもらおう」

一日でも早く進めることが、飛脚宿全員の利益につながる。肝煎はその場で招集書を書き上げ、木版に彫らせた。

一刻（二時間）で刷り上がると、すぐさま六カ所の会所に運ばせた。稼業柄《かぎょうがら》、書き物を配達するのは得手中の得手だ。肝煎と亮吉を除く二百二十八軒の飛脚宿には、その日の夕刻までに届けられた。

明けて二十二日。いつもは寄合に顔を出さない者までが、会所に押しかけてきた。

『飛脚組合の浮沈を決する一大事を話し合う寄合である。万障繰り合わせの上、参集されたし』

肝煎が記した招集書の強い文面が、株仲間を寄合の場に引き寄せた。

会所には、じつに百七十六人が集まった。肝煎の口から良三の思案を聞かされたあと、賛否を問うた。肝煎が独断でことを運ぶには、思案の規模が大き過ぎた。

「ぜひともやりましょう」

昨日の肝煎同様に、百三十七人が即座の実行を口にした。三十三人がおもしろそうだと言い、残る六人だけが難色を示した。「費えのことなら、あんたらの割前はわしが負わせてもらう」

ゆえに、反対はするなと肝煎が迫った。その後ろには、百三十七人の熱くなった男が控えていた。

「みんながそこまでやる気なら、あたしも一枚加えてもらいます」

寄合が始まって一刻後には、会所の全員が一日も早く始めようと、口を揃《そろ》えていた。

「それにつけても遠藤屋さん、あんたは息子さんに恵まれましたなあ」

「そのことですよ」

遠藤屋よりもはるかに身代の大きい飛脚宿の当主が、亮吉の周りに群れを拵《こしら》えた。

「この思案はかならず評判を呼ぶと、あたしは確信している。うまく運んだあかつきには、遠藤屋さんの息子さんを、向島でも吉原《よしわら》でも、好きなところに招待させてもらいたい」

尾張《おわり》町で一番の飛脚宿、黒岩屋の当主が真顔で口にした。北品川の遠藤屋とは格が違うということで、これまでの月次《つきなみ》の寄合では亮吉に話しかけることもしなかった男である。

仲間から正味《しょうみ》の誉め言葉を浴びせられ続けて、亮吉は居心地のわるさを感じた。良三の思案を、あたまから無理だと決めつけたことが、忘れられないからだ。

おまえにはわるいことをしたが、それでも肝煎には話を通した。それに免じて、おれの不明を勘弁してくれ……。

仲間には愛想笑いを見せながら、亮吉は息子に詫《わ》びていた。

二百三十軒の飛脚宿は、足並みを揃えて備えを進めた。

応募の紙を投函する箱は、四月中旬には出来上がった。店に張り出す張り紙も、同じころに六百枚が刷り上がった。

良三の思案から漏れていたのが、催しを若者に伝える広目《ひろめ》（広告宣伝）の手立てである。

湯屋、髪結い床、小間物屋、甘味処《どころ》。

これらの場所と、張り紙の張り出しを掛け合った。飛脚宿に張り出しただけでは、若者への通りが足りないと判じてのことである。

入用な事柄を記した紙の投函は、五月一日から二十日間と定められた。

「あまり長過ぎると、思案に人気がなくて集まらないのかと勘違いされる」

「それも一理あるかもしれないが、わたしは逆だ。長くやり過ぎて、箱が紙で溢《あふ》れ返ることのほうを、わたしは案じている」

黒岩屋が口にしたことに、多くの当主が深くうなずいた。

投函受付初日の五月一日、江戸は夜明けから晴れ上がった。

飛脚宿が店を開くのは、六ツ半（午前七時）が定めである。ところがこの朝は、多くの店が明け六ツ（午前六時）とともに雨戸を開いた。町木戸が六ツに開かれるなり、何十人もの若者が、町内の飛脚宿に押し寄せたからだ。

二百三十軒のうち、半数以上の店の箱が初日だけで一杯になった。箱を開けられるのは、くじ引きの場の神主だけである。飛脚宿の当主といえども、勝手に箱を開けることは固く禁じられていた。

「箱をあらたに拵えるほかはない」

肝煎は箱の追加を即断した。が、誂《あつら》えていたのでは到底間に合わない。箱が一杯になった飛脚宿には、形も大きさもばらばらの、有り物の箱が届けられた。

当初の予定通り、投函は五月二十日に締め切られた。箱は個々の店で夜明かしをしたあと、翌朝五ツに富岡八幡宮《とみおかはちまんぐう》に集められた。

た。

「たまげるほどの数ですなあ」

「これほどの半紙の山を見るのは……生まれて初めてのことです」

運び込まれた箱は三百七十六箱。開かれたあとの空き箱で、広い本殿が埋め尽くされた。

くじ引きに先立ち、投函された紙の数が数えられた。この数勘定のために、肝煎《きもいり》は本両替の手代《てだい》四十人を借り受けた。

ひい、ふう、みい、よう……。

手代たちはだれもが、カネ勘定に長《た》けている。紙の山が、次々に百枚の束となって積み上げられた。

「いったい、何枚の紙が投じられたんでしょうか」

「さきほどから百枚の束を数えておりましたが……二百（二万枚）まで数えても、まだ次々と束が重ねられるもので、やめにしました」

神田佐久間町の飛脚宿の当主が、呆《あき》れたのも無理はなかった。

紙の総数は、十五万四百七枚。箱ひとつに四百枚が投じられていた勘定である。この桁外れの紙の山から、わずか百枚を引き当てるのだ。富くじで千両に当たるよりも、はるかに狭き門だった。

朝の五ツから始められたくじ引きの行事だが、百人の当選者が決まったのは、日が落ちたあとの、六ツ半（午後七時）過ぎだった。

肝煎も神主も、なにひとつ手心を加えたりはしていない。それなのに良三は、当選者百人のひとりに名を連ねていた。

四

天明八年六月一日、良三は初めての手紙を店の飛脚に手渡した。

深川海辺大工町《うみべだいくちょう》、棟梁弥三郎《とうりょうやさぶろう》方。

弘衛《ひろえ》、十三歳。

これが良三の相手だった。

良三の暮らす北品川も、弘衛の住む海辺大工町も、ともに御府内である。しかし良三は生まれてこのかた、大川を東に渡ったことはなかった。

深川も、海辺大工町も知らない。知らないがゆえに、町名の字面からあれこれと思いをめぐらせた。深川は掘割が縦横に走る町だと、手習いの師匠に聞いた覚えがあった。

「堀には、いろいろな船が行き交っています。橋もたくさん架かっていて、晴れた日に橋の真ん中に立つと、富士山が見えて……その眺めの美しさには、ときを忘れて見とれてしまいます」

もとは辰巳《たつみ》芸者だったという師匠は、深川の話をするたびに、遠くを見るような目になった。

潤《うる》んだ瞳《ひとみ》と、淡い白粉《おしろい》の香り。産毛《うぶげ》の生えたうなじ。深川の話をするときの師匠の艶《あで》やかさに、六歳だった良三だが、こどもながらに胸をときめかせた。

手紙を出す相手は、嬉《うれ》しいことに深川だった。師匠から聞かされた深川を思い描きつつ、良三は手紙を書いた。

「わたしの名は良三、十五歳の男です。宿は北品川の海の近くです。弘衛さんは十三歳で、おとうさんは大工の棟梁のようですね。ところ書きに棟梁弥三郎方と書いてありました。海辺大工町も、海のそばですか。手習いの師匠に、深川は掘割の町だと教わりました。深川にも海があるのですか。弘衛さんも、大きくなったら、おとうさんの跡をついで棟梁になるのですか。返事を待っています」

書きたいことは山ほどあった。が、いざ書き始めると、会ったこともない相手に手紙を書くのは、大変なことだと思い知った。

良三は、弘衛の姿を思い描いた。

背丈は五尺（約百五十センチ）ぐらい。棟梁のせがれだから、眉《まゆ》は濃くて、腕っ節は強いに違いない。真冬でも近所の原っぱで遊んでいるから、顔は真っ黒に日焼けしている。ときどき、青洟《あおばな》を垂らすが、手の甲で構わず拭《ぬぐ》い取る。

弘衛を想像しているつもりで、良三はおのれの小さいころを思い出していた。

待ちに待った返事が届いたのは、六月五日の夕刻だった。

『遠藤屋亮吉様方　良三様』

上書きの文字の美しさに、良三は度肝を抜かれた。自分よりも二歳年下の、いわば腕白小僧のはずである。それなのに筆遣いはやわらかで、良三よりもはるかにきれいな文字が書かれていた。

封を切るのももどかしげに、手紙を開いた。書き出しを読んだ良三は、驚きのあまり、手紙を取り落とした。

「良三様。はじめまして。弘衛という名前から勘違いをされているようですが、わたしは男の子ではありません。十三歳の女です」

弘衛は、大工の棟梁と手習いの師匠の間に生まれた、ひとり娘だった。

五

男児だと思い込んでいた手紙の相手が、十三歳の娘だった。

短い手紙を、良三は何度も読んだ。読み返し始めて二日目には、文面を諳《そら》んずることができていた。

自分よりも二歳年下の、見ず知らずの女性と文《ふみ》をやり取りする。ただそれだけの小さな出来事が、良三の暮らしを根底から変えてしまった。

朝飯と晩飯は父親も一緒だが、昼は母親とふたりだけのことがほとんどである。

亮吉は得意先回りか、仲間内の寄合かで、昼間は飛脚宿にはいない。遠藤屋に持ち込まれる書状と小荷物の受付は、母親と良三とに任されていた。

昼飯の片づけが終わると、おまつか良三のどちらかが店先に座った。

「なにをぼんやりしているのよ」

定まらない目で物思いにふけっていると、おまつがきつい声で息子を叱《しか》った。

「べつに……考えごとをしていただけだよ」

「どうせまた、手紙のことだろう」

「そんなわけ、ねえだろう」

図星をさされた良三は、尖《とが》った目で母親を睨《にら》みつけた。

「ほんとうにこのごろのお前は、どうかしているよ」

母親は口を尖らせたまま、奥に引っ込んだ。ひとりになると、良三はあたまのなかで弘衛の手紙を読み返した。

父親は大工の棟梁で、母親は手習いの師匠だという。

字が上手なのは、おっかさんから教わっているからだ……。

それを思うたびに、良三は自分の母親と引き比べた。

ひまさえあれば、裏庭で洗濯をしているおまつ。夏場のいまは水がぬるいから、手の荒れ方はさほどでもなかった。晩秋から真冬の間は、二六時中、霜焼けで両手が赤く腫《は》れている。あかぎれもひどく、手の甲はひび割れだらけだ。

「タヌキの油が切れそうだから、忘れずに買ってきてくださいね」

外出する亮吉への頼みごとは、こればかりである。おまつは日に何度も、手の甲にタヌキの油を塗っていた。

「女の指は白魚を五本並べたようだと言うが、おまえのはハゼだなあ」

亮吉がからかうと、おまつは本気になって膨れっ面《つら》を拵《こしら》えた。が、良三は父親の言う通りだと思っている。

あの指では、とっても手習いの師匠はできない……弘衛の母親をあたまのなかに思い描くと、決まって自分の母親に対して罰当たりなことを考えた。

おまつからきつい声で叱られるのは、なぜか弘衛の母親を思い描いているときだ。母親に尖った目を向けながらも、良三は胸のうちでおまつに詫びた。

六月九日の昼下がり。

いつものように良三は、あれこれと思いめぐらせながら店番をしていた。

「代わってあげるから、おまえは手紙のことでも好きなだけ考えていなさい」

昼飯の洗い物を終えた母親が、良三の代わりに店先に座った。

「ありがとう」

素直に礼を言ってから、良三は部屋に戻った。ひとり息子の良三には、四畳半ながらも部屋があてがわれていた。障子窓の真下には文机《ふづくえ》が置いてある。正座して机に向かった良三は、いそいそと墨をすり始めた。

弘衛に手紙を出せるのは、月に二回限りだ。次は六月十五日である。

ところがこの日の朝、良三を可愛《かわい》がってくれている飛脚の俊造《しゅんぞう》が、そっと耳打ちをした。

「良三がそうしてえなら、海辺大工町に届けてやってもいいぜ」

俊造は、大川の東側を配達の持ち場にしている。いつも手紙のことばかりを考えている良三を見て、俊造が力を貸してくれるというのだ。

「親方にも、おかみさんにも内緒だぜ」

俊造には、明日の朝に手紙を手渡す約束である。墨をすり終わった良三は、文机の引き出しから半紙を取り出した。

小筆を手にして半紙の途中まで書いたとき、はっと気づいた。

弘衛さんが返事を出せるのは、月に二回限りだ。こちらがそれを上回るほどに出したりしたら、弘衛さんは負担に思うだろう。

それに気づいて、良三は書きかけの手紙をくしゃくしゃに丸めた。紙屑籠《くずかご》に投げ入れようとして、思いとどまった。

紙屑は反故紙《ほごがみ》として、三日に一度ずつ紙屑屋に売り渡すのだ。紙を多く使う飛脚宿は、紙屑屋には上客である。

もしもこの手紙を、紙屑屋の爺《じい》さんに読まれたら。その前に、おふくろか親父《おやじ》の目にとまったら……。

耳たぶまで赤くなった良三は、半紙を細かくちぎった。それをぎゅっと握り締めて、かわやに向かった。

あいにく、母親が入っていた。待っているうちに、弘衛さんに出そうとした手紙を、まさか便壺《べんつぼ》に、と思い直した。

捨てるに捨てられなくなった良三は、ちぎった紙を握ったまま、通りを渡って海辺に出た。夏の陽が空の真ん中近くにあった。

この海を東にたどれば、弘衛さんの住む海辺大工町につながっている……。

履物を脱ぐと、良三は海に入った。遠浅の砂浜は、打ち寄せる波も穏やかだ。小波が沖へ引き返すとき、良三はちぎった半紙を海に投げた。

陽を浴びた半紙の小片が、キラキラと輝きながら海に舞い落ちた。波に乗った半紙のかけらが沖に消えるまで、良三は浜辺を離れなかった。

六

月に二度の手紙のやり取りが始まって、七カ月が過ぎた、一月二十五日。公儀は天明から寛政へと改元した。

「今日からしばらくの間は、寝る暇もなくなるぞ」

寛政元（一七八九）年一月二十五日の夜、亮吉は女房に握り飯の炊《た》き出しを言いつけた。

亮吉もおまつも、八年前の四月に安永から天明へと改元されたときの忙しさを味わっていた。

「おまえも、おまつを手伝うんだ」

父親に言われるまでもなく、良三は母親の炊事仕事を手伝った。

真冬の寒空のなかを、飛脚たちは朝の六ツ半（午前七時）から配達に出た。いつもより一刻《いっとき》（二時間）の早出をしなければ、押し寄せる書状と小荷物がさばき切れなかった。

良三は飛脚のために、朝から晩まで内湯の釜焚《かまだ》きを言いつけられた。粉雪が舞う市中は、どれほど駆け回っても身体《からだ》があたたまることはない。

「おかえんなさい。湯が沸いています」

宿に帰ってきた飛脚に、良三は威勢のいい声をかけた。

「ありがてえ。飯より酒より、いまは湯が一番だ」

飛脚たちは湯につかるたびに、良三に五、六文の小遣いを渡した。改元にともなう忙しさは、半月以上も続いた。

遠藤屋に限らず、江戸中の飛脚宿が同じような忙しさに追い立てられた。弘衛との手紙のやり取りは、他の四十九組を含めて、改元がらみの騒動が落ち着くまでは取りやめになった。

半月以上もの間、良三は明けても暮れても、内湯の釜焚きに追い立てられた。

改元というのは、飛脚宿に大騒動を引き起こすんだ……良三は十六歳の冬に、そのことを肌身に覚えた。

弘衛との手紙のやり取りができなかった代わりに、良三のふところは飛脚からもらった小遣いで大いにぬくもった。

文通の受付を飛脚宿が再開したのは、二月十八日である。良三は二貫五百文もの小遣いを手に入れていた。

寛政三年の正月で、良三は十八になった。

「今年の夏至《げし》から、おまえも遠藤屋の跡取り見習いを始めなさい」

元日の雑煮を祝いながら、亮吉は息子に言い渡した。

二十四節気のひとつである夏至は、一年で一番昼が長い日である。飛脚稼業《かぎょう》は、晴天と、昼の明るさをなによりも大事にした。

夏至は飛脚の祝い日である。十八歳になった惣領息子《そうりようむすこ》が、夏至から稼業見習いを始めることを、遠藤屋初代が決めていた。

いつかはおれも、飛脚問屋を受け継ぐことになる……二月に出した手紙で、良三はそれを弘衛に伝えた。

『良三さんから、初めての手紙をいただいたのも六月です。夏至の頃にどこかで会って、良三さんのお仕事祝いと、わたしたちの三年目のお祝いをしましょう』

弘衛から会いましょうと言われて、良三は小躍《こおど》りした。

手紙のやり取りを始めてから、今年の六月で丸三年である。月に二度の手紙を書きつつ、良三はいつも『会いたい』と伝えようと思ってきた。

が、言い出せずに時が過ぎた。

もしも弘衛にいやだと断わられたら、会えないだけではなく、手紙のやり取りまでもが途絶えかねない。それが怖くて、言い出せなかった。

ところが弘衛は、誤解のしようのない言い回しで『会いましょう』と記してきた。夏至の頃にどこかで。

どこで会いたいのか、良三は文通を始めたときから思い定めていた。深川である。

堀が無数にあって、大小さまざまに船が行き交う深川。こども時分に、手習いの師匠から聞かされた憧《あこが》れの町である。

しかも弘衛が生まれ育った町でもあるのだ。会うなら、深川以外には考えられなかった。

その思いを、良三は半紙いっぱいに書き綴《つづ》った。

『良三さんから、初めて手紙を受け取ったのは六月一日で、わたしが返事を書いたのは五日です。一と五を足した六日の四ツ（午前十時）に、永代橋《えいたいばし》東詰の橋番小屋の前で会いましょう』

弘衛からの手紙を、良三はいつも着物のたもとに忍ばせていた。何度も読み返すうちに、半紙に裂け目を作ってしまった。

「渋紙と糊《のり》をください」

近所の紙屋で買い求めたあと、良三は弘衛の手紙に裏打をした。

五月下旬に、江戸は梅雨入りをした。六月に入ると、次第に雨脚が強くなった。三日には浜辺の砂を巻き込んだ暴風が、まともに遠藤屋にぶつかった。

「あの雲の様子じゃあ、この先二、三日は荒れ模様が続くぜ」

店の土間で、飛脚たちが天気の見当を話し合っていた。

「俊造さん……」

俊造を店の隅に呼んでから、良三は天気の見当をたずねた。飛脚のなかで、俊造は一番空見に長《た》けていたからだ。

「おめえが深川に出かけるのは」

「六日です」

良三は即座に答えた。俊造は半纏《はんてん》の襟をつかんで外に出た。わずかな間でしかなかったのに、土間に戻ってきたときは半纏がずぶ濡れになっていた。

「気休めにしかならねえがよう」

「なんですか」

「目いっぱいでけえ、てるてる坊主《ぼうず》を軒先に吊《つ》るしておきねえ」

良三はカボチャほどの大きさの、てるてる坊主をふたつも拵えた。そしてひたすら晴天を祈った。

良三の願いを、軒下のてるてる坊主は聞き入れた。六月六日は、真っ赤な朝日が品川沖の水平線から昇った。

弘衛との約束は四ツである。待ちきれない良三は、六ツ半（午前七時）にさっさと朝飯をすませて宿を出た。

朝日はまだ、海と空の境目にいた。昇りくる朝日に両手を合わせてから、良三は北品川の町木戸を通り抜けた。

高輪大木戸までは、亮吉と一緒に出かけたことがあった。が、十八歳の今日まで、そこから東の町には足を踏み入れたことがなかった。海岸伝いに本芝一丁目まで歩いたあと、良三は芝橋たもとの船着場へと向かった。

ここから永代橋西詰の霊岸島《れいがんじま》新堀まで、乗合船が出ていると、俊造から教わっていた。一番船は五ツ（午前八時）の船出である。久々の上天気に恵まれたことで、船着場にはひとが群れを作っていた。

「慌《あわ》てなくても、船はでけえんだ。積み残しは出さねえから、後ろから押すんじゃねえ」

船頭の怒鳴り声を聞きながら、良三は初めて乗合船に乗船した。芝橋を出た船は、大川に向かって海を走った。

「にいさん、この船は初めてかい」

隣の職人髷《まげ》の男に問われて、良三は素直にはいと答えた。

「だったらおれが、船の周りの景色を案内してやろう」

岸辺に新しい建物が見えるたびに、男は細々《こまごま》と大名家だの商家だのの由来を聞かせた。

初めは感心して聞いていたが、途中からは億劫になった。移り変わる景色を静かに眺めながら、これから会う弘衛のことを思っていたかったからだ。

「すみませんが、もうたくさんです」

良三はきっぱりと断わった。

「なんでえ、おめえは。ひとが親切におせえてるのによう」

あからさまに舌打ちをしたが、それ以上絡《から》んではこなかった。

松、杉、樫《かし》などがうっそうと茂る浜御殿のわきを過ぎると、船の前方に橋が見えた。

大川の東西を結ぶ永代橋である。

込み合った船のなかで、良三は正座をして永代橋を見詰めた。霊岸島に着くまで、良三はその姿勢を崩さなかった。

七

文政元（一八一八）年五月一日。江戸の空は真っ青に晴れ上がっていた。降り注ぐ陽には、すでに夏を思わせる強さがあった。

弘衛は玄関わきの鉢植えに、手桶《ておけ》の水をかけていた。

「少々うかがいやすが」

背中越しに声をかけられた弘衛は、手桶を抱えたまま振り返った。挟箱を担《かつ》いだ飛脚が立っていた。

「海辺大工町は、ここいらでよござんしょうか」

「前を流れる小名木川《おなぎがわ》沿いが、海辺大工町ですが、どちらをおたずねですの？」

「手習いの師匠と、大工の棟梁《とうりょう》が住んでおられた宿なんでさ」

「それなら、わたしのところです」

弘衛の答えを聞いて、飛脚はいぶかしげな顔つきになった。

「棟梁はわたしの父ですが、ずいぶん前に亡《な》くなりました」

「道理で探しても見つからねえわけだ。するてえと、弘衛さんはおたくさんで？」

弘衛がうなずくと、飛脚は安堵《あんど》の笑みを浮かべて挟箱を肩からおろした。

「北品川の遠藤屋さんから、手紙を言付かっておりやす」

書状と引き換えに、飛脚は受取の爪印《つめいん》を求めた。弘衛は飛脚が差し出した墨を人差し指の爪につけ、受取に押した。

「ありがとうごぜえやした」

墨を股引《ももひき》のどんぶり（胸元の小袋）に仕舞うと、飛脚は挟箱を担いだ。

「少しの間、お待ちになって」

急ぎ足で宿に入った弘衛は、祝儀袋《しゅうぎ》を手にして戻ってきた。

「いただきやす」

差し出された祝儀袋も、飛脚はどんぶりに仕舞いこんだ。駆け出した飛脚の後姿に、弘衛は深くあたまを下げた。

四月二十二日の改元から今日まで、良三からきっと手紙が届くと、胸のうちで思い続けてきた。なぜそう思ったのか、自分でも分からない。

しかし、きっと届くと信じていた。届いてほしいと、願ってもいた。

その願いをかなえてくれた飛脚である。ありがたくて嬉《うれ》しくて、弘衛は思わずあたまを下げた。

いまから二十五年前の寛政五（一七九三）年十二月に、良三から短い手紙が届けられた。それ以来の便りである。

胸元に手紙を差し入れた弘衛は、手桶を片づけて座敷に戻った。

すぐにも読みたいとの思いが、胸のうちで渦巻いている。その逸《はや》る気持ちを静めようとして、弘衛は七輪に炭火を熾《おこ》した。

煎茶《せんちゃ》を一杯いただいてから……。

早く湯が沸けとばかりに、弘衛はうちわで風を送った。うちわが起こした風が、弘衛を寛政五年の五月へと連れ戻した。

あの日も弘衛は、うちわで七輪をあおいでいた。

寛政五年五月十五日の夕暮れどき。

弘衛は良三からの手紙を待ち焦《こ》がれつつ、七輪の火熾しをしていた。毎月一日と十五日には、夕暮れ前に飛脚が手紙を届けてきた。

日を追うごとに、昼間が長くなっている。が、そうは言っても間もなく暮れ六ツ（午後六時）の見当である。

小名木川沿いの道に、弘衛は何度も目を走らせた。しかし一向に飛脚が駆けてくる気配はなかった。

どうしたのかしら。良三さんに、なにかよくないことでも起きたのかしら……。

あたまに浮かんだことを、縁起でもないと打ち消した。跡形もなく消え去ってくれとばかりに、弘衛はうちわを強くあおいだ。

飛脚が駆けてきたのは、まさにそのときだった。

「お待ちかねを運んできたぜ」

すっかり顔なじみになった飛脚は、軽口と一緒に手紙を差し出した。弘衛はうちわを手にしたまま、届いたばかりの手紙を開いた。

『親父《おやじ》が急な病で寝込んでしまいました。この先しばらくは、手紙を書くことができません。勘弁してください。いまでも二年前に一緒に見た、深川の夕焼けは忘れられません』

いつもであれば、良三は半紙の端から端までを、小さな文字で埋め尽くしていた。書いても書いても、書き足りないのだろう。半紙からこぼれ出そうになった文字が、良三の思いを伝えていた。

この日届いた手紙は、半紙の真ん中にわずか五行である。手紙の短さが、良三の父親の容態のわるさを伝えていた。

間のわるいことに、五月下旬には弘衛の父親も寝込んでしまった。普請場《ふしんば》で足を滑らせて、二丈（約六メートル）の高さの足場から転がり落ちたのだ。

良三も弘衛も、ともに手紙どころではなくなった。それでも弘衛は、八月に入ると良三の父親の容態を案ずる手紙を出した。が、三通出した手紙に、返事はこなかった。

海辺大工町に初霜がおりた十一月十五日、久々に良三から手紙が届いた。飛脚から受け取ったときの弘衛は、喜びで目元が大きくゆるんでいた。

封を切ったあとは、立っていられなくなり、その場にしゃがみ込んだ。

『寛政五年十一月十三日に、父亮吉が亡くなりました。とむらいは、飛脚会所が執り行ってくれますので』

どうしていいか分からなくなった弘衛は、母親に次第を伝えた。

「お仲間がおとむらいを差配《さはい》するのであれば、ご焼香にうかがっては、かえってご迷惑でしょう。おまえは亡くなられた亮吉さんを存じ上げているわけではありませんから」

母親の判断で、弘衛は焼香に出向くのを控えた。父親の容態が日ごとにわるくなっていたのも、とむらい参列を思いとどまったわけのひとつである。

暮れも押し詰まった十二月二十日に、思いがけず良三から手紙が届いた。便りがあるなら一日と十五日だと思い込んでいた弘衛は、受け取った書状の封を切るのが怖かった。

定まった日以外の手紙には、よくないことが書かれているような気がしたからだ。

一夜、弘衛は封を切らなかった。

明日の朝、目が覚めたときに晴れていたら、手紙を読もう。雨だったら、封を切らないまま仕舞っておこう。

浅い眠りを繰り返して迎えた朝は、晴れでも雨でもなく、この年の初雪が降っていた。

散々に迷った末に、弘衛は封を切った。

『年明けから、遠藤屋の跡を継ぎます。当主がひとり者では世間体もよくないので、四十九日法要のあとで祝言《しゅうげん》を挙げます。弘衛さんもお幸せに。深川で会ってもらった日のことは、忘れません』

良三とは、手をつないだわけでもない。互いに好き合っていたかどうかも分からない。が、弘衛は涙をこらえることができなかった。泣きながら、良三の行く末の幸を念じた。

寛政六年の正月で、弘衛は十九になった。多くは手習いに通うこどもの親が堰《せき》を切ったように、方々から縁談が持ち込まれた。

良三との手紙のやり取りが失《う》せて、弘衛は胸に大きな穴があいた。見合いを勧められても、応ずる気にはなれなかった。

父親の容態がますますわるくなったことで、縁談は角を立てずに断ることができた。

「いつまでもぐずぐずしてねえで、とっとと嫁に行きねえな」

口では強気なことを言いながらも、父親は娘がそばにいることを喜んだ。

弘衛が連れ合いに選んだのは、父親の弟子だった丈太郎《じょうたろう》である。入り婿《むこ》の形で、棟梁の跡目を継ぐ話がまとまった翌日、父親は祝言を待たずに他界した。

寛政七年三月、弘衛は二十歳《はたち》で丈太郎を婿に迎えた。以来今日まで、夫婦仲は睦《むつ》まじい。母親もすでに他界しているが、ふたりの子宝にも恵まれた。

弘衛は丈太郎に隠し事をしてはいないが、良三との手紙のやり取りだけは話していなかった。受け取った手紙は一通残らず、柳行李《やなぎごうり》の底に仕舞い込んでいた。

『六月六日の八ツに、永代橋東詰橋番小屋の前で待っています。良三』

二十五年ぶりに届いた封書は、これまでに受け取ったどの手紙よりも短かいものだった。

八

文政元年六月六日、九ツ半（午後一時）。

深川の空には、真綿のような雲が幾つもちぎれて浮かんでいた。

仲町の辻《つじ》には、高さ六丈（約十八メートル）の火の見やぐらが建っている。

永代橋東詰に向かおうとしている弘衛は、やぐら下で歩みを止めた。良三が待っているという八ツまでには、まだ半刻《はんとき》（一時間）近い間があると思ったからだ。

空に浮かんだ雲が、ほどよく夏日をさえぎっている。日差しが柔らかだったので、弘衛はやぐらに寄りかかって空を見上げた。

二十七年前の今日、初めて仲町の火の見やぐらを見たときの良三と、同じ形である。

夏の陽にあたためられたやぐらの壁は、暑さよりも心地よさを弘衛に感じさせた。

あの日は楽しかった……。

弘衛は壁板に寄りかかったまま、目を閉じた。あたまのなかに、寛政三年の情景がありありと浮かんできた。

やぐらの高さに驚いた良三は、杉板の壁を強く叩《たた》いた。

「音がしっかりしているから、地震がきても倒れないよね」

心底から感心した声で弘衛に話しかけた。

「仲町のやぐらは、深川の自慢だから」

弾んだ声で応《こた》えた。

目を閉じた弘衛のあたまのなかでは、十八の良三と、十六の弘衛が話していた。

やぐらを離れたあとは、通りを隔てた正面の古着屋に向かった。彩《いろど》りに富んだ古着を見て、良三が目を見開いた。

「こんな色味の古着は、北品川のどこにも売ってないよ。深川って、凄《すご》い町だなあ」

龍《りゅう》が背中に描かれた古着を見つけたときは、良三は気を昂《たか》ぶらせて手が震えていた。

雲が切れて、強い日差しがまともに弘衛の顔をとらえた。暑さを我慢できず、弘衛は閉じていた目を開いた。眩《まぶ》しさに目がくらみ、町が白く見えた。何度もまばたきを繰り返しているうちに、目が眩しさになれてきた。商家の様子がはっきりと見えた。

息を呑《の》んだ弘衛は、腰が崩れ落ちそうになった。

良三が目を見張った古着屋は、蕎麦《そば》屋に変わっていた。隣にあった雨具屋も、いまは乾物屋になっていた。

目をやぐらの壁に移した弘衛は、右手をこぶしにして杉板の壁を叩いた。

ボコン、ボコンと鈍い音がした。

見た目には同じに見えても、あの日良三が寄りかかったやぐらと、いま建っているやぐらとはまるで別物だった。

過ぎた二十七年の間に、火の見やぐらは何度も建て替えられた。地震で崩れ落ちたこともあったし、根元を火事で焼かれもした。

辻の商家も、顔ぶれは幾つも違っている。

過ぎ去った二十七年の長さを、弘衛はやぐらに寄りかかったことで思い知った。

不意に、永代橋に向かう気が萎《な》えた。

良三さんもあたまのなかでは、きっと二十七年前のわたしの姿を思い描いている。四十三のわたしではなく、十六のわたしを……。

それに思い至った弘衛は、永代橋に向かうのが怖くなった。

橋に行くのはやめにしよう……。

身体《からだ》から力が抜けて、弘衛はやぐらの壁にもたれかかった。さきほど感じた、杉のぬくもりが失せていた。

目を閉じると、涙が湧《わ》き出てきた。

「弘衛さん……でしょう？」

出し抜けに名を呼ばれて、弘衛は身体をびくっと震わせて目を開いた。髪に白いものが交じっている男が、弘衛に笑いかけていた。

「おひさしぶりです」

良三が、やぐらの前に立っていた。

「早く着きすぎたもので、ついついやぐら下に来てしまいました」

良三は二十七年前に比べると、胴回りが五割近くも太くなっていた。が、弘衛に笑いかける笑顔も、声を弾ませて飛び跳ねるような物言いも、まるで変わっていない。

良三は上手に歳《とし》を重ねていた。

「いきなり会いたいなどと申しあげて、ご迷惑ではありませんでしたか」

「いいえ」

そう答えるのが精一杯だった。

「わたしは、見ての通りの身体つきになってしまいましたが、弘衛さんは昔のままだ。ひと目であなただと分かりました」

良三にうながされて、弘衛はやぐらの壁から身体を離した。

「永代橋まで歩きませんか」

良三が先に立ち、弘衛が続いた。歩いているうちに、弘衛は気持ちが落ち着いた。永代橋の真ん中まで歩いたときには、いつもの元気を取り戻していた。

橋の欄干《らんかん》に寄りかかり、二十七年前と同じように大川と、品川沖の空を見た。

あの日は、夕暮れどきに橋に立っていた。空は鮮やかな夕焼けで、夕陽を浴びた川面《かわも》は黄金色に輝いて見えた。

いまはまだ八ツ前である。橋からの眺めは、川面の色味も空の様子も、あの日とはまるで違っていた。

どちらがいいというものじゃない……。

弘衛は胸のうちでつぶやいた。

「あの日もいまも、どちらの眺めもいいもんですね」

弘衛が思っていたのと寸分違《たが》わぬことを、良三が口にした。弘衛の目が驚きで見開かれていた。

「弘衛さんも、同じことを思っていたんだ」

声を弾ませた良三は、この日初めてくつろいだ物言いをした。

弘衛は言葉では応えなかった。しかし潤みを帯びた両目は良三を見詰めており、湧きあがる想いを語りかけていた。

「ともに、いまの暮らしに満ち足りているからでしょうね」と、相手のこころのつぶやきを受け止めた良三は「その通りです」と、唐突な物言いで応じた。

弘衛はそんな良三に驚かず、静かにうなずき返した。そして、いま一度、身の内から湧きあがる声を聞いた。

会いに来られて、本当によかった……。

良三から目を離し、大川の彼方を見た。

まばらに浮かんでいる雲が、空の陽をさえぎろうとしている。雲間からこぼれ出た光が、仲町のやぐらを力強く照らしていた。

石場《いしば》の暮雪

一

月初めから続いていた九月の長雨が、九日の八ツ半（午後三時）過ぎになって、ようやくやんだ。分厚い雲の切れ間から、八日ぶりに光がこぼれ出た。が、陽はすでに西空の低いところへと移り始めていた。

深川古石場《ふるいしば》の裏店《うらだな》、玄助店《げんすけだな》の井戸端には、方々の軒にさえぎられて頼りない明るさになった陽が、細々と差し込んでいた。

「洗濯物がたまっちまってさあ」

左官職人の女房おかねが、両手に木綿物を抱えて井戸端に出てきた。

「どこもおんなじだよ、おかねさん」

すでに洗濯を始めていた石工の連れ合いは、あらかた洗い終わっていた。

雲が急ぎ足で空から逃げている。玄助店に届く陽光が強くなった。

「股引《ももひき》だけでも洗っとかないと、着替えがなくなっちまったからさあ」

杉のたらいに股引二枚を投げ入れたおかねは、慣れた手つきで井戸水を汲《く》み上げた。

「おみねさんは、もう天保銭を見たかい」

「まだだけど、おかねさんは」

「ゆんべ、うちのひとが持って帰ってきたんだよ。見てみるかい？」

「見たい、見たい」

おみねは洗濯の手をとめて、見せてとせがんだ。おかねは天保通宝を見せて自慢をしたかったらしい。まだ水を汲み終わってもいないのに、新しい通貨を取りに戻った。

四日前の天保六（一八三五）年九月五日から、公儀は『天保通宝』を市中に流し始めた。小判型の穴あき銭で、一枚百文の銭貨だ。

従来の銭は、一枚一文の寛永通宝である。これを細縄や紐《ひも》で九十六枚縛った『緡《さし》』が、百文で通用した。銭の重さは一枚（一文）が一匁《もんめ》（三・七五グラム）。百文緡一本だと九十六匁（三百六十グラム）にもなる。

ところが新しくできた天保通宝は、一枚わずか五・五匁（約二十一グラム）。百文緡一本に比べて、十八分の一の軽さだ。

いままで庶民がまとまった買い物をするときは、一匁が八十三文相当の銀の小粒を用いた。しかし銭と銀とは通貨の質が違うため、その都度両替するわずらわしさがあった。

天保通宝は、一文銭と同じ銭貨である。一枚で百文と額は大きいが、両替の手間はいらない。しかもつり銭を出すときでも、単純な引き算ですむのだ。

一尾三十文のサンマを買うとき、小粒銀で払おうとすると、店はいやな顔をした。銀と銭との両替相場は、毎日動く。銀一匁が銭八十三文相当とは限らないのだ。

天保通宝は、同じ銭貨である。銀の小粒に比べてつり銭は多く渡すことになるが、両替相場を気にすることはない。

銭の使い勝手をよくするための高額貨幣。

これが公儀の謳《うた》い文句だったのだが……。

「これが百文なの」

初めて天保通宝を手にしたおみねは、どこか気乗りのしない様子である。

「これと緡とがおんなじだって言われても、あたしには値打ちのなさそうな銭《おあし》にしか見えないけどねえ」

ぼろくそに言われて、自慢げに見せたおかねが白けた顔つきになった。

「うちの亭主は、出面《でづら》（日当）で七百文も稼ぐからさあ。番たび緡でもらった日には、重たくってやってらんないから」

きついやり返しをしてから、おかねはおみねの手から天保通宝を取り返した。

「なんだい、あんた」

おみねが血相を変えて詰め寄った。

「まるでうちのが、大した稼ぎをしてないみたいな言い方じゃないか」

「あらまあ、そんなふうに聞こえたかしらね」

おかねは、涼しい顔で聞き流した。軽くいなされて、おみねがさらにいきり立った。

「前から、一度言いたいと思ってたけどね。あんた、亭主の稼ぎを鼻にかけすぎだよ」

「そんなことを言われたって、出面で七百稼ぐんだもの、仕方ないじゃないか」

天保通宝を握ったまま、おかねも負けずに言い返した。

「口惜《くや》しかったら、毎日この銭《おあし》を七枚持ち帰るように、おたくの宿六にそう言いな」

たらいに股引をつけたまま、おかねは宿に入った。腰高障子戸が、ガタンと強い音を立てて閉じられた。

「なんだい、えらそうに」

井戸端にひとり残ったおみねは、おかねのたらいを蹴飛《けと》ばした。下駄《げた》とたらいがぶつかり、ボコンと鈍い音を立てた。

「あたしゃあ生涯、天保銭なんか使わないからね」

おかねの宿に向かって毒づいたが、まだ気がおさまらないらしい。自分のたらいを抱えたおみねは、宿に戻る前にもう一度おかねのたらいを蹴飛ばした。

公儀の目論見《もくろみ》とは異なり、玄助店での天保通宝は散々な滑り出しを迎えていた。

二

九月十日は、日の出から真っ青な秋空が広がった。

秋の富岡八幡宮《とみおかはちまんぐう》境内に陽が届き始めるのは、五ツ（午前八時）を過ぎたころからだ。八日も続いた雨で、玉砂利はまだたっぷりと湿り気を含んでいる。

朝日を浴びた玉砂利は、濡《ぬ》れた部分と乾いたところとがまだら模様を描いていた。

「庄助さん、おはようございます」

竹ぼうきで境内を掃除している男衆に、張りのある声で輝栄《てるえ》が朝のあいさつをした。

ひっつめ髪に、股引・半纏《はんてん》姿は、富岡八幡宮例祭で神輿《みこし》を担《かつ》ぐときの身なりに似ていた。履物は、輝栄が自分の手で拵《こしら》えた雪駄《せった》である。

境内の石畳を歩くと、雪駄の尻鉄《しりがね》がこすられて、チャリンと軽やかな音がした。

背丈は五尺三寸（約百六十一センチ）で、女としては大柄である。女神輿を担ぐと、輝栄の肩には担ぎ棒が重たくのしかかった。

「今日はまた、ずいぶん早いじゃないか」

「久しぶりに朝から晴れたから」

九月に入って、初めての晴天の朝である。庄助はほうきを手にしたまま、輝栄に向かってうなずいた。

「今年は夏がばかに暑かったし、九月に入るなり雨が続いたからねえ」

掃除の手をとめて、輝栄に近寄った。

「まだ九月十日だというのに、もうぎんなんが落ち始めている」

境内にはイチョウの木が、二十本も植わっている。輝栄のすぐわきにも、幹回り六尺（約一・八メートル）の古木が立っていた。

「いやなにおいがしないかい」

輝栄の足元には、何個ものぎんなんが落ちていた。どれも黄色く熟れた実で、雨に打たれて皮が破れていた。が、まだぎんなん特有の腐ったようなにおいは発してはいなかった。

「あたしは平気です」

庄助に笑いかけてから、輝栄は本殿につながる石段を登った。

広い境内に合わせて、石段の幅は十五間《けん》（約二十七メートル）もある。石段の両側に鎮座する狛犬《こまいぬ》には、柔らかな朝の光が差していた。

両方の狛犬にあたまを下げてから、輝栄は本殿の前に進んだ。賽銭箱《さいせんばこ》の前で股引のどんぶり（胸元の小袋）に手を差し込むと、持ち重りのする天保通宝を取り出した。

お参りの賽銭に、百文は破格の多さだ。しかし五と十の日の参詣《さんけい》に百文の賽銭を上げるのは、輝栄が決めたことである。ただしいままでは、天保通宝ではなく百文緡一本だった。いま天保通宝を投げ入れたのは、家業と深いかかわりのあるカネだからだ。

一枚を投げ入れたら、賽銭箱がゴトンッと鳴った。

輝栄は本殿に向かって、二度礼をした。そして拍手《かしわで》を二度打ってから、日々が息災であることへの御礼《おれい》を口にした。次第に高くなっている朝日が、輝栄の半纏の背を照らしている。陽を浴びた濃紺の半纏が、艶々《つやつや》と照り返った。

御礼を唱えたあと、輝栄はもう一度深々とあたまを下げた。

毎月、五と十のつく日の富岡八幡宮参詣が、輝栄の決め事である。お参りを終えた輝栄は、雪駄を鳴らして石段まで戻った。

昨日の午後遅くから、深川は晴れた。玉砂利はまだ濡れているが、石段はきれいに乾いている。

大鳥居のほうから、微風が流れてきた。庄助はぎんなんのにおいを気にしていたが、輝栄は感じなかった。いま流れてきた風にも、いやなにおいは含まれていなかった。

たとえぎんなんがにおっていたとしても、輝栄はさほど気にしなかっただろう。においについては、輝栄は他人とは違う感覚を持っていた。

履物造りには牛・馬・鹿《しか》などの皮を使う。ひとによっては皮のにおいを気にするが、輝栄はそれらの皮を積み重ねた宿で育ったのだ。生臭いとひとにいわれても、輝栄は皮のにおいをかぐと気持ちが落ち着いた。

風が、ほんのわずかに強く吹いた。

ぎんなんの実は落ちていても、イチョウはほとんど色づいてはいない。緑色の葉が二枚、風に吹かれて狛犬のあたまに舞い落ちた。

輝栄は手を伸ばして葉を取り除くと、そのまま石段に腰をおろした。

朝の光が、大鳥居を通り越して石段に届いている。風の加減で、光が揺れた。

ふっと小さな息を漏らした輝栄は、どんぶりからもう一枚の天保通宝を取り出した。深川銭座からじかに買った、真新しい銭だ。朝日を受けて、銭の縁がキラリと光った。

輝栄は大横川を南に渡った、古石場に暮らしている。父親信吉は居職《いじょく》の履物職人で、輝栄も父親と一緒に家業を手伝っていた。

輝栄が生まれたのは、文化九（一八一二）年三月十日。弥生《やよい》の陽差しが、仕事場の土間いっぱいに降り注いでいた。

「お天道《てんとう》さまがいつもこの子に降り注いで、キラキラと輝く女の子になってもらいてえ」

信吉は思いをこめて、輝栄と名づけた。

「職人の娘にしちゃあ、字がむずかし過ぎねえかい」

仲間はかな文字を勧めた。が、信吉は輝くという字にこだわり、漢字を充《あ》てた。

「名めえはでえじだ。輝栄は、字づら通りの子に育つぜ」

命名した文字を半紙に記し、信吉は富岡八幡宮に持参した。本殿に半紙を示してから、賽銭箱の前に立った。

賽銭は百文緡一本。

ドサッという音とともに、息災に育つことを輝栄は父親から祈願された。

「おめえの氏神様は、富岡八幡様だぜ」

信吉はどれほど仕事に追われていても、たとえ天気がわるくても、毎月十日には八幡宮への参詣を欠かさなかった。十日は、輝栄の誕生日と同じ日だった。

信吉の信心が届いたのか、輝栄は風邪《かぜ》で寝込むことすらなく、まことに息災に育った。

「毎年のおめえが生まれた日には、なにがあっても八幡様へのお参りをしろ」

輝栄は七歳の誕生日から、信吉の言いつけを固く守った。両親が一緒の年もあったが、十二歳の誕生日からはひとりで参詣した。

文政《ぶんせい》六（一八二三）年の正月三日、輝栄は町内の肝煎《きもいり》に呼ばれた。

「今年でおまいさんも十二歳だ」

肝煎は、黒骨の扇を輝栄の膝元《ひざもと》に置いた。

「あたし、やらせてもらえるんですか」

扇を見て、輝栄が声を弾ませた。肝煎は黙ってうなずいた。

「ありがとうございます」

肝煎の宿から、輝栄は飛び跳ねながら帰った。あいにくの雪に祟《たた》られた三が日だったが、輝栄には忘れられない正月となった。

富岡八幡宮氏子各町では、例祭で神輿の先駆け『手古舞《てこまい》』役を、町内の娘から選び出した。手古舞を務めることができるのは、十二歳から二十歳までの娘である。

突棒《つきぼう》を地べたにぶつけ、鉄輪をジャランと鳴らしながら神輿を先導する。手古舞は、深川各町の娘には憧《あこが》れの的だった。突棒を左手に持ち、右手には牡丹《ぼたん》の花を描いた黒骨の扇を持って、形よくあおいで歩く。黒骨の扇は、手古舞の象徴である。輝栄はその扇を持って、七草明けに八幡宮に出向いた。憧れの手古舞に選ばれたことへの、御礼参りである。

緡を投げ入れると、ドサッと鈍い音がした。

この年の誕生日から、輝栄はひとりでお参りを始めた。手古舞に選ばれたからには、もはやこどもではないと、強く意識してのことだ。

ひとり参りを始めたと同時に、誕生日参りには父親に倣《なら》って百文緡を賽銭した。

節目ごとの賽銭は、百文緡一本。

これが信吉と輝栄との決め事となった。

十五歳の誕生日から、輝栄は父親の仕事を手伝い始めた。

「そんなことをしたら、うちからお嫁に出られなくなっちまうよ」

母親のおちょうは、輝栄が家業を手伝うことには反対した。

「だいじょうぶよ。あたしはお婿《むこ》さんをもらって、おとっつぁんの仕事を継ぐから」

娘の言い分に、信吉は咳払《せきばら》いで応《こた》えた。

信吉は五尺七寸（約百七十三センチ）の大柄な男である。輝栄は信吉の血をひいたらしく、十六歳の正月には背丈が母親を超えた。

十七歳の正月、輝栄は髪をひっつめに結った。そして着物から股引《ももひき》・半纏に着替えた。上背《うわぜい》があり、顔の造りが小さい輝栄は、股引が見事に似合った。娘盛りになっても化粧はせず、唇に薄い紅を引くだけだ。しかし細い眉《まゆ》はきりりと黒く、瞳《ひとみ》はいつも潤《うるお》いをたたえている。笑うと両の頬にえくぼのできる輝栄を、近隣の若い衆はひそかに『大横川小町』と称《たた》えた。

十八になると、ひっきりなしに縁談が持ち込まれ始めた。多くは、八幡宮の女神輿を担ぐ輝栄を見初めての話だった。

「お婿さんになってくれるひとじゃないと、あたしはいやよ」

持ち込まれた縁談は、いずれも嫁入り話である。輝栄は釣書《つりがき》を見ようともしなかった。

輝栄が十九歳となった文政十三（一八三〇）年の十二月十日に、元号が天保と改元された。そして天保元年十二月十五日に、信吉は大きな得意先を得た。

「深川銭座で使う雪駄を、そっくりおれに任せてくれるてえんだ」

深川銭座には、請け人が三人いた。なかのひとり橋本市兵衛《いちべえ》が、信吉の拵えた雪駄の履き心地がいたく気に入った。

信吉の雪駄は、底には牛の薄い革を重ね合わせて用いた。表面に使ういぐさは、総州茂原の並品に限った。多くの履物職人は、備後沼隈《びんごぬまくま》の上物いぐさを使いたがった。いぐさに凝ると、雪駄の値が天井知らずに高くなった。

「雪駄は、履きやすさが命よ。ぜいたく品を拵える気はねえ」

橋本市兵衛は、信吉の雪駄とともに、その心意気にも惚《ほ》れ込んだ。

金座と銀座は、公儀直轄《ちょつかつ》で金貨・銀貨を鋳造した。が、銭座の運営は町民に任された。

「銭座とうちとを一緒にしていただいては迷惑だ」

金座・銀座の当主は、銭座を一段も二段も低く見下した。

「ばかを言いなさんな。ひとの暮らしを支えるのは、わしらが拵える銭だ」

市兵衛は、銭座の仕事に胸を張った。

信吉が拵える雪駄は、いわば銭である。その生き方に、市兵衛は深く共感した。そして深川銭座で使う雪駄は、信吉が請負える限りの数を任せた。

いきなり仕事が忙しくなった。

輝栄は欠かせない職人となり、信吉とふたりで雪駄造りに励んだ。

「五と十のつく日には、八幡様に御礼参りをするわ」

天保二年の正月から、輝栄が八幡宮に参詣する日が増えた。御礼参りの都度、百文緡《さし》一本を賽銭した。

仕事がおもしろくて仕方のない輝栄は、ますます縁談に気を動かさなくなった。

はっと気づくと、今年で二十四歳になっていた。

それでも当人も信吉も、行き遅れなどとは思っていない。数は大きく減ったが、いまでも縁談が持ち込まれていた。相変わらず嫁入り話ばかりで、婿入りしてもいいという相手は皆無だ。ゆえに話は一向にまとまらなかった。

ただひとつ、深川銭座から持ち込まれた話だけは、断わり切れずに釣書を手許《てもと》に残していた。

請け人橋本市兵衛の遠縁の者が、ぜひにも嫁にと、輝栄を望んでいた。

天保通宝の通用が始まり、深川銭座は一段と隆盛を見せていた。それに伴い、雪駄の注文も増えていたが……。

また一枚のイチョウの葉が、石段に座っている輝栄の膝元に舞い落ちた。狛犬のあたまに落ちた葉とは異なり、わずかに色づいている。秋は着実に深まっていた。

あたしも、縁談を本気で考える潮時なのかなあ……。

イチョウの葉を見ながら、胸のうちでひとりごとをつぶやいた。

三

晴れたのは、九月十二日の昼までだった。

八ツ（午後二時）を過ぎると、いきなり空に雲がかぶさった。町が暗くなると同時に、強い雨がきた。幸い野分《のわき》の襲来ではなく、風は強くはない。

しかし朝の上天気につられて、多くの職人は仕事場に雨具を持参していなかった。

「勘弁してくんねえな」

普請《ふしん》仕事のさなかに降り込められた職人たちは、口を尖《とが》らせて道具を仕舞った。

「ちょうど傘が駄目になっていたところだ。おれは一本、番傘を新調するからよう」

玄助店《だな》に帰る途中の石工佐助は、普請場近くの小網町《こあみちょう》の雨具屋に飛び込んだ。股引のどんぶりには、小粒が七粒入っていた。女房のおみねに、遠州行灯《あんどん》一張りを買ってきてほしいと言付《ことづ》かったカネである。

いきなりの雨で、雨具屋にはひとが溢《あふ》れていた。

壁には茶色・黒・紅色の、上物の蛇の目傘が開いて掛けられていた。見た目にもきれいだが、一本が三百文である。店賃の半分近くに相当する蛇の目傘は、裏店暮らしの職人には無用である。

「番傘はどこにあるんでえ」

問われた手代《てだい》は、面倒くさそうに店の隅を指差した。茶色の番傘は、竹籠《たけかご》に無造作に入れられていた。日本橋大通りが近い場所柄ゆえか、番傘よりは蛇の目傘のほうが売れ行きがいいらしい。安物の番傘を欲しがる客には、手代は寄ってくることもしなかった。

竹籠に入った番傘一本を手にした佐助は、客の相手をしている手代に話しかけた。

「これは一本幾らなんでえ」

「いまこちら様のお相手をいたしております。少々お待ちください」

手代はていねいながら、愛想のない口調で応じた。

「値段を言うぐれえ、どうてえことはねえだろうが」

佐助が声を荒らげた。

「教えておあげなさい」

客に言われた手代は、籠のなかの番傘ならどれでも一本百二十文だと答えた。

「だったら一本もらうぜ」

佐助は傘を手にして勘定場へと向かった。先客の三人は、いずれも蛇の目傘を手にしていた。

「毎度ごひいきをたまわりまして、ありがとう存じます」

並んでいた客のうち、ふたりはこの雨具屋の得意客だった。勘定は節季払いというこ

とで、支払いもせずに店を出た。

三人目の客は、紙入れから天保通宝三枚で支払いを済ませた。

「ありがとう存じます」

三枚の百文銭を銭函《ぜにばこ》に仕舞いながら、手代は愛想のいい礼を口にした。

「お待ちどおさまでした」

佐助が手にした番傘を見るなり、手代の物言いの調子が下がった。

「百二十文でございます」

言われるなり、佐助はどんぶりから取り出した小粒二粒を勘定台に載せた。

「百文銭のお持ち合わせは、ございませんので？」

しつけの行き届いた手代は、顔をしかめたりはしなかった。が、小粒の受取りを迷惑

がっているのは、物言いからも伝わってきた。

「小粒じゃあ駄目だてえのか」

「そんなことはございません」

手代はわざとらしく算盤《そろばん》を弾《はじ》き、小粒二匁《もんめ》が百六十六文だと佐助に伝えた。

「四十六文のお返しでございます。ありがとう存じます」

早く店から出ろと言わんばかりに、強い調子で礼を言った。

なにが百文銭でえ。糞《くそ》でもくらいやがれ。

佐助とおみねは、夫婦で天保通宝を嫌っていた。

四

屋根を打つ雨音が強くなったが、原稿書きに没頭している一清《いっせい》は気づかなかった。

大横川黒船橋たもと、新兵衛店《しんべえだな》が一清の宿である。一坪の土間と、四畳半に板の間という、深川のどこにでもある裏店の間取りだ。他所《よそ》と大きく違うのは、一清の部屋は南向きの角部屋で、小さな窓が二カ所に構えられていることだ。

窓には雨戸がついているが、明り取りのために一清はほとんど閉めたことがない。その窓から強い雨が飛び込んできて、一清はやっと気づいた。

「大変だ」

口の重たい一清が、口に出して慌《あわ》てた。

吹き降りになった雨が窓から飛び込み、畳に置いた半紙を濡《ぬ》らしていたからだ。

原稿を書くのは反故紙《ほごがみ》で、半紙は清書に用いる大事な紙だ。百枚綴《つづ》りで三百文もする。その半紙が、雨でびしょ濡れになっている。一清が口に出して慌てたのは無理もなかった。

背丈は五尺八寸（約百七十六センチ）もある一清だが、目方は十四貫（約五十三キロ）しかない。

絵草子作者になろうと決めている一清は、日の出から日没までの大半を原稿書きに使っている。とはいえ、版元からの注文があるわけではなかった。

ひたすら物語を書き、日本橋、神田佐久間町、両国橋西詰などの版元に持ち込むのだ。

「文は読みやすいが、もうちょっとなんというか……濡れ場を書いてもらわないと、貸本屋は買わないよ」

「武張った豪傑がどうこうは、決してわるいわけじゃないよ。だけどもさあ、あたまから尻尾《しっぽ》まで、剣豪しか出てこないんじゃあ、読んでるうちに肩が凝るから」

版元の手代の言い分は、判で押したように同じだった。

文も話もわるくないが、男しか出てこないままでは、貸本屋が買わない。

こう言われて、原稿を突き返された。それでも新作を書くたびに、手代はいやな顔をせずに一清の原稿を読んだ。それだけ筆力があるというあかしだろう。方々から原稿を持ち込まれる版元の手代は、一度でもつまらない原稿を出すと、二度と会おうとはしなかった。

一清がいま書き進めているのは『剣豪宮本武蔵《むさし》』である。話は半分以上も書き進んでいた。剣術試合は幾つも出てくるが、女がらみの話は、一行も書いていなかった。

しかし一清は、武蔵の話で真っ向勝負をしたいのだ。雨にも気づかず夢中になって書いていたのは、道場での立合い場面である。武蔵に木刀を振らせると、書いている一清の息が上がった。それほどに、作中の武蔵に一清は思い入れていた。うまく立合い場面を描こうとして、息を詰めて書いていたとき、雨が吹き込んできた。

日本橋の江木屋に武蔵を届けるのは、九月十五日の約束だった。今日、明日のうちに原稿を仕上げないと、清書が間に合わなくなる。

濡れた半紙は、乾かしても清書には使えない。染《し》みになるし、墨がにじむからだ。

三百文はつらい……。

ふうっとため息を漏らして、文机《ふづくえ》を見た。書くのに夢中で気づかなかったが、下書き用の墨がほとんどなくなっていた。

清書の墨はまだ長いが、もったいなくて使えない。机の周りを手早く片づけて、一清は外出《そとで》の支度を始めた。下書き用の墨を買い求めるためである。強い雨降りだが、今日はまだ一歩も外に出ていなかった。気分も変わるとおのれに言い聞かせて、土間におりた。

雨降り用の高下駄《たかげた》は、鼻緒が切れていた。二足ある杉下駄は、どれも歯がほとんどない。これを履くと、地べたに鼻緒をすげたような格好になる。

残っているのは、十一年前、一清が二十歳を迎えた祝いに、まだ存命だった父親が買ってくれた雪駄とわらじだ。大事に履いているが、鼻緒の手入れは一度もしたことがない。いぐさも方々が擦り切れていた。

鼻緒の切れた、高下駄。

歯のすり減った、杉下駄。

手入れのされていない、雪駄。

茶色に色変わりした、わらじ。

一清は、雪駄の鼻緒に足を通した。

出かける先は、古石場の日立屋である。雨のなかを歩いたとしても、たかだか三町（約三百三十メートル）のことだ。足元が濡れても、大したことではなかった。

番傘を手にして歩きながらも、一清のあたまのなかでは武蔵が動き回っている。古石場の町内に差しかかったときは、武蔵が次に立ち合う、架空の敵役《かたきやく》に思いを馳《は》せていた。

「名前は森田権之助《ごんのすけ》だ」

妙案を思いついた一清は、つい足取りを急がせた。左足が、右足の雪駄の尻《しり》を踏んだ。

前につんのめった一清は、転がるまいとして強く踏ん張った。右足に力が加わり、ブチッといやな音を立てて鼻緒が切れた。

一清にとって間がよかったのは、鼻緒が切れたのが、履物屋の正面だったことだ。歩くに歩けなくなった一清は、仕方なく見ず知らずの仕事場に入った。

看板が出ていたわけではないが、仕事場の様子は往来からも見てとれた。しかも皮のにおいは、通りにまで漂い出ていた。

「ごめんください」

一清の声で、若い女が土間まで出てきた。

「雪駄の鼻緒が切れたんですが、こちらで直していただけますか」

生来の口下手《くちべた》に加えて、一清は年若い女性と口をきくのは大の苦手である。ひっつめ髪に水玉の鉢巻を巻いた輝栄を見て、一清はやっとの思いで用向きを伝えた。

「大変だったわね」

女の物言いは明るいが、一清の難儀を気遣う情にあふれていた。

「そこの腰掛に座っていいですから、雪駄を脱いでくださいな」

言われるままに腰をおろした一清は、鼻緒の切れた右足の雪駄を差し出した。

「かたっぽだけじゃあ分からないわよ。左足も見せて」

あたかも友達同士のような物言いをされて、一清は戸惑った。女性からこのような話し方をされたことがなかったからだ。

「なんで左足もいるんですか」

「履き物は一足揃って、初めて一人前です」

履き物ひと筋を貫いてきた職人を感じさせる、きっぱりとした物言いが返ってきた。

これを聞いた刹那、強烈な衝撃が一清の全身を貫いた。

左右揃ってこそ、一足。

違う言い方だったが、武蔵の物語には女が欠けていると指摘した、版元と同じ指摘だと、一清は思い知った。

相手への敬いを手に込めて、左足の履き物を差し出した。

五

十月十五日の八ツ（午後二時）下がり。一清は小網町から日本橋に向かって歩いていた。

御城《おしろ》につながる堀の両岸には、柳とイチョウが並木になって植わっている。空は高く、わずかに西空へと移り始めた陽が、柳とイチョウの葉に降り注いでいた。

風はなく、柳の枝はだらりと垂れたままだ。日を追って秋が深くなっており、イチョウの葉の一部は黄色に色づいていた。

一清は柳のわきで立ち止まり、秋の陽を照り返す堀の水面《みなも》を見た。低い空から二羽の都鳥が、羽を並べて堀に舞い降りた。

一羽が、小魚をくわえた。残りの一羽はなにもくわえず、相手に従って空に舞い上がって行く。あたかも、連れが獲物を口にしたのを喜んでいるかのようだ。

あれは、つがいの都鳥かもしれない。

いままでの一清は、ひとを見ても鳥を見ても、つがいだの夫婦だのとは考えたこともなかった。

雨の日に古石場で雪駄の鼻緒をすげてもらってから、一清はものの見方が変わった。

日の高い間、ひたすら原稿を書くことは同じである。が、筆を進める途中、われ知らずに雪駄を修理してくれた女職人を思った。

女のひとを思うなど、かつて一度もなかった。しかも、名前も知らない相手である。

どうしていいか分からず、一清は戸惑いながら原稿書きに戻った。反故紙の何枚かに下書きするうち、筆が止まった。

そして、女職人を思った。

江木屋に提出すると約定した日が、目前に迫っていた。気が急《せ》くのに、筆はうまく運ばない。おのれに困惑した一清は、思案を重ねた末に一計を思いついた。

武蔵の相手に、履物職人の女をからめる。そして、湧《わ》き上がる思いのたけを筆に託してみる。

そう決めて書き始めると、驚くほどに筆が進み出した。すでに仕上げてあった原稿を読み返し、一清は女職人を加えて物語の筋立てを変えた。

江木屋の手代には、毎度のように艶《つや》っぽい描写をしろと言われ続けてきた。仕上がった原稿に、艶があるか否《いな》かは判断がつかなかった。しかし、思いは筆で吐き出した。

いま向かっているのは、その武蔵の原稿を預けてある江木屋だ。

二羽の都鳥が御城に向かって飛び去ったのを見届けて、一清は堀を離れた。

日本橋室町《むろまち》の版元江木屋をおとずれると、手代の芳太郎《よしたろう》は土間におりて一清を出迎えた。

「いやはや、驚きました」

手代の物言いが弾んでおり、顔には笑みを浮かべている。芳太郎は驚いたと言うが、一清のほうがもっと驚いた。

江木屋に出入りを始めて、二年が過ぎようとしている。その間、ほぼ二カ月に一度の割合で原稿を差し出してきた。

二年通って芳太郎の笑顔を見たのは、この日が初めてだった。

「おあがんなさい。旦那《だんな》様がお待ちです」

風呂敷《ふろしき》を提げた、一清の手が震えた。

江木屋のあるじは、名を隆之助《りゅうのすけ》という。読物の目利《めき》きでは、江戸の版元三十七軒のなかでも、図抜けていると評判が高い男だ。

過ぎる二年のなかで一清は一度だけ、店で隆之助の姿を見かけた。

今年の八月上旬、店の隅で芳太郎から原稿の出来栄《できば》えを聞かされていたとき、白薩摩《しろさつま》を着こなした隆之助がわきを通りかかった。月代《さかやき》のない総髪で、見事な白髪。五尺七寸（約百七十三センチ）、目方十七貫（約六十四キロ）の偉丈夫である。

隆之助が通りかかったとき、芳太郎と一清は文机を挟んで向かい合っていた。机に載っていたのは、一清が二カ月かけて書き上げた武芸物の短編である。

「よく精進してくださいよ」

通り過ぎるとき、隆之助は一清に声をかけた。二年通って初めてあるじを見た一清は、返事もできずにあたまを下げた。

「旦那様は、来年で還暦をお迎えになるが、あたしなんかよりも、はるかにお達者だ」

芳太郎が口にした通り、見た目は五十路《いそじ》の手前と言っても通りそうだった。

「旦那様に読んでいただける話を、早く書いてくださいよ」

店を出るとき、戸口で芳太郎がつぶやいた。

このときまで、一清は都合七作の短編を芳太郎に差し出していた。いずれも武芸物である。仕上がりには自信があったが、どれも芳太郎の眼鏡にはかなわなかった。

手代さんだけではなしに、ご主人にも読んでもらいたい。

とりわけ八月に出した原稿のときには、それを強く思った。

「どうして芳太郎さんは、わたしの書いたものをご主人にも渡してくれないんですか」

八月上旬のあの日、一清は自分でも思いがけないことを口にした。筋の展開には、いままでのなかで一番の手ごたえを感じていた。それをまた突き返されたことで、胸のうちの不満が弾《はじ》けたのだ。

それに加えて、初めて隆之助を見たことで、気持ちが大きく昂《たか》ぶっていた。

よく精進してくださいよと、声をかけてくれたご主人なら、きっと原稿のおもしろさを分かってくれる……。

一清はそう確信していた。それゆえに、初めて芳太郎に不満を言ったのだ。

「心得違《こころえちが》いをしないでもらいたい」

芳太郎は、それまで一度も見せなかった、きつい目で一清を見据えた。

「あんたが書いたものを旦那様に見せないのは、あたしがあんたの味方だからだ」

思ってもみなかったことを言われて、一清は面食らった。

「もしも旦那様に見せて、それで駄目を出されたら、あんたは二度とうちの敷居をまたげなくなる。そうならないように、あたしが関所代わりに踏ん張っているんだよ」

旦那様に原稿を読んでもらうときは、あたしもそれなりの肚《はら》の括《くく》り方をする……。

芳太郎の物言いも目つきも厳しかった。が、一清は初めて、手代を心底から信頼した。

隆之助に読んでもらえる原稿を仕上げる。

それをこころに期して、原稿を書き続けた。今回提出した武蔵の話には、初めて女が加わっていた。しかしそれは、物語を艶っぽくするためではなかった。

身体《からだ》の芯《しん》から湧き上がる思いを、筆に託しただけである。ゆえに仕上がりがいいか否かは、いつになくおのれで判断がつかなかった。

それなのに……。

「二年の間、よく辛抱して書き続けてくれましたなあ」

あるじの居室に向かう芳太郎は、何度も振り返って同じ言葉を口にした。

廊下を歩く一清は気持ちがふわふわして、足の裏の感覚が失《う》せていた。

六

十月十五日の七ツ（午後四時）過ぎ。

一清は何度も立ち止まりながら、日本橋から永代橋《えいたいばし》まで歩いた。橋の真ん中には、小さな踊り場が拵《こしら》えられている。欄干《らんかん》に寄りかかり、佃島《つくだじま》の夕景に目を向けた。

空の高いところには、まだ青味が残っている。しかし御城のある西空の根元は、すでに夕焼けが始まっていた。空にはいわし雲が、好き勝手に浮かんでいる。沈み始めた秋の陽が、低いところから雲を照らしていた。方々に飛び散っている白い雲を、夕陽が放つあかね色の光がまだら模様に染めている。

秋が深くなれば、毎日でも見ることができる夕景である。深川生まれの一清には、何十年も見続けてきた眺めだ。

しかし十月十五日に、一清は初めて見る思いで夕空を眺めた。

あのひとも、この空を見ているだろうか。

なにを見ても、古石場の女職人を思ってしまう。

あのひと。あのひと……。

名前が分からないのが、もどかしい。

おはなでも、おすみでも、おあきでも、なんでもいい。胸のうちで名前が呼べれば、思いを好きなだけ募らせることができる。

江木屋のご主人に言われた通りだ。

あのひとでは、いまひとつ気持ちの昂ぶりに欠けると、一清は強く感じた。

夕陽がさらに沈んでいる。雲を染める色味が、一段と濃くなっていた。日本橋の堀とは比べ物にならないほど、多くの都鳥が大川の川面《かわも》を飛び交っている。

白い翼が夕陽を浴びて、キラキラと輝いた。

おてるさんがいい。

沈み行く陽に映える雲と、都鳥の翼を見て、一清は、不意に名前を思いついた。が、すぐに余りにも安易な名づけだと思い直した。会ったのはただの一度で、それも雨降りの日だ。仕事場には薄暗い光しか届いておらず、台の隅には小さな行灯《あんどん》が載っていた。

一清は永代橋の真ん中で目を閉じた。そしてあたまのなかで、雪駄《せった》の鼻緒をすげていたときの顔を思い返した。

あのひとの横顔を、行灯の明かりが照らした。黒い眉《まゆ》が光を浴びて際立《きわだ》っていたし、雪駄を見詰める瞳は、潤《うるお》いに満ちていた。

思い出した瞳も、横顔も、行灯の明かりに映えていた。

やはり、おてるさんがいい。

二度目に名づけたときには、一清にはもう迷いはなかった。

武蔵とおてる。

声に出して名前を呼んだ。わるい語呂ではなさそうに思えた。

「武蔵が女履物職人に懸想《けそう》するとは、おもしろい思いつきだ。なかでも、数ある生業《なりわい》のなかから履物職人に目をつけたのは、まことに秀逸です」

隆之助は、武蔵が思いを寄せる相手が職人だというくだりを、大いに誉《ほ》めた。が、そのあとには厳しい批判が待ち受けていた。

「武蔵ほどの武芸者が、ここまで一途《いちず》に女を想《おも》うというのは、いささか得心《とくしん》がいかない。なによりわるいのは、職人が武蔵をどう想っているのか、その気持ちがまったく描かれていないことだ」

天下無敵の武芸者が、女職人に岡惚《おかぼ》れしているような滑稽《こっけい》な形だと、隆之助は辛口で評した。

「職人に名前がないのも、読んでいてつらい。武蔵といえば、お通《つう》だ。せっかく女履物職人を生み出したのなら、お通に負けない名づけをしなさい」

女職人が武蔵をどう想っているのか。

その職人の名前は。

このふたつをしっかりと描けば、貸本読者には大受けするだろう……この評価で、隆之助は話を締めくくった。

「急ぐことはない。来年の新春早々に、書き直したものを読ませてもらおう」

出来栄え次第では、二月の新刊貸本のひとつにすると、隆之助は請合った。

「旦那様はからいことをおっしゃったが、武蔵が抱いた切ない思いは、しっかりと伝わってくると、大層に誉めておられた」

店の戸口まで見送りに出た芳太郎は、別れ際に一清を励ました。

「お通さんに負けないような、艶のある名づけを頼みます」

一清が通りに出たとき、芳太郎は深々とあたまを下げた。あたかも一清が、江木屋の大事な戯作者《げさくしゃ》であるかのような振舞いだった。

一清は面映《おもはゆ》い思いを抱いて、日本橋の大通りを歩いた。

永代橋から宿に帰る道々、一清は何度もおてるの名を口にした。しっかりと名づけたつもりだったのに、仲町の辻《つじ》に差しかかったときには迷いが生じていた。果たしておてるは、お通に負けない名前なのか。ひとたび迷い始めると、とめどがなくなった。さりとて、別の名が浮かぶわけでもない。

散々に迷ったが、宿の腰高障子戸に手をかけたとき、妙案が浮かんだ。

おてるさんに会って、名前を教えてもらう。

素性を名乗り、名前を聞きたいわけも話す。

ついでに、想いも伝えよう。

なによりの妙案に思えた一清は、生まれて初めて鼻歌交じりに宿の障子戸を開いた。

長屋の路地では、隣家の女房が七輪の火《ひ》熾《おこ》しをしていた。

「いやだよ、せっかくの天気が崩れちまう」

女房は、目を丸くして一清を見ていた。

七

十一月も中旬に入ると、江戸は急ぎ足で寒さを募らせた。夏がいつまでも暑かった分、秋は短くて冬が早そうだ。

天保六年も、残り少なくなっている。季節はしっかりと、帳尻合《ちょうじりあ》わせを始めていた。

「酉《とり》の市が始まると冬は近いというが、ほんとうにその通りになってきた」

竹ぼうきを手にした庄助が、輝栄のそばに寄ってきた。

「輝栄さんは、今夜くるのかい？」

輝栄は首を振った。

いつも通りのひっつめ髪で、股引《ももひき》・半纏《はんてん》姿である。日に日に、朝の冷え込みがきつくなっていたが、輝栄は素足に雪駄を突っかけていた。

「それじゃあ今年は、二十五日か」

輝栄はうなずいたものの、目は参道両側に並んだ熊手《くまで》売りの屋台を見ている。身なりは同じだが、輝栄の様子は明らかにいつもとは違っていた。

庄助は察しのいい男だ。今朝は話をしたがっていないと判じたあとは、掃除をしながら輝栄から離れた。

十一月十三日は、二の酉である。まだ朝の五ツ半（午前九時）だというのに、富岡八幡宮の境内では香具師《やし》が熊手の飾りつけを始めていた。

輝栄が定まらない目を向けているのは、熊手売りの屋台だ。毎年熊手を求めるのは、参道なかほどの店、菱沼《ひしぬま》である。

ここの職人が拵える、おかめの熊手が輝栄のお気に入りだ。

菱沼さんとお付き合いを始めて……。

輝栄は指折り数えた。右手を閉じて、すっかり開いた。

もう十年になると分かり、輝栄は小さな吐息を漏らした。

文政八（一八二五）年。十四歳の酉の市で、輝栄は初めて菱沼から熊手を買った。

この年の八月、辰巳《たつみ》（東南）の空にほうき星（彗星《すいせい》）があらわれた。長い尾を引いて空を流れ走るほうき星は、美しくもあり、また不気味でもあった。

「わるいことが起きなきゃあいいが……」

父親の信吉は、辰巳の空を見詰めて眉間《みけん》にしわを寄せた。信吉一家に格別の災難はふりかからなかったが、十月には時季外れの暴風が吹き荒れた。荒天は三日も続いた。

「水がめが、からになってる」

暴風が吹き始めてから三日目の朝。輝栄は乾いたひしゃくを手にしていた。

深川は海を埋め立てた町だ。井戸を掘っても、塩水しか出ない。煮炊《にた》きに使う飲料水は、水売りから買った。ところが暴風が三日も続いたことで、水売りが町に顔を出せなくなった。

三人家族の輝栄の家では、一荷《か》（約四十六リットル）入りの水がめを使っていた。親子三人の暮らしなら、始末すれば一荷の水で二日は過ごせた。が、三日目には水がめがからになった。

町内に井戸は幾つもあるが、洗い物にしか使えない。輝栄一家に限らず、深川中の家が飲料水に飢《かつ》えた。

風はひどいが、雨はさほどに降ってはいない。信吉は大きな鍋《なべ》を裏庭に出して、雨水を受けた。半日かかって、鍋が一杯になった。

「雨水をそのまま呑《の》んじゃあいけねえ」

父親にきつく言われたが、湯冷ましを作るには火熾しから始めなければならない。渇きに責められた輝栄は、湯呑み一杯の雨水を飲み干した。

たちまち、ひどい下痢が始まった。

「おとっつぁん、ごめんなさい」

泣きながら、輝栄は夜通しかわやに駆け込んだ。

よほどにわるいものが、雨水に紛れ込んでいたらしい。十四歳と年若い輝栄なのに、すっかり下痢が治ったのは十一月に入ってのことだった。

「おめえの験《げん》直しだ」

一の酉の夜。信吉はおちょう、輝栄を連れて、富岡八幡宮の酉の市に出かけた。

「おめえが好きな熊手を選びな」

綿入れを重ね着した輝栄は、人ごみに押されてよろけた。その身体《からだ》を受け止めてくれたのが、菱沼の若い衆だった。

「おにいちゃん、ありがとう」

礼を言ったあと、輝栄の目がおかめの熊手に釘付《くぎづ》けになった。

太い青竹の先に、小ぶりのザルがついていた。ザルのなかには、おかめが収まっている。他の熊手のような飾りはなにもなく、笑顔のおかめとザルだけの拵えである。

「あれが欲しい」

輝栄は他の熊手には目もくれず、おかめをほしがった。

「おめえさんは、大した目利《めき》きだぜ」

おかめの熊手は、輝栄を受け止めた菱沼の跡取り息子が拵えたものだった。

「そんなわけがあったのか」

輝栄の験直しだと分かった息子は、三百文の熊手を半値にまけた。

「ありがとよ」

信吉は跡取り息子に礼を言ったあと、百文緡《さし》三本を差し出した。百五十文の払いと、百五十文の祝儀《しゅうぎ》である。

西の市の熊手を買うときは、言い値では買わずに値切る。そしてまけさせた分を、祝儀として手渡すのが作法だ。

三百文を受け取った跡取り息子は、菱沼の職人たちを呼び集めた。

「いただきやした。目一杯の景気をつけさせていただきやす」

信吉たち三人を真ん中に挟み、菱沼の全員が三本締めで景気づけをした。

おかめの熊手が効いたのか、輝栄は風邪ひとつひかずにその年の冬を乗り切った。

以来、去年までの毎年、輝栄は菱沼から熊手を買い求めていた。

天保六年は日のめぐり合わせから、三の酉まであった。十三日の今日は、二の酉である。菱沼は輝栄のために、おかめを別誂《べつあつら》えしている。二の酉には仕上がっているが、輝栄は今日にしようか、三の酉にしようかと迷った。

迷いのわけは、一清だった。

十月十七日に出し抜けに顔を出した一清は、顔を赤らめながら一通の書状を差し出した。そして逃げるようにして、仕事場から出て行った。

輝栄は一清を見るなり、雨の日に雪駄の鼻緒をすげ直してやった男だと分かった。

『わたしは黒船橋たもとの新兵衛店《だな》に暮らす、一清と申します。物書きを生業《なりわい》としていますが、まだ戯作は一作も売れていません』

気取った言い回しのない読みやすい文章で、一清は暮らし向きのあらましを記していた。読み進むうちに、輝栄の顔色が変わった。

『いま、宮本武蔵の話を書いています。作中、武蔵が懸想する架空の女を生み出しました。女履物職人で、あなたを思い描きつつ書いています』

つきましては、なにとぞあなたの名前を教えてください。明日また、仕事場にうかがいますので。

文《ふみ》は唐突に終わっていた。

翌日、一清は同じころに顔を出した。

「わたしは輝栄といいます」

「えっ……」

一清は絶句したまま、仕事場から飛び出した。呆気《あっけ》にとられた輝栄は、しばらく仕事が手につかなかった。

が、一清に対して、いやな気は抱かなかったし、なぜか次の日もまた顔を出すような気がした。

輝栄の予感は図星だった。

「今日から毎日、文を届けさせてください」

それだけを言い残して、一清は急ぎ足で出て行った。履いているのは、輝栄が鼻緒をすげ直した雪駄である。

底が大きく磨《す》り減っており、駆けるとパタパタと無粋《ぶすい》な音がした。

雪駄は尻鉄《しりがね》の軽やかな『チャリン』という音が命である。いつか修理してあげなくてはと思いつつ、輝栄は届けられた書状を開いた。

『あなたを想《おも》いながら、武蔵の話を書いています。十月十九日　一清』

拍子抜けするほど、短い文だった。

一清は口にしたことを守る男だと、数日のうちに輝栄はしっかりと呑み込んだ。

毎日届けさせてくださいは、言葉通り、まさに毎日だった。晴れても降っても、風が強くても、一清は文を届けてきた。書いてあるのは、判で押したように同じだ。

『あなたを想いながら、武蔵の話を書いています』

違うのは、末尾に書かれた日付だけだ。

「あいつあ、とことん変わり者だぜ」

十月晦日《みそか》に信吉が漏らした言葉には、一清を憎からず思う響きが感ぜられた。

一清を呼び止めて、雪駄を修理したいと思うのだが、文を置くなり駆け出して行く。

「そのうち底が磨り減って、走れなくなるだろうよ」

　信吉が苦笑いした。

　十一月五日には、一清の履物が下駄《げた》に変わった。地べたを叩《たた》く音から、安い杉下駄だと察せられた。

　一清さんが頼んでくるまで、雪駄のことを言うのはよしにしよう……。

　輝栄も意地になり、自分から話しかけることはしなかった。

　文を届けるだけで、顔もろくに見ようとはしない一清に、不満を覚えることもある。

　雪駄の話を自分からはしないと決めたのも、胸のうちに感じた不満ゆえの意地だ。

　毎日の文は、一言一句、同じだ。しかし、文字は日ごとに違っていた。勢いのよい日もあれば、字面《じづら》が哀愁を感じさせる日もある。

　同じことを書きつつも、一清は日ごとに新たな気持ちで筆を手にしている……文字を見比べて、輝栄はそれを感じた。

　同じことしか書いていないが、短い文章には一清の思いが凝縮されていた。

　不器用で、誠実なひと。

　それを強く感じつつも、なにも言わずに帰る一清に、輝栄はぜいたくな不満を覚えたりもした……。

十一月十日の昼過ぎ、深川銭座の納めから帰ってきた信吉が、困惑顔になっていた。父親の顔つきを見て、輝栄はなにがあったかを察した。

「橋本様から、きつく言われたんでしょう」

信吉は、渋い顔でうなずいた。

深川銭座は、一番の得意先である。銭座の請け人橋本市兵衛から、遠縁の者との縁談話を持ち込まれていた。むげに断わることもできず、釣書《つりがき》も受け取っている。が、輝栄には見合いをする気はなく、返事をしないまま日が過ぎていた。

「十二月早々には、ぜひにも一度、見合いの席に応じてもらいたい」

橋本から強く言われた信吉は、断わることもできずに話を受けていた。

「おまえの好きにすればいい」

信吉は、銭座の話を断わってもいいと言う。輝栄も断わりたかった。が、信吉をひいきにしてくれる請け人から持ち込まれた話である。

見合いもせずに断わるのは、気性のはっきりした輝栄でもはばかられた。

どうすればいいのかしら。

考えあぐねて、輝栄は石段に腰をおろしていた。

菱沼の屋台が開いていたら、おかめに験直しをしてもらうつもりだった。股引のどんぶりには、天保銭四枚が入っている。過ぎる十年のなかで、熊手は百文高くなっていた。

菱沼の屋台にはだれもいない。跡取り息子が顔を出すのは、日暮れ近くだろう。三の酉までに、どうするか考えよう。

立ち上がった輝栄は、雪駄を鳴らして石段を下りた。すれ違った参詣《さんけい》客が、尻鉄の音を聞いて目を見開いた。

八

輝栄の見合いは、十二月十日と決まった。昼の八ツに仲町の老舗《しにせ》料亭江戸屋でと、橋本が手配りをした。

一清にはなにも話していなかったが、見合いの四日前、十二月六日に様子が変わった。

「お手数をかけますが、これを修繕していただけませんか」

一清は、履き古した雪駄を持参していた。

十月十七日から二カ月近く過ぎたとき、一清と輝栄は初めて腰を落ち着けて話を始めた。

「毎日、文をありがとうございます」

「こちらこそ、読んでいただけて嬉《うれ》しいです」

ぎこちなく応《こた》える一清を、輝栄は真正面から見詰めた。

「あなたにうかがいたいことがあります」

「なんでしょう」

一清は、うろたえ気味だ。

「わたしの名前が輝栄だと分かったとき、どうしてあなたは逃げるようにして出て行ったんですか」

一清は返事をする前に、喉《のど》を鳴らして生唾《なまつば》を呑み込んだ。

「わたしが思いついた名前は、おてるです」

「えっ……」

「分かります。わたしもそうでしたから」

言葉に詰まった輝栄に、一清は真顔で答えた。その言い方がおかしくて、輝栄は噴出《ふきだ》した。一清も目元をゆるめようとした。が、気が張っている一清は、笑おうとしても顔がこわばったままである。

傍目《はため》には、怒っているようだ。しかし輝栄は、一清の笑いたいという思いを汲《く》み取ることができた。

「この雪駄は、修繕できますか」

一清が、おずおずとした口調で問いかけた。

「まかせてください」

輝栄は、雪駄を見もせずに請合った。どれほど傷《いた》んでいても、新品同様に修繕できるとの自負があったからだ。

「それでは、よろしくお願いします」

あたまを下げた一清は、いつものように文を手渡して帰って行った。

輝栄は預かった雪駄をわきに置き、文の封を開いた。

『あなたと挙げる祝言《しゅうげん》を、毎日思い描いています。一清』

銭座との見合いの日取りを決めたとき。

輝栄は、自分がいかに一清を想《おも》っているかを知った。

今日、一清が文のなかで告げた言葉を、どれほど待ち焦《こ》がれていたことか。

短い手紙の一文字一文字が、輝栄の胸の奥底に染《し》み透《とお》った。

何度も何度も読み返した手紙を、輝栄は折り畳んで股引《ももひき》のどんぶりに納めた。そして夢うつつのような目で、一清が帰って行った通りを見詰めた。

われ知らず、いぐさも革底もボロボロになった雪駄を、胸の前で抱きしめていた。

見合いを翌日に控えた十二月九日。深川には未明から初雪が降り始めた。

「おとっつぁん……」

朝飯のあと、こたつで背中を丸めていた信吉は、娘に呼びかけられて背筋を伸ばした。

輝栄の口調で、なにを言われるか、察したようだ。

「銭座のことなら、構わねえ」

信吉に先取りされた輝栄は、こらえきれずに涙をこぼした。

「泣くこたあねえ。今日、納めに行ったついでに、おれの口からそう言ってくるからよ」

歳《とし》とともに、信吉はめっきり寒さに弱くなっている。このところは、暇さえあればこたつに入り浸りである。丸めていた背筋を張った父親を見て、輝栄はさらに大粒の涙をこぼした。

「雪駄は仕上がったのか」

「はい」

「だったら、はええとこ届けてやんねえ。やろう、履物がなくて困り果ててるだろうよ」

信吉は娘に笑いかけた。

父親に深くあたまを下げた輝栄は、風呂敷《ふろしき》に雪駄を包んだ。仕事場を出たあとは、真《ま》っ直《す》ぐ富岡八幡宮に向かった。思いのほか、雪の降り方が強かった。石段わきの狛犬《こまいぬ》のあたまには、うっすらと雪が積もり始めていた。

天保銭一枚を投げ入れると、賽銭箱《さいせんばこ》がゴトンと鳴った。

大鳥居をくぐると、仲町の辻《つじ》に立つ火の見やぐらが見えた。舞い落ちる雪に邪魔をされて、てっぺんがかすんでいる。

この雪の中を、信吉は銭座に向かうのだ。それも、気の重い返事を抱えて。信吉の胸中を思うと、足が止まりそうになった。が、これからも親孝行はできると思い直し、一歩を踏み出した。

新兵衛店の木戸には、一寸（約三センチ）近い雪が載っていた。純白で、ふわふわの新雪である。いま自分が開こうとしている門を、新雪が祝ってくれている。

輝栄は雪を落とさぬように気遣い、そっと長屋の木戸を開いた。一清の宿は、木戸から三軒目だ。

腰高障子戸の前で、輝栄は大きく息を吸い込み、ゆっくりと吐き出した。口の周りに白い湯気が立った。

「ごめんください」

ひと声で、一清は戸を開いた。輝栄を見た一清は、いつものように音を立てて生唾を呑《の》み込んだ。

「ふつつか者ですが、よろしくお願い申し上げます」

目を一杯に見開いた一清は、返事ができないようだ。

長屋のどこかで、猫がニャアと返事をした。

解説

縄田一男

山本一力さんの『辰巳八景』の解説を私が書かせていただくことについては、実は、あるプライベートな理由が存在する。

そこで、まず、しばし、解説者という客観的な立場を離れて、私と山本さんとのお付き合いについて、少々、記させていただくことにしたい。

さて、山本さんの書いたことばの中で、私が最も好きなものの一つに、長篇『峠越え』（二〇〇五年八月、PHP研究所刊）の次なるくだりがある。それは、

小人《しようじん》は縁《えにし》に気づかず。
中人《ちゆうじん》は縁を生かせず。
大人《たいじん》は、袖《そで》すり合う縁でも縁とする。

というもので、主人公の新三郎が、自分と女房おりゅうの考えた「江島《えのしま》神社裸弁天出開帳《でがいちよう》」の顚末《てんまつ》を、江戸のてきやの四天王に話し、そのうちの一人、大門屋富五郎から、

「あんたの話を聞いていて、先代から聞かされた唐土《もろこし》の言い伝えを思い出した」として語られるものである。

ここで引用した「大人は——」にあるように、山本一力さんほど、人と人との出会いを大切にする人を私は知らない。そして、山本一力さんほど、お付き合いをしていて、心励まされ、かつ、気持ちのいい人は滅多にいるものではない。これはお世辞ではなく、更にいえば、その気持ちの良さは、山本さんといつも自転車を駆ってやって来る奥さんやお子さんたちも同様である。その姿を見るや、私はいつも、これぞ、山本さんの提唱している〝家族力〟ではないか、と嬉《うれ》しくなる。

つまり、山本さんは、口先だけではなく、実践の人でもあるのだ。私はかつて、山本さんの作品を書評した際に、史家、村上一郎が『幕末—非命の維新者—』の中で記した「おのれ自らどのような人でありたいかという希求なくして歴史に向かうのは」「さげすむべき所業である」という一節を引いて、この「歴史に」という箇所にどのような職業を当てはめても通用する、と記したことがある。

一つの職業に取り組む前に、自分はどのような人間として、それに対峙《たいじ》すれば良いのか——これは最も大切なことでありながら、ガムシャラに働いている内に、うっかりするとスッポリ抜け落ちてしまう部分でもある。しかしながら、山本さんの描く作品の主人公にはそれはない、いや、あったとしても辛《つら》い迷いの彼方《かなた》に、このことの重要性に目覚めていく。

山本さんも、また然り。山本さんは、小説を書く前に、自分がどういう人間でありたいか、ということを常に念頭においている書き手である。それが、作中人物たちに、そのまま、反映される。実際、山本さんの作品を読んで元気を貰《もら》ったという人は、多いはずだ。それは、山本さんの書く人物が、山本さん自身の矜持《きょうじ》や心意気、そして、これだけはどうしても譲れないぞ、という庶民の意地を見事に具現化しているからに他ならないからだ。

そして話を、先程の、〝お付き合い〟に戻せば、普通、作家と文芸評論家との付き合いは、後者が前者の作品を書評した時からはじまるのではないか。しかし、山本さんとの場合は、その前があった。『あかね空』が直木賞を受賞し、その後、親しくことばを交すようになって、私は山本さんから、実は、私が、山本さんが小説新潮新人賞に応募した際の選考委員であったことや、山本さんが業界誌の編集をしていた際に、請われて原稿を寄稿したことがあったことなどを聞かされ、やっと、あの山本さんやこの山本さんが同一人物であったことが分かり、山本さんがそれらのこと——『あかね空』の書評についてはは私のものがいちばん早かったそうである——を、こちらが恐縮してしまうぐらい感謝なさっているのを知ったのである。

私は文芸評論家として当然のことをしたまでであり、いささか照れくさくもありながら、それほどまでに――と、こちらが穴があったら入りたいくらいである。

こう記していると、いつまでも肝心の本書の解説がお留守になってしまうので、こちらの方に筆を進めれば、本書『辰巳八景』は、「小説新潮」の二〇〇三年九月号から二〇〇四年十二月号にかけて連載された作品で、二〇〇五年四月、新潮社から刊行された。

どうかもうここからは、是非とも本文の方を先にお読みいただきたいのだが、本書の題名の由来は、〝大江戸と　ならぬ昔の武蔵野《むさしの》の　尾花や招きよせたりし　恋と情《なさけ》の深川《ふかがわ》や　縁《えに》しもながき永代《えいたい》の　帰帆《きはん》はいきな送り船――〟とはじまる、御存じ、長唄の『巽《たつみ》（辰巳）八景』に依っている。ここでいわれている〝八景〟とは、永代の帰帆、八幡の晩鐘、佃島《つくだじま》の落雁《らくがん》、仲町の夜雨、石場の暮雪、新地の晴嵐《せいらん》、洲崎《すさき》の秋月、櫓下《やぐらした》の夕照のこと。そして長唄は、天保十年春、十代杵屋《きねや》六左衛門作曲、二世立川焉馬《えんば》作詞によってつくられている。

こういう次第であるから、本書がこの〝八景〟に材を得て創作されていることは、もはや、いわずもがなのことであろう。だが、この一巻を通読して驚くのは、作者が自らにかなり高いハードルを課して、一篇ごとにそれをクリアしながら、作品を紡《つむ》いでいる点なのである。

それらのハードルを、ここで記していけば、まず、各篇に前述の〝八景〟が登場することはいうまでもない。それから二番目に、「永代橋帰帆《えいたいばしきはん》」のろうそく問屋大洲屋《おおずや》や、或《ある》いは、「仲町の夜雨」の鳶職《とびしょく》、「佃町の晴嵐」《つくだちょうのせいらん》の医師というように、各篇の主人公たちの職業がそれも何代も前からのゆくたてが、その技術とともに丹念に描き込まれていることが挙げられる。そして三番目に、ラストには必ず、主人公が自分すら気付いていなかった、もしくは、他者に対するささやかな、しかしながら、かけがえのない人情の機微や思いに対する発見で締めくくられていること、がある。更にもう一つ、第一話から第八話までを通読すると、作品が、元禄十六年から天保六年に至る、山本一力版〈江戸庶民通史〉になっていることが了解されよう。

このように、本書は、山本さんの実に楽しい、極上のたくらみに満ちた一巻といえるのだが、まず職業という点では、主役、脇役を問わず、その描き方は冴《さ》え渡っている。たとえば、「洲崎《すさき》の秋月」冒頭の畳職人の描写等は、まるで、江戸職業づくしの類《たぐい》から脱け出て来たよう――今日、働く人々の姿をこれほど確かな愛情をもって描ける作家は、山本一力が、その筆頭なのではあるまいか。ましてや、この畳職人の描写は、物語の本筋とは関係のないところなのだから舌を巻く。

そして、ラストの発見だが、ここでは敢《あ》えて詳述は避けるが、前述の「永代橋帰帆」で主人公のろうそく問屋四代目大洲屋茂助《もすけ》は、初代茂助が伊予の国から江戸に出て来て、幸いにも伊予松平家との交誼《こうぎ》を得て商売の地盤を築いて来た。永代橋の架橋工事は、紀《きの》国屋文左衛門《くにやぶんざえもん》が請け負ったものだが、伊予藩の杉も大量に買いつけ、更に藩も国許《くにもと》から多くの大工、職人を呼び寄せ、その者たちの世話は大洲屋が引き受けた。それ故《ゆえ》、四代目茂助は、永代橋に対して格別な思いがあり、これまでの商いの源である伊予藩と、その本家である徳川家に対しては、深い感謝の念を抱いている。

その永代橋を渡って高輪泉岳寺《たかなわせんがくじ》へ向ったのが、かの赤穂《あこう》浪士である。茂助にとっては、浪士たちは、所詮《しょせん》、反逆者であり、彼らによって「大事な永代橋を汚された思い」が、してならない。かてて加えて、徳川家門格の松平家では、大石主税《ちから》以下の十名を、厳格でありながらも、礼節を保ちつつ扱っていると、さまざまな風評が取り沙汰されているのが苦々しく思えて仕方がないのだ。

ところが浪士たちの切腹が決まり、その仕置場の明かり一切を大洲屋が請け負うことになり、ろうそくを届けた茂助が見たものは、「従容《しょうよう》として仕置場《ば》に臨む」はずの大石主税の真実の姿だったのである……。実に心憎いばかりの出来栄えではないか。

更に、「仲町の夜雨」の、鳶職の女房と囲われ者との確執の裏側にある真意の発見、そして、「洲崎の秋月」における辰巳芸者の心意気等、こうしたさまざまな発見は、作中人物の実に微妙な心の襞《ひだ》に立ち入ることで成されており、作者の用意周到な筆づかいがなくては、とても叶《かな》わぬものであろう。

そして、前述の〈江戸庶民通史〉という点でいえば、「木場の落雁《らくがん》」と、それに続く、「佃町の晴嵐」では、田沼意次《おきつぐ》の盛衰が、物語の背景にあり、特に前者ではそれが商家の家訓と密接にかかわっている、という設定である。そしてまた、江戸の町に大噴火した浅間山の火山灰が降って来る場面の何という呼吸の良さよ——。

これらの巧まざる構成によって、作者はものの見事に、かつての江戸の住人を、私たちの良き隣人たらしめているのである。

さて余談となるが、どの話とはいわないが、山本さんは、実は私と家内のなれそめをモチーフとした作品を一篇書いてしまっているのだ。ゆめゆめ、小説家の前で、己れの身の上話を語るなかれ。顔から火が出るとはこのことで、さすがに八景のうち、この一篇だけは、作品の良し悪しの判断がつかないと思っていた——。思っていたのだが、今回、本書を読み返してみて、その一篇を読むや、自分が家内にプロポーズをした初心に立ち戻って己れを見つめ直しているのに気が付いた。げに、山本一力の筆力や、恐るべし。この一篇がある限り、今後、いかなる美女の誘惑に出会おうとも(!?)、私の心に邪心が兆《きざ》すことはないであろう。

山本さんは、今年も旺盛《おうせい》な執筆力を見せ、ついこのあいだも、長篇『銀しゃり』(小学館刊)を刊行したばかり。一力節をとことん堪能《たんのう》出来る、深川、寿司《すし》職人の物語である。山本さんの描く深川の町が多くの読者の共感を呼ぶのは、それが距離ではなく、時間軸をさかのぼった東京人のふるさと、更にいえばユートピアとして機能しているのではないのか。決して自分のポリシーを曲げまいとする寿司職人の新吉、そして武家のあり方に疑問を抱きつつも、武家と町方、双方のかけがえのない絆《きずな》となる小西秋之助ら、小気味良い人たちとの出会いが、私たちの日常を潤《うるお》してくれる。

そして最後に、私の山本さんに対する最大の感謝をここに記せば、本書において、私と家内を、そうしたユートピアの住人にしてくれたことである。冒頭に述べた、この作品を解説するプライベートな事情というのは、このことである。

読者の皆さま、悪しからず。

二〇〇七年八月

（なわた　かずお／文芸評論家）

辰巳八景《たつみはつけい》

朝日文庫

2021年4月30日　第1刷発行

著　者　山本一力《やまもといちりき》

発行者　三宮博信

発行所　朝日新聞出版

〒104-8011　東京都中央区築地5-3-2

電話　03-5541-8832(編集)

03-5540-7793(販売)

印刷製本　大日本印刷株式会社

ISBN978-4-02-264990-4

恩田 陸
錆びた太陽
立入制限区域を巡回する人型ロボットたちの前に国税庁から派遣されたという謎の女が現れた！ その目的とは？　《解説・宮内悠介》

小川 洋子
ことり
《芸術選奨文部科学大臣賞受賞作》
人間の言葉は話せないが小鳥のさえずりを理解する兄と、兄の言葉を唯一わかる弟。慎み深い兄弟の一生を描く、著者の会心作。《解説・小野正嗣》

角田 光代
坂の途中の家
娘を殺した母親は、私かもしれない。社会を震撼させた乳幼児の虐待死事件と〈家族〉であることの光と闇に迫る心理サスペンス。《解説・河合香織》

久坂部 羊
老乱
老い衰える不安を抱える老人と、介護の負担に悩む家族。在宅医療を知る医師がリアルに描いた新たな認知症小説。　《解説・最相葉月》

今野 敏
TOKAGE《トカゲ》
特殊遊撃捜査隊
大手銀行の行員が誘拐され、身代金一〇億円が要求された。警視庁捜査一課の覆面バイク部隊「トカゲ」が事件に挑む。　《解説・香山二三郎》

重松 清
ニワトリは一度だけ飛べる
左遷部署に異動となった酒井のもとに「ニワトリは一度だけ飛べる」という題名の謎のメールが届くようになり……。名手が贈る珠玉の長編小説。

中山　七里
闘う君の唄を
新任幼稚園教諭の喜多嶋凜は自らの理想を貫き、周囲から認められていくのだが……。どんでん返しの帝王が贈る驚愕のミステリ。《解説・大矢博子》

葉室　麟
柚子《ゆず》の花咲く
少年時代の恩師が殺された事実を知った筒井恭平は、真相を突き止めるため命懸けで敵藩に潜入する──。感動の長編時代小説。《解説・江上　剛》

畠中　恵
明治・妖《あやかし》モダン
巡査の滝と原田は一瞬で成長する少女や妖出現の噂など不思議な事件に奔走する。ドキドキ時々ヒヤリの痛快妖怪ファンタジー。《解説・杉江松恋》

細谷正充・編／宇江佐真理／北原亞以子／杉本苑子／半村良／平岩弓枝／山本一力／山本周五郎・著
情に泣く
朝日文庫時代小説アンソロジー　人情・市井編
失踪した若君を探すため物乞いに堕ちた老藩士、家族に虐げられ娼家で金を毟られる旗本の四男坊など、名手による珠玉の物語。《解説・細谷正充》

村田　沙耶香
しろいろの街の、その骨の体温の
クラスでは目立たない存在の、小学四年と中学二年の結佳を通して、女の子が少女へと変化する時間を丹念に描く、静かな衝撃作。《解説・西加奈子》
《三島由紀夫賞受賞作》

湊　かなえ
物語のおわり
悩みを抱えた者たちが北海道へひとり旅をする。道中に手渡されたのは結末の書かれていない小説だった。本当の結末とは──。《解説・藤村忠寿》